더 컷

# 더 커트

**TURN 07**

전건우 장편소설

"사이비니 이단이니 하는 건 누가 정하는 거죠?
나는 다른 이들이 못 하는 걸 할 수 있습니다."

차례

# 파수꾼
9

# 희생양
72

# 이방신
119

# 새벽별
173

# 순교자
225

# 무저갱
271

작가의 말
331

# 파수꾼

"……내가 너의 성벽 위에 파수꾼을 세우고 그들로
하여금 주야로 계속 잠잠하지 않게 하였느니라……."
— 〈이사야〉 62장 6절

나안여고 뒷골목에서 귀신이 나타난다는 소문이 돌기 시작한 건 두 달 전이었다. 처음에는 학생들 사이에서 괴담처럼 떠돌던 것이 점점 구체화되더니 목격담도 나돌았다. 그곳을 지날 때면 검은 옷을 입고 머리카락을 풀어 헤친 여자가 쫓아온다는 이야기였다.

"에이. 어디서 그런 말도 안 되는……."

우태민이 귀를 후비며 말했다.

"아니라니까. 애들만 본 게 아니고 그 누구냐, 부동산 김 사장도 봤다더라."

박 씨가 심각한 표정으로 말했다. 우태민은 환갑을 바라보는 양반이 귀신이니 뭐니 하는 것도 웃겼고 나안여고 뒷골목을 둘러싼 소문이 생겼다는 것도 웃겼다. 그곳이 후미지기는 해도 근처에 방범 초소도 있고 골목을 빠져나와 길을 건너면 제법 큰 상가도 있었다. 그런 곳에 귀신이라니.

"알았어요, 알았어. 내가 한번 돌아볼게."

"우리 우 대장이 돌아봐준다면 안심이지."

나안슈퍼 사장이자 나안동 동장이기도 한 박 씨가 우태민의 손을 잡으며 함박웃음을 지었다. 매일 아침 사우나에 들르는 박 씨에게서 남성용 스킨 특유의 코를 찌르는 냄새가 풍겼다.

"그나저나 저거 제로 버전은 없어요?"

우태민이 진열 냉장고 속 에너지 드링크를 가리키며 물었다.

"없어."

"저 아래 편의점에서는 팔던데?"

"우리야 냉장고가 작으니까 제로는 안 받는 거지."

박 씨의 말에 우태민이 고개를 절레절레 저었다.

"그러니까 편의점에 밀리지요. 저건 제로가 맛있다니까요. 다음엔 들여놔요. 아시겠죠?"

그렇게 말하며 우태민은 소다 맛을 꺼내 캔 뚜껑

을 따고 음료를 단숨에 들이켰다. 툭 튀어나온 울대가 시원스레 움직였다.

"계산 먼저 하고······."

"이제야 좀 정신이 드네. 그럼 오늘 밤에 가보고 알려드릴게요."

나안동 자율방범대장 우태민은 계산대에 빈 캔을 내려놓고 슈퍼를 떠났다. 물론 계산은 하지 않았다. 언제나 그랬듯이.

밤이 되었다. 동네 호프집에서 맥주 몇 잔을 기울인 우태민은 박 씨의 말을 떠올리며 나안여고 뒷골목으로 향했다. 팔뚝에는 '자율방범대'라 적힌 노란 완장이 둘러져 있었다. 방범대원은 스무 명이 넘었지만 대부분 이름만 올려놓았을 뿐 실제로 활동하는 사람은 우태민 하나였다. 나머지는 회식 때나 얼굴을 비췄다. 방범대장이라는 직함은 비록 허울이었지만 올해로 딱 마흔이 된 우태민은 그 허울이 좋았다. 아무렴 백수나 건달로 불리는 것보다는 나았으니까.

골목은 조용했다. 나안동 상권이 무너진 지는 꽤 되었다. 상권만 무너진 게 아니었다. 서울 변두리의 이 작고 오래된 동네 전체가 통째로 삭아가고 있었다. 낡은 다리처럼 언제 주저앉을지 모르는 아슬아슬한 상태가 된 지도 벌써 몇 년째였다. 새로 유입되는 인구는 없고 주민들은 늙어만 갔다. 유일한 희망이던 재개발도 물 건너간 지 오래였다.

상황이 이런 탓에 흉흉한 소문도 생기는 거라고 우태민은 생각했다.

"가로등이나 좀 고치지. 하여간 공무원 놈들은."

밤이 깊었음에도 얼굴색 하나 바꾸지 않고 무심하게 서 있는 가로등을 보며 우태민이 혀를 찼다. 다른 동네는 여성 안심 귀갓길이니 뭐니 방범에라도 적극적인데 이놈의 게으른 동네는 모든 게 몇십 년 전 그대로였다. 이러니 망할 수밖에.

우태민은 골목을 천천히 걸었다. 그 시각에 그곳을 지나는 이는 아무도 없었다. 컴컴하기 짝이 없는 좁은 길을 밤에 지나려면 성인 남자도 용기가 필요했다. 그러나 우태민이 누군가? 비록 지금은 백수로 지내지만 소싯적에는 나안동을 근거지로 삼은 조직폭력배의 행동대장까지 한 인물이었다. 귀신 같은 건 믿지도 않을뿐더러 설령 눈앞에 나타난다 해도 눈썹 한 가

닥 떨지 않을 자신이 있었다.

"어둡긴 더럽게 어둡네."

주머니에 손을 찔러 넣고 걸으며 우태민이 중얼거렸다. 사나이 자존심에 휴대폰 플래시를 켤 수는 없었다. 그에게 이 골목은 눈 감고도 걸을 수 있을 만큼 익숙한 곳이었다. 드디어 골목 끝에 다다랐다. 몇 걸음만 더 가면 상가가 나온다. 상권이 죽었다고 해도 나안동에서 가장 큰 그 상가만은 명맥을 유지하고 있었다.

"거봐. 귀신은 무슨……."

우태민이 지나온 길을 돌아보며 한마디 뱉었을 때였다. 저만치 멀리서 어둠이 꿈틀댔다. 컴컴하고 습한 어둠에 숨어 무엇인가가 움직이는 것 같았다. 누가 따라오는 것 같진 않았는데…….

"거기 누구요?"

물어도 대답은 돌아오지 않았다. 또각또각 소리만 규칙적으로 들려왔다. 그게 구두 소리라는 걸 우태민은 어렵지 않게 짐작할 수 있었다.

그렇다면 여자인가?

우태민은 미간을 찌푸린 채로 골목 안쪽으로 몇

걸음 되돌아갔다.

"누구냐니까?"

목소리가 더 커졌다. 음성에 짜증과 긴장이 묻어 났지만 정작 우태민 자신은 인지하지 못했다.

또각. 또각.

또각. 또각. 또각.

대답은 없이 구두 소리만 점점 더 가까워졌다. 곧이어 코를 자극하는 매캐한 냄새까지 풍기기 시작했다.

이건…… 향냄새인가?

그 생각이 들고 나서야 우태민은 부랴부랴 주머니에서 휴대폰을 꺼내 플래시를 켰다. 처음에는 아무것도 보이지 않았다. 휴대폰 플래시가 만든 둥그런 불빛 안에 까만색 구두가 들어온 것은 잠시 뒤였다.

또각. 또각.

정체불명의 여자는 원의 중앙에 서서야 걸음을 멈췄다. 우태민은 바닥을 비춘 휴대폰을 위로 올렸다.

그때였다.

또각. 또각. 또각. 또각. 또각. 또각. 또각. 또각. 또각. 또각. 각. 각. 각. 각.

휴대폰 조명을 받은 여자가 미친 듯이 달려왔다.

박 씨 말처럼 검은 머리카락을 풀어 헤친 여자였다. 허옇게 뜬 얼굴에는 우는 건지 웃는 건지 모를 표정이 걸려 있었다. 어떤 감정인지 읽을 수 없었지만 여자의 입이 찢어질 듯 크게 벌어진 것만은 확실했다.

"뭐, 뭐야?"

우태민은 뒷걸음질을 치다가 곧 정면을 바라보고 달렸다. 한때 미친개라 불렸던 우태민은 더 이상 없었다. 등골이 서늘했다. 심장이 너무 세게 뛰어 뻐근했다. 서둘러 골목을 빠져나온 우태민은 맞은편 상가 1층에 있는 편의점으로 뛰어 들어갔다.

"어서 오세요."

이 시간에 종종 마주치는 편의점 알바가 건성으로 인사를 건넸다. 평소의 우태민이었다면 한마디 했겠지만 지금은 사정이 달랐다. 그는 곧장 냉장고로 다가가 제로 에너지 드링크를 하나 꺼내어 벌컥벌컥 들이켰다. 그러는 중에도 골목에서 눈을 떼지 않았다. 다행히 미친 여자가 따라오는 것 같진 않았다.

"저기 계산하고 드셔야 하는데요."

알바생의 말에 우태민이 안도의 트림을 내뱉으며 대답했다.

"달아놔."

"네? 외상은 절대 안 된다고……."

"너희 점장한테 말해. 방범대장 우태민이가 공적인 일로 마셨다고. 알았어? 어디다 대고 자꾸 토를 달아!"

우태민은 모든 게 짜증스러웠다. 방금 전 목격한 게 귀신인지 사람인지는 몰라도 자신이 겁을 먹고 도망쳤다는 사실 자체에 자존심이 상했다. 그래도 골목을 다시 살펴보라고 한다면 그러기는 싫었다. 우태민은 평소처럼 빈 캔을 계산대에 올려놓고 밖으로 나갔다.

조금 전 일 때문인지 공기가 이상할 정도로 차갑게 느껴졌다. 우태민은 도깨비 문신이 있는 양쪽 팔을 쓸어내렸다.

여자는 어디로 갔을까? 분명 골목 밖으로 나오지는 않았는데. 그렇다면 다시 반대편으로 돌아간 걸까?

여러 생각으로 머리가 복잡해진 우태민이 담배를 꺼내 물었다. 그런 뒤 다시 골목 안쪽을 들여다봤다. 역시 아무것도 보이지 않았다. 골목 안이 유독 어두워 보일 뿐이었다.

"젠장."

우태민은 미간을 잔뜩 구기며 담배에 불을 붙였다. 그때 머리 위에서 사람 목소리가 들렸다.

"이것 봐!"

고개를 들어 위를 힐끔 올려다봤다. 골목 바로 옆, 그러니까 상가 맞은편에 자리한 5층짜리 빌라 옥상에서 누군가가 고개를 내밀고 아래쪽을 쏘아보고 있었다. 어둠 속에서도 산발한 머리가 눈에 띄는 초췌한 할머니였다.

"딱 한 대만 피울게요."

우태민이 할머니를 향해 말했다.

거기까지 담배 연기가 올라갈 것 같지도 않구만.

물론 이 말은 속으로 삼켰다. 옛날 같았으면 윗사람이고 누구고 거침없이 쏘아붙였을 텐데 지금은 사리 분별은 했다. 그래도 지구대장이 인정하는 자율방범대 대장이 아닌가.

"그게 아니고, 내가 제보할 게 좀 있어."

그의 목소리는 겉모습과 다르게 제법 카랑카랑했다.

"제보요? 무슨 제보요?"

우태민이 물었다.

"이러고 말할 건 아니고 여기로 좀 올라와 봐. 내가 계단 타는 게 힘들어."

우태민은 백조맨션이라는 글자가 붙은 빌라를 새삼스레 훑어봤다. 자세히 볼 것도 없이 엘리베이터가 없는 오래된 건물이었다. 다리가 풀리고 심장이 콩닥거리는 이 상황에서 계단을 올라 옥상까지 가고 싶은 마음이 들지 않았다.

"오늘은 좀 바빠서, 제가 정 필요하시면 내일 다시 올게요."

우태민은 담배를 한 모금 크게 빨아들인 뒤 바닥에 던졌다. 그러고는 발로 힘껏 짓이겼다. 맨날 피우던 담배인데 어쩐지 맛이 없었다. 썼다.

"그럼 내일 꼭 와. 동네에 아주 중요한 일이야."

할머니에게 대답 대신 손을 들어 보인 우태민은 휘적휘적 걸었다. 계절이 초여름에 접어들었지만 밤에는 아직 조금 쌀쌀했다. 우태민은 집으로 가는 도중에 간혹 뒤를 돌아봤다. 그럴 리야 없겠지만 그 여자가 따라올지 모른다는 생각이 들어서였다.

"백조맨션 최길자 할머니? 그 할머니 평판 별로야."

박 씨가 말했다. 느지막이 일어나 라면 하나를 끓여 먹은 우태민이 나안슈퍼로 향한 때였다. 박 씨는 기다렸다는 듯 우태민을 맞이했다. 그런 박 씨에게 어젯밤에 만난 할머니에 관해 물었더니 대뜸 이런 대답이 돌아온 거였다.

"평판이 왜요? 뭐 옥상에서 똥이라도 던진대요?"

우태민은 자기가 한 말에 싱겁게 피식 웃었다. 실제로 그런 일이 일어난다면 꽤 재미있을 것 같았다. 물론 동네는 난장판이 되겠지만.

"치매기가 있는데 그럴 정도까지는 아니고. 문제는 오지랖이 넓다는 거야, 오지랖이."

박 씨는 우태민의 농담을 알아듣지 못했는지 사뭇 진지한 표정이었다.

"오지랖?"

"거기 옥상에 온종일 앉아서 지나다니는 사람들한테 계속 잔소리를 한다나 봐. 젊은 아가씨가 짧은 치마라도 입고 지나가면 그것 가지고 뭐라 하고, 앞쪽 상가에서 쓰레기라도 내놓으면 그걸로도 뭐라 하나 보더라고. 폭삭 늙었어도 눈은 엄청나게 좋대! 분리배출 덜 되어 있고 그런 사소한 걸 대번에 알아본다는 거야."

"그러니까 백조맨션 옥상에 상주하면서 그런다는 거네? 맞죠?"

우태민의 물음에 박 씨는 고개를 세차게 끄덕였다.

"맞아, 그렇다니까. 그래서 싸움도 자주 나. 아주 골치 아파 죽겠어."

"근데 그런 사람이 뭘 제보하겠다는 거지."

혼잣말로 중얼거리는 우태민에게 박 씨가 채근하듯 물었다.

"그건 그렇고 가봤어? 빨리 말 좀 해봐."

"나안여고 뒷골목이요? 제가 말했죠? 아무것도 없었어요. 그냥 뭐 별다를 거 없는 골목이던데 웬 호들갑들을 떤 건지······."

"정말? 아무것도 안 나타났어? 귀신도 없었고?"

박 씨가 반색했다.

"그래요. 제가 직접 두 눈으로 확인한 거니까 믿어도 좋습니다. 이제 그만 가볼게요. 미세먼지가 심한가 목이 영 칼칼하네."

헛기침을 하며 슈퍼를 나서는 우태민의 등에 대고 박 씨가 물었다.

"뭐 마실 거 하나 줄까?"

"됐어요. 에너지 드링크를 하도 많이 마셨더니 속 쓰려요."

우태민은 하루를 시작할 때면 언제나 동네를 한 바퀴 돌았다. 나안동 상인회 사람들은 우태민을 보고 반갑게 인사했다. 이러나저러나 상인회를 보호해 주는 건 방범대장이었다. 수고비를 요구하지도 않고 종종 밥 한 끼 얻어먹거나 생필품을 공짜로 받아 가는 정도에 그치니 사람들도 우태민을 싫어할 이유가 없었다. 서로에게 도움이 되는 공생 관계는 벌써 수년째 이어졌다.

"날씨 참 좋네."

우태민이 하늘을 올려다보며 말했다. 간밤에는 모처럼 잠을 설쳤다. 눈만 감았다 하면 머리카락을 풀어 헤친 여자가 떠올라 애를 먹었다. 결국 소주 한 병에 기대 곯아떨어지긴 했지만 꿈도 영 뒤숭숭했다. 탑인지 어딘지 모를 높은 곳에서 떨어져 머리가 깨지는 심란한 꿈이었다. 박 씨에게 굳이 어제 이야기를 하지 않은 이유였다. 귀신 비슷한 걸 봤고 그래서 줄행랑을 놓았다고 말하는 게 왠지 꺼림칙했다.

그나저나 그 여자는 뭐였을까?

아무리 생각해도 찜찜했다. 귀신은 없다고 생각해 왔는데 간밤의 그 여자는 귀신 말고는 달리 설명할 길이 없었다. 우태민은 나안여고 뒷골목 근처로는 얼씬도 하기 싫었지만 어느새 발걸음은 그 근처 백조맨션 쪽으로 향했다. 최길자 할머니가 한 말이 마음에 걸려서였다.

이 동네에 중요한 일이라는 게 뭘까?

오지랖 넓은 늙은이의 헛소리일 확률이 높았지만 그래도 들어는 봐야 했다. 다른 할 일이 있는 것도 아니었다.

우태민은 백조맨션의 가파른 계단을 올라 옥상으로 향했다. 최길자 할머니는 오후의 햇살을 맞으며 의자에 앉아 있었다. 얼굴이 작아서인지 큰 눈이 더 부담스럽게 느껴졌다. 안경을 쓰지 않은 것으로 봐서는 시력이 꽤 좋은 것 같았다.

"왜 이리 늦었어?"

최길자 할머니가 대뜸 성질을 냈다.

"제가 언제 오겠다고 약속한 건 아니었잖아요."

우태민은 숨을 고르며 느적느적 걸어 최길자 할머

니가 앉은 옥상 가로 향했다.

"한시가 급하단 말이야. 얼마나 중요한 일인데."

"아니, 대체 뭔 일인데 그러세요? 별거 아닌데 괜히 이러시는 거면 나 중간에 끊고 그냥 갈 거예요. 아시겠어요?"

"말하는 싸가지 하고는. 일단 들어봐. 들으면 그 아둔한 머리로도 예삿일이 아니란 걸 바로 알 수 있을 테니까."

"뭐라고요?"

우태민이 발끈했다. 그러거나 말거나 최길자 할머니는 턱짓으로 건너편 건물을 가리켰다. 나안동에서 그나마 돈과 사람이 오가는 그 상가였다.

"저기에 이상한 놈들이 들어왔어. 이상하고 위험한 놈들이."

"그게 무슨 말입니까? 이상하고 위험한 놈들이요?"

우태민은 눈을 가늘게 뜨고 상가 쪽을 바라봤다. 나안동의 여느 상가처럼 그곳에도 공실은 많았지만 병원, 약국, 식당, 편의점까지 있을 건 다 있었다. 어지럽게 매달린 간판과 상호가 대문짝만하게 붙어 있는 창문까지. 어느 모로 보나 평범한 상가 건물이었다. 영어 학원이나 미용실, 김밥집에 이상하고 위험한 놈들이 있어 봤자였다.

"저기에 한번 들어간 뒤로 아예 사라져버린 사람들이 있어."

최길자 할머니는 뜻 모를 소리를 했다. 우태민은 이쯤에서 발길을 돌려야 할지 말지 심각하게 고민했다. 아무래도 이상한 쪽은 최길자 할머니였다.

재수 옴 붙었네.

속으로 한숨을 쉬었다. 그런 우태민을 향해 최길자 할머니가 한마디를 더했다.

"골목에서 나오는 귀신도 다 그놈들 소행이야."

"네? 귀, 귀신이요? 그 여자……."

"맞아. 그 여자. 자네도 봤으니까 잘 알겠지."

우태민은 할 말을 잃고 멍하니 최길자 할머니를 쳐다봤다. 귀신이 그놈들 소행이라는 건 무슨 말이고 자신이 여자를 봤다는 건 또 어떻게 아는 거지?

"잠깐만요. 정리를 좀 해볼게요. 그러니까 어르신 말씀은 저기 저 상가에 이상하고 위험한 놈들이 있고 또 그 사람들이 여자 귀신이랑도 관련이……."

"귀신이 아니야."

최길자 할머니가 우태민의 말을 싹둑 잘랐다.

"네?"

"밤에 검은 옷 입고 어두운 골목을 돌아다니는 건 일종의 의식이야. 쉽게 말하자면 기도를 올리는 거라고. 터 밟기라고도 하지. 터 밟기를 하면서 동네에 나쁜 기운을 심는 거야. 귀신 비슷한 그 여자는 아마 그것들이 택했을 테지. 자신들을 따르는 젊은 애를 꼬드겨서 그런 짓을 하도록 만든 거야. 터 밟기를 하면 그걸 하는 사람에게도 화가 돌아간다는 걸 애들은 모르니까."

큰 눈을 굴리며 말하는 최길자 할머니는 매우 진지한 얼굴이었다. 우태민은 슬금슬금 치밀어 오르는 짜증을 애써 눌렀다. 높게 뜬 태양이 정수리를 마구 지져댔다. 겨드랑이에도 땀이 찼다. 의식이니 터 밟기니 하는 말들은 도무지 그 실체가 잡히지 않았다. 우태민은 마지막이라는 심정으로 물었다.

"알겠어요. 일단 귀신은 없다는 거죠? 그럼 어르신이 말하는 그것들은 도대체 누굽니까?"

"에덴선교회."

"뭐요? 무슨 선교회요?"

우태민의 목소리가 커졌다. 최길자 할머니는 답답하다는 듯 살짝 얼굴을 찡그린 뒤 다시금 상가를 가리키며 말했다.

"저기에 에덴선교회라고 있어."

"그런 간판은 안 보이는데……."

이번에는 최길자 할머니가 목소리를 높였다.

"그런 놈들이 어디 간판 달고 사람들 모으는 줄 알아? 3층에 있으니까 직접 가서 확인해봐."

우태민은 상가 3층에 시선을 고정했다. 그러고 보니 유독 짙은 색의 시트지로 가려진 창문 몇 개가 눈에 들어왔다. 그 창문들은 다른 곳과 달리 깨끗했다. 상호도 붙어 있지 않았고 당연히 요란한 표식 같은 것도 없었다. 언뜻 공실처럼 보이기도 했다. 그럼에도 우태민은 그곳이 비지 않았다는 걸 알 수 있었다. 명확한 이유가 있는 건 아니었다. 최길자 할머니의 말 때문인지는 몰라도 그냥 그런 느낌이 들었다. 우태민은 스스로를 무딘 사람이라 여겼고 실제로도 그랬지만 어떤 순간에는 빌어먹을 예감이 너무 잘 맞아 놀랄 때도 있었다. 지금이 바로 그런 때인지도 몰랐다.

우태민은 찜찜한 마음을 뒤로한 채 고개를 돌려 최길자 할머니를 봤다. 그러고는 물었다.

"에덴선교회가 뭐 하는 곳입니까? 사이비 비슷한 그런 덴가?"

"사이비 비슷한 게 아니라 사이비야."

최길자 할머니는 딱 잘라 말했다.

"그렇다면 확실히 문제가 있겠네요."

우태민도 한때는 교회에 다녔다. 아주 어릴 때, 그러니까 나안동에 사람이 넘쳐나고 이웃집끼리 왕래하던 무렵의 일이었다. 물론 고등학생이 된 후 본드를 불기 시작하면서 자연스레 교회와도 멀어졌지만 우태민은 그 옛날 들은 설교 중 몇 대목을 아직도 기억했다. 목사는 목에 핏대를 세우며 말했다. 사이비는 반드시 천벌을 받는다고. 어린 우태민에게 사이비라는 단어는 막연히 사탄이나 마귀와 동급이었다. 중학생 때는 사이비가 다단계판매와 비슷하다고 생각했다. 그때쯤 우태민의 부모님이 그 사기술에 속아 넘어가 전 재산을 탕진했기 때문이었다.

"문제가 있지! 문제가 있고말고. 그러니까 자네가 가서 한번 살펴봐. 에덴선교회에 갔다가 실종된 사람이 누가 있는지, 저것들의 목적이 뭔지 그런 걸 알아내야 해. 할 수 있지?"

"당연히 할 수······."

우태민은 거기까지 말하다가 입을 다물고는 근심스러운 표정으로 앉아 있는 최길자 할머니에게 반문했다.

"근데 왜 하필 접니까? 이런 건 보통 경찰한테 이야기하잖아요."

최길자 할머니는 우태민의 말을 듣자마자 쯧쯧 혀를 찼다.

"내가 어디 말을 안 해본 줄 알아? 몇 번이나 신고했는데 이것들이 들은 척도 안 해! 내가 아무리 다그쳐도 노망난 노인네가 하는 헛소리쯤으로 들으니 별수 있나."

하긴 그럴 만도 하지.

우태민은 납득했다. 자기도 어젯밤 직접 본 게 아니었다면 이 노인의 말에 콧방귀도 안 뀌었을 테니까.

"좋습니다. 에덴선교횐지 뭔지 제가 지금 당장 가서 단도직입적으로다가 물어볼게요. 뭐 하는 놈들인지."

시원하게 대답하고 나니 왠지 모르게 가슴이 벅차

올랐다. 아무렴 자율방범대 대장이라면 주민 모두의 안전에 신경을 써야지. 혹시 또 모르지 않나. 그 사이비 놈들의 정체를 밝혀내면 포상금이라도 받을지.

"조심해. 무슨 짓을 할지 모르는 놈들이니까."

그렇게 말하는 최길자 할머니부터가 조금 긴장한 듯 보였다.

"어르신. 나 우태민이요, 우태민. 동네 사람들 붙잡고 한번 물어봐요, 우태민이 누군지. 말로만 떠드는 놈들은 원래 이런 거 앞에선 꼼짝도 못 하거든."

우태민은 큼지막한 주먹을 들어 보인 후 미소를 지었다. 방금까지 쨍쨍했던 하늘에 먹구름이 몰려들었다. 덕분에 날 선 햇살이 누그러져 옥상이 한결 견딜 만해졌다. 우태민은 휘파람을 불며 계단으로 향했다. 등 뒤로 최길자 할머니의 조금은 갈라진 목소리가 날아들었다.

"나한테 꼭 다시 와서 알려줘야 해! 알았지? 이 건물 403호야."

백조맨션에서 2차선 도로만 건너면 바로 상가였다. 거리로 따지면 10미터도 채 안 됐다. 하지만 우태민은 거기로 곧장 가지 않았다. 맨션을 빠져나오자마자 전화 한 통이 걸려 와서였다. 전화를 건 박 씨는 대뜸 술 한잔을 하자고 했다.

"오늘 새 지구대장 온 거 알지? 인사도 나눌 겸 한잔하자고."

술자리는 어떤 이유로든 마다하지 않는다는 게 우태민의 철칙이었다. 특히 공짜 술이라면 더욱더. 게다가 자율방범대장으로서 신임 지구대장과 만나는 건 중요한 일이었다. 꼬부랑 노인네의 부탁과는 비교할 수 없을 만큼. 우태민은 곧장 약속 장소로 달려갔다. 모처럼 목에 기름칠 좀 하겠다고 기대하며.

신임 지구대장과의 만남은 한정식집에서 시작해 단란주점으로 이어지며 늦저녁에야 마무리됐다. 즐거운 자리였다. 새로 부임한 지구대장은 젊고 서글서글했다. 박 씨와 우태민에게 꼬박꼬박 존댓말을 했고 술값도 모두 계산했다. 헤어질 때는 우태민의 손을 꼭 붙잡고 나안동을 잘 부탁한다는 말까지 했다. 그러면서 이렇게도 덧붙였다.

"방범대장님이 나안동의 파수꾼입니다, 파수꾼. 아시지요?"

그때쯤 우태민은 거나하게 취해 있었고 그래서 기분이 더 좋았다. 우태민은 "암요, 알지요" 대충 이런 대답을 하다가 단란주점 앞에서 그들과 헤어졌다.

"이 우태민이 말이야. 지구대 대가리도 인정하는 정의의 사도라 이 말이야. 알겠어? 어?"

듣는 사람이 없는데도 우태민은 그런 말을 늘어놓으며 집으로 향했다. 손에는 나안슈퍼에서 값을 치르지 않고 가지고 나온 아이스크림이 들려 있었다. 차고 달달한 아이스크림이 혀에 닿자 정신이 조금 돌아왔지만 그때뿐이었다. 눈앞은 여전히 빙글빙글 돌고 머릿속은 몽롱했다. 섞어 마신 탓에 취기가 쉽게 가시지 않았다.

박자는커녕 가사도 엉터리인 트로트를 흥얼거리던 우태민이 최길자 할머니를 떠올린 건 집에 거의 도착할 무렵이었다. 노인과 나눴던 이야기가 아주 오래전 일 같으면서도 한편으로는 토씨 하나 빼놓지 않고 되뇔 수 있을 정도로 생생했다. 갑자기 찜찜함이 몰려왔다.

그 할망구, 자지도 않고 기다리는 건 아니겠지?

술기운에 이런 생각이 들었다. 머리를 흔들어봐도

욱신욱신 두통만 심해질 뿐 생각은 떨쳐지지 않았다. 오히려 낡은 포대 자루처럼 오도카니 앉아서 하염없이 길 위를 내려다볼 최길자 할머니의 모습만 더 선명해졌다.

"우라질."

우태민은 집으로 이어지는 계단을 한 번 올려다본 뒤 낮게 뇌까렸다. 휴대폰을 확인하니 오후 8시 50분이었다. 저녁도 아니고 밤도 아닌 애매한 시각. 상가까지 걸어가면 9시가 넘을 테고 그때까지 에덴선교회인지 뭔지 하는 곳의 문이 열려 있다는 보장은 없었다.

잠시 망설이던 우태민은 한숨과 함께 뒤를 돌았다. 헛수고라 하더라도 일단은 가봐야 속이 시원할 것 같았다. 게다가 나안동 방범대장이라는 직함을 걸고 한 약속을 술 좀 마셨다고 어길 수는 없었다. 건달 시절에도 의리 하나는 알아줬던 우태민이었다. 물론 고지식할 정도로 의리를 중시한 탓에 한물간 간부들과 함께 조직에서 버려졌지만. 그길로 인생은 쭉 내리막길이었으나 우태민은 후회하지 않았다.

예상대로 9시쯤 상가에 도착했다. 우태민은 먼저

맞은편 백조맨션 옥상을 살폈다. 다행히 최길자 할머니는 보이지 않았다. 노인들이 좋아하는 일일연속극도 끝났을 시간이니 잠자리에 들었을 터였다. 이번에는 상가 3층을 올려다봤다. 낮에 봤을 때와 똑같았다. 창문 네 개는 굳게 닫혀 있었고 안에서는 아무런 빛도 새어 나오지 않았다. 그때였다. 우태민의 얼굴 위로 빗방울이 후드득 떨어졌다. 빗방울은 술이 확 깰 만큼 차가웠다.

우태민은 반사적으로 상가 안으로 들어갔다. 그러길 바랐다는 듯 굵은 빗줄기가 허공을 내리그었다. 학원을 막 마친 것처럼 보이는 학생 두 명이 잠시 머뭇거리더니 꺄아 소리를 지르며 밖으로 달려 나갔다. 아무래도 쉽게 그칠 비가 아니었다.

"우산도 없는데……."

쏴아아. 더욱 거센 소리를 내며 내리기 시작한 비를 보면서 우태민이 혼잣말했다. 갑자기 짜증이 치솟아 실컷 욕을 내뱉고 싶었지만 엘리베이터에서 학생들이 우르르 내리는 걸 보고 참았다. 어린애들을 겁먹게 하는 건 양아치나 하는 짓이었다. 욕을 해봐야 바뀌는 것도 없었다. 이렇게 된 이상 빨리 에덴선교회에 가보는 게 나을 듯했다. 거기가 사이비도 그 무엇도 아니라면 우산 하나쯤 빌릴 수 있으리라. 아니, 사이비라도 우산은 빌려야지. 우태민은 그런 생각을 하며 3층으로 향했다.

에덴선교회는 복도 맨 구석에 있었다. 짙은 색 시트지로 가려져 있던 바로 그 위치였다. 하얀 문에 '에덴선교회'라 적힌 작은 팻말이 달려 있을 뿐 그 흔한 십자가도 붙어 있지 않았다. 흉흉한 분위기랄 것도 풍기지 않았다. 우태민은 잠시 망설이다가 문을 두드렸다. 초인종이 있었지만 애초에 그걸 누르는 건 염두에 두지도 않았다. 아무것도 모르는 하수들이나 초인종을 누르고 인터폰 카메라 앞에 얼굴을 들이미는 거였다. 기선을 제압하려면 문을 두드려야 했다. 그것도 최대한 거칠게.

쾅쾅쾅.

딱 세 번 두드렸을 때 안쪽에서 목소리가 들려왔다.

"네. 나갑니다."

곧 문이 열렸다. 안경을 쓴 지적인 분위기의 여자가 바로 앞에 서 있었다. 40대 중반으로 보이는 그는 당황한 빛 하나 없이 온화한 미소를 지으며 말했다.

"들어오세요."

"에?"

오히려 당황한 쪽은 우태민이었다. 그는 발을 들여놓기 전에 고개를 길게 빼고 안을 들여다봤다. 도서관처럼 꾸며놓은 실내에는 젊은 사람 몇 명이 앉아 있었다. 다들 방문객에게는 눈길도 주지 않고 자기들끼리 웃으며 이야기하느라 바빴다. 잔잔한 음악이 흘러나왔고 좋은 향기가 풍겼다.

"들어오셔서 차 한잔 하세요."

낯선 자신을 나긋하게 대하는 그를 향해 우태민이 물었다.

"내가 누군지 압니까? 무슨 일로 왔는지는 묻지도 않으시네요?"

"진리를 찾아서 오신 분이라면 누구든 환영입니다. 함께 공부하시죠."

"진리? 공부? 내가 공부라면 딱 질색하는 사람인데 공부는 무슨 공부……. 중요한 건 그게 아니고, 여기는 뭐 하는 뎁니까?"

우태민은 다짐한 대로 단도직입적으로 물었다. 여자를 빤히 쳐다보려 했지만 그건 왜인지 쉽지 않았다.

안경 너머에 자리한 여자의 눈은 크고 단단했다. 눈초리가 아래로 처져 순한 인상을 풍겼지만 그렇다고 호락호락해 보이지는 않았다. 또렷한 눈망울이 부담스러울 정도로 반짝였다. 그리고 무엇보다 여자의 눈은 입과 달리 전혀 웃지 않았다.

"보시다시피 여기는 공부방이에요. 아무나 와서 책도 읽고 토론도 하면서 진리를 찾는 곳이죠."

"그게 다라고요? 뭐, 예배를 드리거나 그런 곳이 아니고요? 근데 왜 이름에 교회가 들어갑니까?"

우태민이 막 질문을 했을 때였다. 안쪽에서 젊은 여자의 목소리가 들렸다.

"그러지 마시고 일단 들어오세요. 덥고 습하잖아요. 김 선생님이랑 에어컨 밑에서 시원한 차 마시면서 이야기해보세요."

그 말과 함께 얼굴을 내보인 여자는 사근사근한 말투에 어울리는 선한 인상이었다. 우태민을 맞은 여자는 이곳에서 김 선생이라 불리는 모양이었다.

"미현 씨 말대로 하세요. 바쁘지 않으시면."

김 선생은 그렇게 말하며 살짝 옆으로 비켜섰다. 우태민은 잠시 망설이다가 일단 안으로 들어갔다. 문간에서 어정쩡하게 물어볼 바에야 안을 제대로 둘러보는 게 나을 것 같았다. 취기가 가시면서 목이 마른 것도 사실이었다. 우태민이 들어서자 이야기하던 젊은이들이 일제히 자리에서 일어났다. 그러고는 환하게 웃으며 그제야 인사를 건넸다.

"안녕하세요?"

"환영합니다."

"아, 아니. 저 신경 쓰지 말고 하던 거 하세요."

괜히 머쓱해진 우태민이 손사래를 치며 말했다. 그러면서 재빨리 내부를 훑었다. 분위기는 나쁘지 않았다. 책장에는 책이 가득했고 바깥으로 빛 한 점 비치지 않는 데 반해 내부 조명은 환했다. 에어컨을 세게 틀었는지 오소소 소름이 돋을 정도로 시원한 것도 마음에 들었다. 벽에는 액자가 가득했다. 몇몇 사진에 김 선생이 찍힌 것으로 봐서 에덴선교회에 속한 사람들의 사진인 것 같았는데 하나같이 눈이 부시도록 환하게 웃고 있었다. 우태민은 지금껏 한 번도 그 정도로 밝은 표정의 사람들을 본 적이 없었다. 물론 자신 역시 얼굴에서 빛이 날 만큼 웃어본 적도 없었다.

"이거 드세요."

김 선생이 미현 씨라 부른 여자가 유리컵을 들고 나타났다. 컵 안에는 얼음과 함께 갈색 액체가 담겨 있었다.

"이런 거까지 안 주셔도 되는데……."

우태민은 멋쩍은 표정으로 컵을 받아 들었다.

"직접 만든 매실주스예요."

미현이 말하며 생긋 웃었다. 목에 걸린 특이한 문양의 목걸이 펜던트가 우태민의 눈에 들어왔다.

"고, 고마워요."

우태민은 주스를 한 모금 마셨다. 시원하고 달달한 음료가 목구멍을 타고 넘어가자 정신이 번쩍 들었다. 나안슈퍼에서 파는 공장제 매실 음료와는 차원이 다른 맛이었다. 우태민은 자기도 모르게 아흐 소리를 내고는 민망해져 서둘러 입을 닫았다. 다행히 아무도 이상하게 보지 않는 것 같았다.

"저희가 가끔 그런 오해를 사요. 종교의식을 치르거나 이상한 가르침으로 사람들을 속여서 돈을 뜯어내는 곳이 아니냐는……."

어느새 옆으로 바투 다가온 김 선생이 말했다. 우태민은 그럼 무엇을 하느냐고 더 자세히 물어보려다 질문을 조금 바꿨다.

"혹시 저기 저 맞은편 골목에서 귀신이 나온다는 이야기는 아십니까?"

최길자 할머니의 말대로라면 그 귀신 소동은 에덴 선교회가 벌인 일이었다. 터 밟기라고 했던가? 아무튼 귀신 이야기로 허를 찔러 김 선생을 떠볼 요량이었다. 그랬는데…….

"잘 알죠. 저도 직접 본 걸요."

김 선생은 예상치 못한 대답을 내놨다.

"에? 그러니까 그 검은 옷을 입고 머리가 이렇게 긴 여자를…….'

"그분, 귀신이 아니라 마음이 좀 아픈 분이세요. 한때 저희와 같이 공부도 하셨는데 결국 극복하지 못하고 거의 매일 밤 그 골목을 돌아다니세요. 위험하다 싶어서 기를 쓰고 말렸는데도 말을 듣지 않아 안 그래도 걱정이네요."

"아, 네……."

우태민은 내심 놀랐다. 김 선생이 그 여자 이야기를 하며 눈물을 보였기 때문이다. 아무래도 여자를 걱정하는 마음은 진심인 듯했다. 우태민은 서둘러 화제를 돌렸다.

"아무튼 여기가 헌금이다 뭐다 해서 사람들 돈 뺏고 괴롭히고 그러는 사이비는 확실히 아니란 거죠?"

"그럼요. 에덴선교회는 공부하는 곳이기도 하고 서로 친분을 쌓고 교류하는 곳이기도 해요. 저처럼 지방에서 서울로 올라와 친구 하나 없이 외로운 사람들이 이곳에 모여요. 저도 우울증을 오래 앓았는데 여기 사람들하고 어울리고 나서는 많이 괜찮아졌어요."

그 말을 한 이는 소가 핥아놓은 것처럼 머리를 멀끔하게 빗어 넘긴 젊은 남자였다. 그 역시 인성 좋아 보이는 표정을 지었다. 남자만이 아니었다. 모두들 같은 표정이었다. 근심 걱정이라고는 모른다는 표정. 조금의 악의조차 읽어낼 수 없는 표정. 우태민은 더는 할 말이 없었다. 명확하게 찜찜한 구석이 있어야 걸고넘어질 텐데 그런 게 보이지 않았다. 한편으로는 부럽고 궁금하기도 했다. 어떻게 하면 저런 표정들을 짓고 살 수 있는지.

"저희는 오랜 시간 여러 지역을 다니며 이런 활동을 해왔어요. 이곳 나안동에 온 지는 얼마 안 됐지만 여기서도 주민 분들에게 평화와 행복을 주고 싶어요."

우태민은 김 선생의 말에 고개를 끄덕였다. 평화와 행복이라니. 좋은 말이었다. 지금껏 우태민은 나쁜 놈들을 숱하게 만나왔다. 그리고…… 인정하긴 싫지만 자신도 썩 좋은 놈이 아니라는 걸 잘 알았다. 그랬기에 누가 악하고 선한지 척 보면 알 수 있었다. 김 선생은 그런 사람, 그러니까 불쌍한 이들을 괴롭히고 납치하고 뜯어먹는 사이비 교주는 아닌 듯 보였다. 그렇다는 건 결국 최길자 그 늙은이의 말이 틀렸다는 뜻이었다. 사실 조금만 생각해봐도 알 수 있는 일이었다. 이런 허름한 상가 3층에 자리한 인원도 몇 없는 에덴선교회가 사람들을 사라지게 한다니…….

쪽팔리게.

우태민은 그렇게 생각하며 김 선생을 향해 고개를 숙였다.

"이거 미안합니다. 제가 착각을 좀 했나 봅니다."

"미안해하실 필요 없어요. 착각할 수 있죠. 이것도 인연인데 자주 놀러 오세요. 여기선 마음껏 쉬다 가셔도 돼요."

김 선생이 친절하게 대할수록 우태민은 주눅이 들고 부끄러워졌다. 이런 적은 처음이었다. 빨리 자리를 뜨고 싶었다.

"이만 가보겠습니다."

"잠깐 앉아 있다 가세요."

미현이 붙잡았지만 우태민은 고개를 저었다.

"제가 좀 바빠서. 아시는지 모르겠지만 이 동네 자율방범대장이 나요. 혹시 앞으로 뭐 어려운 일 생기면 저한테 연락하세요."

우태민은 그 말과 함께 지갑에서 명함 한 장을 꺼내 김 선생에게 건넸다.

"고마워요. 대장님이셨군요. 앞으로 잘 부탁드립니다."

김 선생이 웃으며 말했다.

"이 정도로 뭘……."

얼굴이 벌게진 우태민은 얼른 문 쪽으로 향했다. 이런 호의를 받는 게 어색했지만 기분은 좋았다. 가끔 놀러 와도 괜찮지 않을까 생각하게 될 정도였다. 물론 공부는 딱 질색이었지만…….

"우라질."

그 소리가 또 튀어나왔다. 잘 내려가던 엘리베이

터가 덜커덩하더니 갑자기 멈춰섰다. 천장 조명도 깜박거리다가 픽 나가버렸다. 2층을 막 지나던 순간이었다.

"뭔 놈의 엘리베이터가 이 지랄이야?"

우태민의 목소리가 엘리베이터 안에서 웅웅 울렸다. 우태민은 휴대폰 플래시를 켠 뒤 엘리베이터 패널에 달린 비상벨을 눌렀다. 응답은커녕 신호도 가지 않았다. 아무리 살펴도 관리자 연락처 한 줄 적혀 있지 않았다. 설상가상으로 휴대폰 통신 신호도 잡히지 않았다. 화가 난다기보다는 난감했다. 마침 배가 슬슬 아파왔던 것이다. 기름진 음식과 술, 거기에 차디찬 매실주스까지 먹었으니 장이 버틸 리 만무했다. 속이 그야말로 용광로처럼 부글부글 끓었다.

"아무도 없어? 안 들려?"

우태민이 문에 붙어 서서 목소리를 한껏 높였지만 돌아오는 대답은 없었다. 우태민의 인내심은 그리 강하지 않았다. 예민한 장은 인내심이 더 없었다. 이제는 아예 천둥이 몰아쳤다. 제어할 수 없는 흉포한 괴물이 장을 뚫고 나오려는 것 같았다. 우태민은 휴대폰을 주머니에 도로 넣고 엘리베이터 문 틈새에 손가락을 넣어 억지로 열었다. 그러면 위험하다는 얘기를 얼핏 들었지만 지금은 그런 걸 따질 때가 아니었다. 나안동 방범대장 우태민이 엘리베이터에서 똥을 지릴 수는 없는 노릇이었다.

우태민은 온 힘을 다해, 그러면서도 항문에 신경은 쓰면서 문을 양옆으로 벌렸다. 처음에는 꿈쩍도 안 하던 문이 계속 힘을 주자 조금씩 열렸다. 다행히 엘리베이터는 2층을 완전히 지나기 전에 멈춘 모양이었다. 벌어진 문틈으로 어둑어둑한 복도가 보였다. 문이 조금만 더 열리면 충분히 빠져나갈 수 있을 것 같았다.

"조금만 더…… 조금만……."

우태민이 이를 악물고 힘을 줬다.

그때였다.

복도 저 끝에 선 누군가가 보였다. 어두워서 확실하진 않았지만 사람의 형체 같았다. 우태민은 반가운 마음에 소리를 질렀다.

"거기! 이봐요. 여기 좀 도와줘요!"

어둠 속에 선 사람은 꼼짝도 하지 않았다. 그저 엘리베이터 쪽을 바라볼 뿐이었다. 우태민은 이번에야

말로 화가 나서 소리쳤다.

"야! 이거 안 보여? 빨리 와서 안 도와주고……."

또각.

갑자기 들린 그 소리에 우태민은 말을 멈출 수밖에 없었다. 서늘한 기운이 등허리를 훑고 지나갔다. 구두 소리였다. 분명했다. 골목에서 들은 그 소리. 우태민은 익숙한 소리를 내며 다가오는 저 사람이 어젯밤의 그 여자일 거라 확신했다. 쓸데없는 때에만 잘 들어맞는 예감이 그렇다고, 저 여자가 바로 그 정신 나간 여자라고 속삭였다. 우태민이 그런 생각을 하는 와중에도 구두 소리는 점점 더 가까워졌다.

또각. 또각. 또각. 또각.

여자의 구체적인 모습은 아직 보이지 않았다. 그러고 보니 아직 10시도 안 됐을 텐데 복도의 모든 전등이 꺼져 있는 게 이상했다. 어쩌면 상가 전체가 정전됐는지도 몰랐다. 우태민은 열린 문틈으로 어깨를 밀어 넣은 뒤 휴대폰을 다시 꺼냈다. 그러고는 플래시를 켰다. 그 순간 소리가 뚝 그쳤다.

우태민은 마른침을 삼키며 복도를 향해 천천히 빛을 비췄다. 이상하게도 복도에는 아무도 없었다. 어둠만 넘실거릴 뿐이었다.

어디 갔지? 분명 소리도 들었는데…….

김 선생의 말에 의하면 여자는 그저 정신이 좀 이상한 사람이었다. 그걸 아는데도 우태민은 스스로 생각하기에 어이가 없을 정도로 잔뜩 긴장이 됐다. 기껏해야 평범한 체구의 여자인데. 흉기를 들었다 해도 충분히 제압할 수 있으면서도 심장이 계속 두근거렸다.

"너 내가 여기서 나가기만 해봐!"

우태민은 겁먹은 개가 더 크게 짖듯 큰소리 쳤다. 텅 빈 복도에 울려 퍼지는 자기 목소리가 왠지 낯설게 느껴졌다. 다행인지 불행인지 돌아오는 반응은 없었다.

잘못 들었어. 내가 잘못 들은 거라고.

그렇게 스스로를 위안하며 다시 문을 옆으로 밀었다. 그 순간이었다.

캬하하하!

소름 끼치는 웃음소리와 함께 엘리베이터 옆쪽에서 얼굴 하나가 홱 튀어나왔다. 짧은 순간이었지만 그것이 여자의 얼굴이라는 것, 뺨이 움푹 팼다는 것, 그리고 비정상적일 정도로 큰 눈에 검은자위가 가득하다는 것은 똑똑히 볼 수 있었다.

"으아악!"

우태민은 비명을 지르며 주저앉았다. 동시에 엘리베이터 문이 쿵 소리를 내며 완전히 닫혀버렸다. 엉덩방아를 찧을 때 떨어뜨린 휴대폰이 천장을 향해 빛을 쏘아 올렸다. 거칠게 숨을 몰아쉬며 멍하니 빛을 따라 천장을 올려다본 우태민은 또 한 번 놀랐다. 천장에는 누군가가 손톱으로 할퀸 듯한 자국이 가득했다.

그 섬뜩한 흔적에 혼이 나가 있을 때 거대한 괴물이 트림하는 것 같은 소리가 들렸다. 이윽고 엘리베이터가 다시 움직였다.

우태민은 안도의 한숨을 내쉬었지만 그것도 잠깐이었다. 엘리베이터는 줄이 끊어지기라도 한 것처럼 빠르게 추락하더니 1층을 지나쳐 계속해서 내려갔다.

"뭐, 뭐야?"

일어날 생각도 못 하고 주저앉은 자세 그대로 패널만 바라보던 우태민의 눈에 믿을 수 없는 광경이 펼쳐졌다. 엘리베이터가 지하 2층보다 더 아래로 내려가고 있었다. 우태민이 아는 한 이 상가는 밑으로 지하 2층까지밖에 없었다.

이윽고 엘리베이터가 멈추고, 패널에 B3이라는 글자가 떠올랐다. 문은 소리도 없이 열렸다. 괴괴한 어둠에 싸인 낯선 공간이 모습을 드러냈다. 주차장도 아니었고 점포가 늘어선 공간도 아니었다. 우태민은 천천히 일어나 엘리베이터 밖으로 나갔다. 아무리 낯설다 해도 언제 또 고장 날지 모르는 엘리베이터 안에 있는 것보다는 나을 성싶었다.

지하 3층은 뻥 뚫린 거대한 공간이었다. 적어도 휴대폰 빛이 닿는 범위 안에서는 기둥 외에 다른 구조물은 보이지 않았다.

"창고인가?"

그렇게 중얼거렸지만 우태민은 그곳이 창고가 아니란 걸 직감으로 알았다. 크고 작은 물건도 없이 그저 넓고 휑했다. 무엇보다 출입구가 없었다. 사방 어디에도 외부로 통하는 문이나 통로가 보이지 않았다. 계단도 없었다. 그렇다는 건 엘리베이터만이 유일한 통로이자 출입구라는 소리였다. 건축 같은 건 하나도 모르는 우태민이었지만 작은 엘리베이터 하나만으로 오가는 공간이 흔치 않다는 것쯤은 알고 있었다.

우태민은 안으로 조금 더 들어갔다. 그제야 뭔가

가 보였다. 드넓은 공간의 맨 안쪽에 무대처럼 생긴 널따란 단이 있었다. 낮은 층계 세 개를 올라가야 하는 단의 중앙에는 커다란 탁자가 놓여 있었다. 그리고 그 뒤로는 아무리 봐도 관으로 밖에는 보이지 않는 길쭉하고 네모난 무언가가 세워져 있었다.

"이게 다 뭐야?"

도무지 이해할 수 없었다. 평범한 상가 지하에 왜 이런 것들이 있는지. 우태민은 우뚝 서 있는 물체에 플래시를 최대한 가까이 가져다 댔다. 그제야 물체의 표면, 즉 관의 뚜껑처럼 보이는 부분에 어떤 문양이 새겨져 있는 게 보였다. 커다란 원 안에 정삼각형이 있고, 그 안에는 다시 거꾸로 뒤집힌 십자가가 있었다. 삼각형의 제일 위 꼭짓점에는 점이 찍혀 있었는데, 전체가 다 붉은색이었다.

설마…….

우태민은 그 문양을 보며 미현을 떠올렸다. 미현의 목걸이에도 똑같은 문양이 새겨져 있었다. 목걸이만 봤을 때는 좀 특이하다고만 생각했는데 지금 생각하니 섬뜩했다. 우태민은 바로 돌아섰다. 이곳에 더 머물러봐야 좋을 게 없다고, 예감이 다시 경고를 보냈다. 어서 1층으로 올라가 줄행랑을 놓을 생각이었다. 찜찜했다. 열어서는 안 되는 상자를 열어버린 느낌이었다. 그나마 다행인 건 부글거리던 속이 잠잠해졌다는 사실이었다. 우태민은 서둘러 걸음을 옮겨 엘리베이터로 향했다. 곧 저절로 탄식이 나왔다.

엘리베이터가 이미 움직이고 있었다.

언제 올라간 건지 3층에서부터 내려오는 중이었다. 우태민은 엘리베이터에 누가 탔는지 알 길이 없었다. 예민하게 당겨진 긴장의 끈은 엘리베이터가 1층을 거쳐 지하로 내려오는 순간 끊어질 듯 팽팽해졌다.

"우라질."

우태민이 재차 뇌까렸다. 설명할 수도 없고 이해할 수도 없는 불길한 일이 벌어졌다. 그리고 이 일을 벌였을 것으로 추정되는 실체가 저 썩어 빠진 엘리베이터를 타고 점점 다가왔다. 우태민은 망설였다. 맞설 것인가 아니면 도망칠 것인가…….

주먹질이라면 자신 있었다. 몇 놈이 덤빈다 해도 다 때려눕힐 수 있다. 아무렴 싸움으로 이 일대를 평정한 우태민 아닌가. 그럼에도 그는 뒷걸음질을 쳤다. 다리가 저절로 움직였다. 엘리베이터가 지하 2층을 지나는 걸 확인하고는 아예 반대 방향으로 달렸다. 이곳으로 다가오는 저것이 무엇이건 주먹으로 당해낼 순 없을 것 같았다. 그런 확신이 우태민을 도망치게 했다. 무서웠다. 왜 무섭다고 느끼는지 몰랐지만 아무튼 무서웠고 그래서 그 감각을 따를 수밖에 없었다.

엘리베이터 문이 열린 것과 우태민이 관 뒤에 숨어 휴대폰 빛을 숨긴 건 거의 동시였다. 우태민은 숨을 죽인 채 가만히 귀를 기울였다. 여러 개의 발소리가 들렸다. 그 소리 속에는 또각또각하는 구두 소리도 섞여 있었다. 소리는 점점 더 가까워졌다. 이쪽으로 다가오는 게 틀림없었다. 족히 대여섯 명은 되는 것 같았다. 곧 누군가의 목소리가 울려 퍼졌다.

"불청객과 엘리베이터 고장 때문에 지체되었으니 최대한 빨리 진행합시다."

우태민은 흠칫 놀랐다. 목소리의 주인공은 김 선생이었다. 나긋하면서도 울림이 강한 그 목소리를 다른 사람의 것으로 착각하긴 어려웠다.

뭘 진행한다는 거지?

궁금했지만 알고 싶지 않았다. 우태민이 원하는 건 단 하나, 이곳에서 나가는 것뿐이었다.

그래도 김 선생이라면 괜찮지 않을까?

그런 생각을 하며 우태민이 웅크렸던 몸을 조금 폈을 때였다.

캬하하하!

기다렸다는 듯 여자의 웃음이 터져 나왔다. 우태민은 그대로 굳었다. 다음 순간 김 선생의 차가운 음성이 들렸다.

"묶어요."

곧 여러 명이 부산스레 움직이는 소리가 이어졌다. 우태민은 궁금증을 참지 못하고 관 뒤에서 얼굴을 반쯤 내밀었다. 오른 눈 시야 끝에 단 위에 올라온 사람들의 모습이 걸렸다. 사람들은 짐작한 대로 모두 여섯이었다. 그중 다섯은 무릎 아래까지 내려오는 검은색 옷을 걸치고 거기에 딸린 모자를 쓰고 있었다. 나머지 한 명이 바로 그 여자였다. 구두를 신은 여자. 그 여자가 탁자 위에 누워 있었다. 우태민에게는 여자의 다리 부분만 보였다.

"다 됐으면 시작하시죠."

검은 옷을 입은 김 선생이 말했다. 그러자 곧 사람들이 일제히 한 단어를 외쳤다.

"에덴."

독특한 리듬으로 낮고 묵직하게 발음되는 그 단어를 듣는 순간 우태민의 팔뚝에 소름이 돋았다. 그는 자신의 존재를 들키지 않기 위해 몸을 더욱 작게 웅크렸다. 침도 삼킬 수 없었다. 그 작은 소리마저 저들은 알아챌 것 같았다. 김 선생의 목소리가 또 한 번 이어졌다.

"터 밟기 사역을 위해 수고한 어린 양 당신께 그분의 은혜와 사랑이 깃들기를 기도합니다. 당신의 희생으로 이 땅에 에덴 복음이 충만해진바, 그분의 흡족해하심이 하늘과 땅에 가득할 것입니다."

"에덴."

사람들은 다시 합창하듯 같은 말을 읊조렸다.

저것들 대체 뭘 하는 거야?

훔쳐보고는 있지만 도대체 무슨 상황인지, 일이 어떻게 돌아가는 건지 짐작도 할 수 없었다. 다만 한 가지는 확실했다. 아주 불길하고 안 좋은 일이 벌어지고 있다는 것.

"당신은 그분을 믿습니까?"

김 선생이 탁자 위의 여자에게 묻는 것 같았다.

"네. 믿습니다."

여자가 대답했다. 너무나도 평범하고 가녀린 목소리였다. 소름 끼치게 웃어대던 목소리의 흔적은 찾아볼 수 없었다.

"당신은 그분의 피가 되고 살이 되길 원합니까?"

"네. 원합니다."

"당신은 구원받길 원합니까?"

"네. 구원받고 싶습니다."

김 선생과 여자의 대화는 거기서 멈췄다. 곧이어 김 선생은 도무지 알아들을 수 없는 말을 중얼거리기 시작했다. 말은 아주 빨랐고 목소리는 귀청을 찢을 듯 높았다. 각각의 음절이 부딪치고 뭉개지면서 우태민의 귀에는 그 소리가 그저 잡음처럼 들렸다. 귀를 후벼 파는 잡음.

키케캬크싸코스마.

굳이 음차하자면 이런 소리였다. 뜻을 알 수 없는 김 선생의 외침 사이사이에 사람들의 외침이 끼어들었다.

"에덴!"

"에덴!"

양쪽의 소리가 점점 고조되며 탁자 주위로 열띤 분위기가 번져가던 무렵 김 선생을 제외한 네 명이 품에서 뭔가를 꺼내 들었다. 우태민은 그 광경을 도저히 믿을 수 없어 눈을 고쳐 떴다. 그래도 눈앞의 상황은 바뀌지 않았다. 네 사람이 높이 치켜든 것은 분명 칼이었다. 김 선생이 든 커다란 손전등 불빛이 네 자루의 칼에 닿았고 그 덕분에 칼날은 굶주린 맹수의 눈처럼 번쩍였다.

뭐, 뭐야?

하마터면 그 소리를 입 밖으로 뱉을 뻔했다. 우태민은 한 손으로 자기 입을 막은 채 비현실적인 풍경을 멍하니 바라봤다. 살면서 산전수전 다 겪은 우태민이었다. 아주 험하고 잔인한 짓도 해봤다. 또 그런 현장에 목격자로서 있어도 봤다. 그럼에도, 맹세코, 이 순간보다 불가해하면서도 끔찍한 적은 없었다. 우태민은 직감했다. 저 칼날이 누구에게로 향할지를. 다음 순간 무슨 일이 벌어질지를…….

"쿄키캬캬파사스크!"

지하가 떠나갈 듯 큰 소리로 주문을 외던 김 선생이 말을 뚝 멈췄다. 그때였다. 탁자 위에 묶인 여자가 종전의 그 웃음을 터뜨렸다.

캬하하하!

"그분께 바쳐라."

김 선생이 나직이 한마디를 했다.

"에덴!"

네 사람은 그렇게 외치며 칼을 내리꽂았다. 여자에게. 조금의 망설임도 없이.

푸욱.

칼끝이 살을 뚫는 소리가 생생하게 들렸다. 여자는 그 순간에도 그저 웃었다. 고통에 찬 비명도 내지르지 않았다.

캬하하하!

우태민은 귀를 막고 싶었다. 눈을 감고 싶었다. 그럴 수 없었다. 그대로 굳어 꼼짝도 하지 못했다. 칼이 살을 찢는 소리와 여자의 웃음, 그리고 김 선생의 중얼거림이 쉴 새 없이 들렸다. 비릿한 피 냄새가 코를 찔렀다. 우태민은 역한 기운에 헛구역질이 나올 뻔한 걸 입술을 깨물어 간신히 참았다. 저 미친 것들에게 걸리면 무슨 짓을 당할지 알 수 없었다. 최길자 할머니의 말이 맞았다. 에덴선교회는 사이비였다. 그것도 아주 사악하고 끔찍한 사이비.

"이 희생을 통해 우리는 그분께 한 걸음 더 다가가게 되었습니다."

벅찬 말투로 김 선생이 소감을 말했을 때였다. 그리고 우태민이 덜덜 떨며 주먹을 꽉 쥐었을 때였다.

무조건 무조건이야.

구성진 트로트 가락이 장내에 울려 퍼졌다. 우태민의 휴대폰이 토해낸 소리였다. 급히 내려다본 액정에는 '박 씨' 두 글자가 떠 있었다. 재빨리 전화를 끊었다.

들켰다.

그 사실을 받아들이지 않을 수 없었던 우태민은 관 뒤에서 튀어 나갔다. 검은 옷을 입은 다섯 명의 시선이 일제히 우태민에게로 꽂혔다. 찰나였지만 우태민은 확실히 봤다. 탁자 위에 누운 여자의 복부가 활짝 열려 있는 것을. 그럼에도 여자는 여전히 꿈틀거렸다.

"잡아."

김 선생의 메마른 목소리가 날아들었다.

"으아악!"

우태민은 비명을 지르며 내달렸다. 단에서 바닥으

로 훌쩍 뛰어내린 그는 그대로 엘리베이터로 향했다. 칼 든 네 명이 뒤쫓아오는 소리가 들렸다. 우태민은 거의 몸을 날려 엘리베이터 버튼을 눌렀다. 문이 열렸다. 안으로 구르듯 들어간 우태민이 닫힘 버튼을 미친 듯이 연타했다. 김 선생을 제외한 검은 옷의 네 명이 코앞까지 달려왔지만 모자를 푹 눌러쓴 탓에 얼굴이 보이지 않았다. 넷 중 한 명이 손을 뻗었다. 그 순간 엘리베이터 문이 닫혔다.

우태민은 1층으로 올라가는 엘리베이터 안에서 한숨을 토해냈다. 다리가 후들거려 똑바로 서 있을 수 없었다. 온몸이 땀범벅이었다. 심장이 세차게 뛰었다. 이대로 터져버리는 게 아닌가 싶을 정도였다.

엘리베이터의 문이 열리자마자 우태민은 오로지 건물 밖을 향해 걸었다. 로비는 달라진 게 하나도 없었다. 밖에서는 여전히 비가 거세게 쏟아졌다. 우태민은 망설임 없이 빗속으로 뛰어들었다. 몸을 때리는 빗줄기에 우태민은 비로소 안도감을 느꼈다. 괴물의 아가리에서 벗어났다는 안도감이었다.

여전히 온몸이 떨리고 현실감을 되찾기 어려웠지

만 우태민은 계단 오르는 걸 멈추지 않았다. 최길자 할머니를 만나야 했다. 만나서 자신이 본 걸 이야기하고 그와 말을 맞춰봐야 했다. 뭐가 뭔지 알아야 신고도 할 수 있으니까.

우태민은 403호 앞에서 잠시 숨을 고른 뒤 문을 두드렸다. 응답이 없었다. 집주인이 깊이 잠든 듯했다. 몇 번 더 두들겨봤지만 마찬가지였다. 시끄러운 소리만 헛되이 울릴 뿐이었다. 그때 살짝 열린 문틈이 우태민의 눈에 들어왔다.

뭐지?

우태민이 가만히 문손잡이를 잡아봤다. 차가웠다. 그리고 보니 어딘가에서 서늘한 바람이 불어왔다. 조심스레 문을 당겼다. 낡은 문은 그 연식에 걸맞는 신음을 흘렸다. 우태민은 끼익하는 소리를 뒤로한 채 403호 내부로 들어갔다.

"어르신."

최길자 할머니를 불렀다. 현관 센서 등 같은 건 애초에 없었다. 집 안은 지독하게 어두웠다. 그리고…… 사람이 산다기에는 찬 기운이 가득했다.

"어르신!"

목소리를 높였다. 그래도 대답은 없었다. 꽉 막힌 정적이 몸을 옥죄어왔다. 우태민은 신발을 신은 채 거실에 들어섰다. 왠지 그래야 할 것 같았다. 그때까지 손에 꼭 쥐었던 휴대폰을 들여다봤다. 배터리가 다 됐는지 먹통이었다. 쓸모없어진 물건을 바지 주머니에 찔러 넣고 손바닥에 밴 땀을 허벅지에 문질러 닦았다. 이상했다. 오들오들 떨릴 정도로 냉기가 흐르는데도 땀은 쉴 새 없이 배어 나왔다. 우태민은 좁은 거실을 가로질러 안방으로 향했다. 발걸음을 옮길 때마다 장판에서 쩌억쩌억 소리가 났다.

방문은 열려 있었고 최길자 할머니는 그 한가운데에 모로 누워 있었다. 우태민은 바람 빠진 풍선 같은 노인의 등에 대고 물었다.

"할머니, 주무세요?"

순간 완만하게 굽은 등이 미세하게 꿈틀댔다. 긴장한 우태민의 맥이 탁 풀렸다.

"에이. 아무리 노인네라도 귀가 그렇게 어두워서 어째요? 도둑이 다 훔쳐 가도 모르겠네. 빨리 일어나 봐요. 지금 태평하게 주무실 때가……."

곧 뭔가가 잘못됐다는 걸 알아차린 우태민은 말을

잇지 못했다. 절규하듯 입을 벌린 채 굳어버렸다. 바닥이 축축했다. 안방을 밝히는 거라고는 커튼 사이로 들어오는 희미한 가로등 불빛뿐이었지만 바닥에 고인 게 뭔지 정도는 알아볼 수 있었다.

피였다.

검붉은 피가 흥건하게 고여 있었다.

"어, 어르신?"

우태민이 덜덜 떨며 최길자 할머니에게 다가갔다. 조심스레 손을 뻗어 팔을 건드렸다. 아직은 물렁했다. 우태민은 조금 더 용기를 내 어깨를 잡아당겼다. 작고 마른 노인의 몸이 아무런 저항 없이 끌려와 바로 누운 자세가 되었다. 그제야 확실히 보였다. 명치에서 아랫배까지 세로로 길게 난 칼자국이. 그게 다가 아니었다. 범인은 할머니의 배를 가로로 한 번 더 그어놓았다. 배 속에서 끊임없이 피가 흘러나왔다.

최길자 할머니의 숨은 가까스로 붙어 있었다. 가슴이 작게 오르내렸다. 반쯤 뜬 눈이 우태민을 향했다.

"내, 내가 얼른 신고할 테니까……."

우태민이 말했지만 최길자 할머니는 고개를 저었다. 그 뜻이 분명해 보였다. 노인은 쭈글쭈글한 손으로 가까이 와보라고 손짓했다. 할 말이 있는 듯했다.

"이 상태로 뭔 말을 한다고."

그렇게 말하면서도 우태민은 최길자 할머니의 입에 귀를 가져다 댔다. 숨결이 느껴졌다. 언제 사그라져도 이상하지 않을 만큼 미약한 숨결이었다. 최길자 할머니가 천천히 낮게 속삭였다.

"그것들이…… 여기에 둥지를 틀고 알을 깔 거야."

"에덴선교회 말이에요? 알을 깐다는 건 또 무슨……."

그 말을 끝으로 숨결이 멎었다. 우태민은 최길자 할머니를 내려다봤다. 눈은 여전히 뜨여 있었지만 커다란 눈동자의 생명의 빛이 빠른 속도로 사그라들었다.

"허업!"

우태민이 기겁하는 소리를 내며 물러났다. 순간 최길자 할머니의 왼손이 어딘가를 가리킨다는 걸 알아챘다. 죽기 직전의 마지막 행동. 손끝을 따라간 곳에는 서랍장이 있었다. 우태민은 홀린 듯 서랍을 열었다. 그 안에는 두툼한 수첩이 들어 있었다. 일단 그걸 챙겨 들었다. 그러고는 벌떡 일어났다. 정신이 하나도 없었지만 한 가지 사실만은 직감적으로 알 수 있었다.

여기 있으면 위험하다!

최길자 할머니를 죽인 범인은 그놈들이다. 에덴선 교회 놈들. 그리고…… 지금은 자신을 찾을 터였다.

403호를 빠져나가기 전 우태민은 최길자 할머니를 돌아보며 나직하게 말했다.

"내가 꼭 복수해줄게요."

우태민은 집으로 가는 대신 단골 PC방으로 향했다. 집 역시 안전할 것 같지 않았다. 그는 세 시간 이용권을 결제한 뒤 대충 가장 구석진 자리에 앉았다. 비가 내려서인지 PC방에는 손님이 별로 없었고 누구 하나 그에게 관심을 보이지도 않았다.

"우라질. 우라질. 우라질."

우태민은 자기가 계속 욕지거리를 한다는 사실도 인지하지 못했다. 한동안 팝업 창이 어지럽게 뜬 모니터를 바라보다 조금 정신이 돌아온 후에야 수첩을 뒤졌다. 몇 장 넘기지도 않았는데 수첩 중간이 자연스레 벌어졌다. 그 틈에 명함 한 장이 꽂혀 있었다. 그리고 그 옆에는 날렵한 글씨로 이렇게 적혀 있었다.

만약 내가 죽고 자네가 이걸 읽는다면 명함 속 번

호로 연락을 해.

우태민은 명함을 살폈다. 생김새는 평범했다. 흰색 바탕에 글자가 단정하게 인쇄돼 있었다. 다만 적힌 내용을 바로 알아차리기는 어려웠다.

전승미
유해종교와해단(Hazardous Religion Destruction Team)
010-○○○○-○○○○

전승미? 유해종교와해단?

일단은 연락을 해봐야겠다는 생각으로 휴대폰을 꺼내 들자마자 배터리가 없었다는 사실이 기억났다. 우태민은 컴퓨터 본체 뒤로 비죽 튀어나와 있는 충전선에 얼른 휴대폰을 연결했다. 그러고는 배터리가 차오르길 기다리며 수첩을 읽어 내려갔다.

수첩 속에는 최길자 할머니가 에덴선교회에 관해 조사한 내용이 빼곡하게 적혀 있었다. 기록에 따르면 에덴선교회가 나안동에 들어온 건 1년 전이었다. 이후 본격적으로 사람들을 모으기 시작했는데 그 시기부터 동네에 실종자가 생겼다. 우태민은 그 부분을 읽으며 기억을 더듬었다. 확실히 그랬다. 요 몇 달 사이 집주인한테 말도 없이 이사를 가거나 돌연 행방을 감춘 이들이 몇 있었다. 이제까진 젊은 애들은 원래 그렇다며 혀를 차고 말았지만 최길자 할머니의 조사가 정확하다면 그 모든 게 에덴선교회 짓일 가능성이 컸다. 납치하거나 꾀어낸 끝에 지하 3층으로 데려가 이상한 의식과 함께…….

몸속 깊은 곳에서부터 구역감이 올라왔다. 동시에 배가 다시 부글댔다. 우태민은 조금 충전된 휴대폰과 수첩을 급히 챙겨 화장실로 달려가 바지를 내렸다. 변기에 앉으니 그제야 안도감이 밀려왔다. 아랫배는 시끄러웠고 통증도 계속됐지만 정신은 오히려 맑았다. 조금 전까지만 해도 어떻게 해야 할지 감이 오지 않았는데 이제는 알 것 같았다. 이 수첩을 들고 지구대로 가면 됐다. 가서 직접 본 걸 이야기하고 수첩을 증거로 제출한 다음 경찰들을 대동해 에덴선교회를 덮치는 것이다. 그러면 모든 게 밝혀지리라.

"개새끼들. 딱 기다려."

우태민은 항문에 마지막 힘을 주며 명함에 적힌

번호로 문자를 보냈다. 변기에 앉아서 전화를 할 순 없었다.

— 나안동 자율방범대장 우태민입니다. 최길자 할머니가 돌아가셨습니다. 에덴선교회라고 아십니까? 최길자 할머니를 알고, 에덴선교회도 아신다면 답장해주세요.

우태민은 화장실에서 나와 곧장 PC방을 떠났다. 비는 여전히 퍼부었다. 우태민은 수첩을 품에 넣은 채 달리고 또 달렸다. 목표가 명확해지니 쪼그라들었던 투쟁심이 되살아났다.

이 미친놈들을 내가 꼭 잡아서…….

우태민은 어느새 나안지구대 앞에 도착했다. 불을 훤히 밝힌 지구대는 보기만 해도 든든했다. 우태민은 그 익숙한 공간으로 거침없이 들어갔다.

"어? 어쩐 일이세요? 비까지 다 맞으시고."

낯익은 순경 한 명이 우태민을 보며 물었다. 요셉이라는 이름이 특이해서 기억하는 사람이었다.

"지구대장님은?"

우태민은 질문을 대답 대신 했다. 빨리 그와 만나 모든 걸 설명해야 했다.

"계시긴 계시는데……."

"그럼 비켜!"

당황한 순경을 밀친 우태민이 곧장 지구대장 집무실로 향했다. 뒤에서 뭐라고 구시렁거렸지만 신경 쓰지 않았다.

"대장님!"

우태민이 큰 소리로 외치며 벌컥 문을 열고 들어갔다. 책상에 앉아 있던 지구대장이 고개를 들었다. 뭔가를 적고 있었는지 오른손에 볼펜이 들려 있었다. 지구대장은 노트를 덮으며 우태민을 맞았다.

"아이고, 우리 파수꾼 님께서 아직도 집에 안 가시고 또 어쩐 일이십니까?"

지구대장은 함께 술을 마셨는데도 멀쩡해 보였다.

"다행히 계셨네요. 안 계시면 어쩌나 걱정했는데."

우태민의 말에 지구대장이 사람 좋아 보이는 미소를 지었다.

"저도 한잔한 뒤라 가서 쉬고 싶은데 급히 처리할 게 있어서……. 그런데 갑자기 무슨 일입니까?"

"그게 있잖습니까, 대장님. 지금 우리 나안동에 무시무시한 일이 일어난 것 같습니다."

우태민이 수첩이 든 품에 손을 넣으며 말했다.

"무시무시한 일이요? 일단 소파에 좀 앉으세요. 제가 냉커피라도 한잔 타드릴 테니."

지구대장이 청했지만 우태민은 냉커피고 뭐고 마실 생각도, 편한 자리에 느긋하게 앉을 생각도 없었다. 지금 중요한 건 그런 게 아니었다. 냉커피야 사이비 놈들을 다 잡아들이고 나서도 실컷 마실 수 있었다.

"대장님, 지금 커피보다 더 중요한 게……."

우태민이 말끝을 흐렸다. 지구대장은 이미 자리에서 일어난 상태였다.

"급할수록 여유를 가져야죠."

지구대장이 탕비실 쪽으로 향하며 말했다. 우태민은 책상 위 노트에 시선을 고정한 채 눈만 껌벅거렸다. 자기가 지금 본 게 뭔지 이해하는 데 시간이 조금 필요했다.

지구대장이 방금까지 무언가를 적던 노트 표지에 그 문양이 찍혀 있었다.

원, 삼각형, 그리고 거꾸로 뒤집힌 십자가.

우태민은 발소리를 최대한 죽인 채 문 쪽으로 걸어갔다. 지구대장은 탕비실에서 계속 이런저런 말을 쏟아내고 있었다.

"천하의 우태민 씨가 뭘 보셨기에 얼굴이 허옇게 질려서 온 건지 궁금하네요."

뭘 봤다고 한 적은 없는데…….

우태민은 그대로 지구대장 집무실을 빠져나왔다. 그런 자신을 의아하다는 듯 바라보는 경찰들을 잰걸음으로 지나 입구에 다다랐을 때였다.

"우태민 씨."

뒤에서 들린 지구대장의 목소리에 우태민이 깜짝 놀라 뒤를 돌아봤다. 순한 인상의 남자가 만면에 미소를 지으며 우태민을 뚫어져라 쳐다봤다. 지구대장의 입술이 소리 없이 움직였다. 우태민은 그자가 뭐라고 하는지 곧바로 알아챘다.

에덴.

상가에서 들었던 그 소리가 다시금 귓가에서 울리는 것 같았다. 우태민은 밖으로 나갔다. 지체하지 않고 큰길을 향해 달렸다.

이 동네를 벗어나야 한다!

우태민의 생존 본능이 그렇게 외쳤다. 지구대에서 골목 하나만 지나면 바로 큰길이었다. 거기서 택시를 잡아 타고 다른 경찰서로 간다면…….

끼익.

우태민이 골목을 막 벗어나려는 순간 검은색 승합차 한 대가 그를 가로막듯 멈춰 섬과 동시에 문이 활짝 열렸다. 미처 저항할 새도 없이 차 안에서 손 여러 개가 튀어나와 우태민을 붙잡더니 내부로 끌어당겼다.

"놔! 놓으라고!"

우태민은 닥치는 대로 주먹을 뻗었다. 순간 차운 무언가가 목에 닿았다. 다음 순간 저릿저릿한 감각이 우태민의 몸을 관통했다.

우태민은 신음할 뿐 몸을 움직일 수 없었다. 자신이 바지에 실수를 했다는 것도 깨닫지 못했다. 그 상태 그대로, 통나무처럼 뻣뻣하게 굳은 채로 우태민은 승합차 안으로 끌려 들어갔다. 의식이 멀어지는 와중에도 그는 검은색 비옷을 입고 모자를 쓴 사람들의 모습을 포착하려 애썼다. 어두워서 얼굴을 자세히 볼 수 없었지만 익숙한 어떤 냄새가 우태민의 기억을 자극했다.

그것은 싸구려 스킨 냄새였다.

"에덴."

우태민은 그 소리를 듣고 최후를 직감했다. 곧 시퍼런 칼이 복부를 파고들었다. 우태민은 역십자가 모양으로 갈라지는 자신의 배를 보며 서서히 눈을 감았다. 그것으로 끝이었다. 그날 이후 우태민은 나안동에서 자취를 감췄다. 그를 찾는 사람은 아무도 없었다. 파수꾼의 존재는 완전히 잊혔다.

그리고…… 알을 까고 나온 끔찍한 존재들은 또 다른 희생양을 찾아 더 맹렬히 움직이기 시작했다.

# 희생양

"……내가 피를 볼 때에 너희를 넘어가리니……."
— 〈출애굽기〉 12장 13절

"……기상특보입니다. 12호 태풍 스콜피온이 저녁 8시를 기해 동해안으로 빠져나갔습니다. 하지만 태풍이 몰고 온 열대기단의 영향으로 수도권에서는 곳에 따라 국지성 호우가 내리는 곳이 있겠습니다. 침수와 산사태에 각별히 주의하시고……."

민 경사는 라디오를 들으며 창문으로 밤하늘을 올려다봤다. 맑은 하늘을 장악하려는 듯 먹구름이 빠르게 몰려왔다. 아무래도 진탕 쏟아질 기세였다.

"여기 있어요."

김 선생의 말에 민 경사가 고개를 돌렸다.

"아, 감사합니다."

김 선생이 내민 것은 회원 명부였다. 두꺼운 명부

의 겉면에는 '에덴선교회'라는 글자가 금박으로 새겨져 있었다. 그 밑의 둥근 모양 기호도 똑같이 금박이었다. 명부에는 여러 사람의 이름과 전화번호, 주소가 적혀 있었다. 민 경사가 눈짓을 보내자 박 순경이 휴대폰으로 재빨리 사진을 찍었다. 민 경사는 한마디 하려다가 그만뒀다. 무언가를 수첩에 기록하는 건 이제 옛날 사람이나 하는 짓이었다. 메모보다야 사진 한 장이 나았다.

"꼭 좀 부탁드립니다. 너무 걱정되네요. 말씀드렸다시피 그 회원님은 딱히 가족이라 할 만한 사람이 없어요. 멀리 지방에서 올라와 혼자 사는데 이렇게 연락이 안 된 적은 없었거든요. 물론 아무 이유 없이 모임에 참석하지 않은 것도 이번이 처음이고요."

김 선생은 수수한 인상의 여성이었다. 차분하고 지성적으로 보이기는 했지만 종교 지도자 같은 분위기는 풍기지 않았다. 오히려 상담사에 가까워 보였다. 몇 년 전 갱년기 우울증이 심해 잠깐 치료를 받았을 때도 딱 이런 여자에게 상담받았다. 목 끝까지 잠근 셔츠나 보풀 한 톨 일지 않은 카디건까지 꼭 그 상담사와 닮아 있었다.

"에덴선교회가 정확히 뭘 하는 곳입니까? 교회 같지는 않고. 분위기는 좋아 보이네요."

민 경사는 벽에 붙은 여러 장의 사진을 보며 말했다. 회원으로 보이는 사람들끼리 환하게 웃는 단체 사진이 많았다. 대부분 젊어 보였다.

"저희는 종교 단체가 아니에요. 당연히 교회가 아니죠. 그서 함께 모여서 진리에 대해 토론하고 그분의 뜻을 헤아리는 공부방이라고 보시면 돼요. 절 그냥 김 선생이라 불러달란 것도 그런 이유 때문이에요."

김 선생은 들고 있던 명부를 책상 위에 내려놓았다. 명부의 두께가 모임의 역사를 말해주는 듯했다.

"그렇군요. 가족도 아니고, 그렇다고 직장도 아닌 모임에서 회원 한 명이 장기간 나오지 않는다고 실종 신고를 하는 경우가 드물긴 해서요."

민 경사는 쓸데없이 들고만 있던 수첩을 집어넣었다. 교회면 교회고 아니면 아니지 진리에 대해 토론하는 공부방은 뭐야? 더 캐묻고 싶었지만 생각만 했다. 중요한 건 그게 아니었으니까.

"제가 촉이라고 해야 할까, 감이라고 해야 할까, 아무튼 그런 게 좀 발달했어요. 매일 연락을 주고받던

분이 2주 넘게 소식이 없다 보니 걱정도 되고 느낌도 괜히 안 좋아서…….”

"알겠습니다. 일단 주소지로 한번 찾아가 보겠습니다."

"날씨도 궂은데 번거롭게 해드려서 죄송해요."

번거로운 건 사실이었다. 지구대장의 특별 지시가 없었다면 이런 신고에 출동까지 하지는 않았으리라. 김 선생과 지구대장은 친분이 있는 듯했다. 어떤 사이인지는 몰라도 지구대장이 신경 좀 써달라고 했으니 뭐라도 해야 했다. 일찌감치 승진을 포기한 민 경사였지만 그렇다고 앞날이 창창한 신임 지구대장에게 굳이 밉보일 것도 없었다.

"아닙니다. 저희가 하는 일이 이런 건데요, 뭐. 하실 말씀 더 있으면 나중에라도 전화 주세요. 명함 여기 있습니다. 그런데 하나만 더 물어봐도 되겠습니까?"

민 경사가 명함을 내밀며 말했다.

"그럼요."

김 선생은 사람 좋아 보이는 미소로 대답했다.

"아까 언급하신 그분은 누구십니까?"

"그 뜻을 알 수도 없고 짐작도 할 수 없는 분이죠."

민 경사의 질문에 김 선생은 명쾌한 표정으로 명쾌하지 않은 답을 내놨다. 민 경사는 이들이 언급하는 그분이 도대체 누구인지 궁금했다.

"그렇군요. 그분 심기를 건드리지 않도록 조심해야겠네요. 그럼 가서 살펴보겠습니다."

"그럼 수고…… 아!"

김 선생은 뭐라 덧붙이려다 멈칫했다. 그러고는 기다리라는 듯 손을 살짝 들더니 안쪽으로 사라졌다. 잠시 후 나타난 김 선생의 두 손에는 에너지 음료 두 병이 들려 있었다.

"이거라도 드세요."

"감사합니다."

그 자리에서 음료를 다 마신 민 경사와 박 순경은 밖으로 나와 도로변에 세워둔 순찰차에 올랐다.

"진짜 실종일까요?"

박 순경이 시동을 걸며 물었다.

"뭐, 가능성은 크지 않아 보이지만 그래도 가보긴 해야지. 혼자 사는 여자라니까 또 모르는 거고."

지구대장의 요청이 있었다고는 말하지 않았다. 50줄에 접어든 만년 경사가 젊은 상사의 지시에 성실히 복무한다는 소리는 듣기 싫었다. 딱 그 정도가 민 경사에게 남은 마지막 자존심이었다.

"하긴 요즘 저희 구역에서도 그런 신고 있었잖아요. 스토킹이다 뭐다 하는."

"그것도 그거고 최근에는 젊은 사람도 고독사한다고 하고 말이야."

"예, 맞습니다. 며칠 전에도 뉴스에서 봤습니다."

"그래. 젊으나 늙으나 사람은 외로우니까. 오죽했으면 저런 모임에 참석하고 그러겠어."

"근데 좀 수상하지 않습니까?"

"뭐가?"

"젊은 사람들만 노리고 포교 활동을 하는 사이비 이야기도 들리고 하니까……."

"신경 꺼. 우린 우리 할 일만 하면 돼. 서두르자고. 비가 제법 올 것 같으니까."

민 경사의 말을 듣고 박 순경이 막 가속페달을 밟았을 때였다. 하늘이 반으로 쪼개지는 게 아닌가 싶을 정도로 천둥이 크게 치더니 비가 쏟아졌다. 폭격이라 할 수 있을 정도로 세찬 빗줄기였다. 순찰차 지붕에서 요란한 소리가 났다. 방심한 채 거리를 지나던 사람들이 그야말로 팬 위에서 볶이는 콩처럼 사방으로 내달렸다.

"국지성 호우가 있을 거라더니. 웬일로 일기예보가 들어맞았네."

민 경사가 창밖을 보며 중얼거렸다.

"어렵다고 들었습니다."

박 순경은 이 한마디를 하고는 뚫어져라 앞만 바라봤다. 와이퍼가 부지런히 움직였지만 시야는 여전히 부옜다. 성난 빗줄기가 전조등 불빛을 가르며 내렸다.

"어렵다니?"

민 경사가 물었다.

"국지성 호우 말입니다. 예보하기 가장 어려운 게 국지성 호우라고 합니다. 워낙 돌발적으로 쏟아져서……. 언제, 어디에, 얼마나 내릴지 알 수 없으니 대비도 어렵고 피해도 크다고요."

"틀려도 어쩔 수 없다는 소리잖아? 그것참. 같이 나랏돈 받는 처지에 할 말은 아니지만 인공지능 시대에 그 정도면 기상청이 무능한 것 같은데. 근데 그런 얘긴 누구한테 들은 거야?"

"저희 형이 기상청에서 근무하거든요."

"아……."

민 경사가 다소 민망한 표정으로 고개를 돌렸다. 말수 적은 애송이 파트너는 묵묵히 운전을 계속했다. 빗줄기는 더욱 굵어졌다.

시작은 말단 순경이었다. 무려 25년 전의 일이었다. 처음에는 포부가 대단했다. 동료들과 술잔을 기울일 때면 정의감이나 책임감 같은 낯간지러운 단어도 스스럼없이 뱉었다. 진심이었다. 그러다가 피로가 열정을 잠식했고 진급에서 밀리는 일까지 겹치면서 경찰 일은 밥벌이 수단 그 이상도 그 이하도 아니게 되어버렸다. 다른 계기가 있던 것도 아니었다. 쓰면 쓸수록 마모되는 관절처럼 마음도 쓰면 쓸수록 닳고 해지는 것뿐이라고 민 경사는 생각했다. 어쩌면 그래서 아내와 이혼했는지도 몰랐다. 엄마를 따라간 아들 둘은 바뀌는 프로필 사진만으로 안부를 짐작할 뿐이었다.

"여기가 길의 끝입니다. 내려서 저 계단을 올라가야 돼요."

박 순경의 말에 민 경사가 눈을 떴다. 피곤했다. 뜨끈한 국물에 소주나 마시고 잠자리에 들면 딱 좋겠다 싶었다.

"내비도 안 찍고 용케 찾아왔네."

민 경사의 말에 박 순경은 별일 아니라는 듯 대답했다.

"이쪽 지리에는 훤해서요."

"차에 우산은 없지?"

민 경사가 밖을 내다보며 물었다. 비가 끊임없이 쏟아졌다.

"네. 비 올 줄 모르고……."

"그럼 내리자마자 뛰자."

민 경사는 말을 마치기가 무섭게 문을 열고 곧장 계단을 달려 올라갔다. 미친 듯이 쏟아지는 비 탓에 그 짧은 순간 모자와 제복은 물론이고 속옷까지 흠뻑 젖었다. 계단 위쪽에서 흘러내리는 빗물 탓에 신발도 같은 신세가 됐다. 계단은 한없이 이어졌고, 오르막길을 따라 비슷한 세월을 보내며 비슷한 사연을 공유했을 법한, 비슷한 모양새를 가진 고만고만한 빌라들이 웅크리고 있었다.

"경사님, 여깁니다!"

뒤에서 박 순경이 소리쳤다. 역시 젊어서 밤눈이

밝은 모양이었다.

"진작 말했어야지."

몇 계단 앞서 올라가던 민 경사가 투덜거리며 되돌아 내려왔다.

"확실해?"

박 순경에게 그렇게 물으며 빌라 정문을 바라봤다. 초록색 페인트로 적힌 빌라 이름이 보였다. 에덴빌라.

"네, 맞습니다. 에덴빌라 304호."

"앞장서."

민 경사는 박 순경을 앞세우고 빌라 안으로 들어갔다. 입구는 전등이 없어 깜깜했다. 오래된 빌라라 엘리베이터도 없었다. 군데군데 깨진 계단에서는 곰팡내와 지린내가 진동했다.

"조심해서 올라오세요."

박 순경은 휴대폰 플래시로 계단을 비추며 올라갔다. 층계참에도 센서 등은 달려 있지 않았다.

"좋은 회사 다닌다더니 사는 곳은 이런 데네. 하긴 그래 봤자 뭐 신입으로 들어가서 몇 년 다닌 것뿐이니 사정이 크게 바뀌지도 않겠지. 부모 없고 모아놓은 돈 없으면 지하 밑으로 꺼지거나 하늘 아래 붙어 살아야 한다잖아."

민 경사는 계단을 오르며 중얼거렸다. 무릎이 시큰거려 난간을 붙잡은 채 한 계단씩 걸음을 옮겨야 했다.

"다 왔습니다."

박 순경이 304호라 적힌 호수판 앞에 플래시를 들이댔다.

"잠깐만."

민 경사가 문에 가만히 손바닥을 댔다.

"뭐 하세요? 그걸로 안에 사람이 있는지 없는지 확인하시는 겁니까?"

"그게 아니고······."

민 경사는 쑥스러운 듯 슬며시 웃더니 손을 뗐다.

"예전에 알던 경찰 선배 중에 이러는 인간이 있었어. 낯선 곳에 들어가기 전에 이런 철문이 있으면 꼭 손바닥을 대보더라고. 뭐냐고 물었더니 그 선배 말이 철문 온도로 안에 시체가 있는지 없는지 알 수 있다는 거야."

"그게 진짜일까요?"

박 순경이 눈을 동그랗게 뜨고 물었다. 유독 겁먹

은 사람처럼 눈빛이 흔들렸다.

"안에 죽은 사람이 있으면 철문도 얼음장처럼 차갑다고 했어. 주위 기온이 내려가서 그렇다면서 어찌나 진지한 표정을 짓던지 믿게 되지 뭐야. 근데 또 그게 맞을 때도 있더라고."

"그럼 지금은 어떻습니까?"

박 순경이 다소 잠긴 목소리로 물었다.

"몰라. 차갑긴 한데 비가 와서 그럴 수도 있고……."

말을 얼버무린 민 경사가 초인종을 눌렀다. 반응이 없었다. 두어 번 더 눌러도 마찬가지였다.

"아무도 없는 것 같은데요?"

박 순경의 말에 민 경사도 고개를 끄덕였다. 문을 두드려볼까 하다가 그냥 물러섰다. 내일 날이 밝으면 실종자의 회사에 연락하는 게 더 나을 듯했다. 먼 곳으로 출장을 갔을지도 몰랐다.

"서에 보고하고 이만 가지."

민 경사가 막 돌아섰을 때였다.

"문이…… 열려 있습니다."

박 순경이 말했다. 발령받은 지 이제 막 석 달이

되어가는 애송이가 문손잡이를 잡은 채 딱딱하게 굳은 표정을 짓고 있었다.

민 경사와 박 순경은 열린 문틈으로 슬쩍 고개를 들이밀었다. 집 안은 몹시 어두웠다. 께름한 냄새는 나지 않았다. 다만 한기가 감돌았다. 민 경사는 현관 바닥을 내려다봤다. 운동화 한 켤레와 구두 한 켤레, 그리고 슬리퍼가 전부였다. 사이즈가 모두 같아 한 사람의 신발로 보였다.
"계십니까?"
민 경사가 굵은 목소리로 외쳤다.
"계십니까? 경찰입니다."
대답은 없었다. 빗줄기가 창문을 때리는 소리만 들릴 뿐이었다. 민 경사는 휴대폰 불빛에 의지해 거실을 살폈다. 사람도 없고 내부도 깨끗하게 정리된 상태였다. 어떤 사건이 일어난 곳이라고 의심할 만한 구석이 없었다. 다만 문도 제대로 닫지 않고 집을 비운다는 사실이 현대인의 상식으로는 받아들이기 어려웠다. 더 확인해볼 필요가 있었다.
"들어가자."

민 경사가 신발을 벗고 먼저 들어섰다.

"네."

박 순경도 그를 뒤따랐다.

"불 좀 켜봐. 아니, 잠깐!"

민 경사는 박 순경에게 기다리라는 신호를 보낸 후 목소리를 높였다.

"다시 묻겠습니다. 정미현 씨 계십니까?"

대답이 없는 걸 확인한 민 경사가 고개를 끄덕였다. 박 순경이 벽에 있는 스위치를 눌렀다.

"불이…… 안 들어옵니다."

이어서 냉장고도 열어본 박 순경이 고개를 저었다.

"이것도 꺼져 있는데요. 폭우 때문에 정전된 걸까요?"

중심가에 비해 상대적으로 낙후된 이 지역이 상습 정전 구역이기는 했다.

"어쩔 수 없지. 일단 좀 더 살펴보지."

민 경사는 플래시로 주위를 밝히며 안방으로 향했다. 그곳은 좁았다. 침대와 화장대만으로 방 안이 가득 찼다. 침구는 잘 정리돼 있었다. 화장대 위에 사원증이 있었다. 선량한 인상의 여성이 해맑게 웃고 있었다. 사진 밑에 정미현 세 글자가 적혀 있었다.

민 경사는 사원증을 내려놓고 고개를 갸우뚱했다. 사원증이 집에 있다는 것은 어떤 일이 있었어도 퇴근 후에 있었다는 뜻이었다. 그러고 보니 휴대폰도 지갑도 보이지 않았다.

그때 거실 쪽에서 쿵 소리가 났다.

"뭐라도 찾았어? 아무 물건이나 떨어뜨리고 그럼 안 돼. 나중에 다 책임져야 한단 말이야."

민 경사가 그렇게 나무라며 안방을 나서려는데 검은 그림자가 덮쳐왔다.

"흐어업."

민 경사가 비명을 삼키며 다짜고짜 엉겨 붙는 박 순경을 떼어놓으며 물었다.

"뭐 하는 거야?"

"겨, 경사님. 저기…… 저 화장실!"

다리에 힘이 풀린 듯 움직이지 못하는 박 순경을 지나 민 경사가 화장실 쪽으로 향했다. 현관문처럼 화장실 문도 3분의 1 정도 열려 있었다. 그 틈에서 진득한 어둠이 스멀스멀 새어 나왔다.

"뭔데?"

민 경사가 조심스레 걸어가며 물었다.

"제, 제가 혹시나 해서 열었는데……."

화장실에 가까워질수록 빗소리가 더 선명히 들렸다. 민 경사가 잠시 싱크대 쪽을 바라봤다. 싱크대 바로 위에 난 작은 창문이 반쯤 열려 있었다. 그곳으로 비가 들이쳤다. 엉뚱하게도 창문을 먼저 닫아야 하나, 그런 생각이 들었다. 민 경사의 정신을 되돌린 건 쇠처럼 차가운 바닥이었다. 비 오는 날씨라고는 해도 지나치게 차가웠다. 양말이 젖어 그런 걸까 싶었지만 발바닥을 타고 온몸으로 퍼져 나가는 냉기는 축축함과는 달랐다.

"저기 안에…… 화장실 안에……."

박 순경은 계속 말을 더듬었다. 자기가 순경 시절에 저랬다면 당장 정강이를 차이거나 뒤통수를 맞았을 거라 생각하며 민 경사는 다시 화장실 쪽으로 고개를 돌렸다. 서늘한 기운이 더욱 분명해졌다. 이 집 전체에 흐르는 냉기는 화장실 안에서 나오는 게 틀림없었다.

누군가 죽어 있을 것이다. 정미현이겠지.

민 경사는 죽음의 모습을 짐작했다. 목을 매달았을

수도, 손목을 그었을 수도 있었다. 그런 현장이라면 이미 숱하게 경험했다. 물론 저 애송이는 처음일 테지만. 그래서 충분히 놀랄 만한 상황이었다.

잠깐 숨을 고른 민 경사가 화장실 문을 밀었다. 낡은 경첩이 토해내는 소름 끼치는 소리와 함께 문이 활짝 열렸다. 그 순간 민 경사의 짐작을 아득히 뛰어넘는 처참한 광경이 눈앞에 펼쳐졌다.

민 경사는 자기도 모르게 헙 소리를 뱉으며 한발 물러섰다. 눈을 한 번 감았다가 떴지만 화장실 속 지옥도는 사라지지 않았다. 오히려 더 선명하게 다가왔다. 어둠으로도 다 가릴 수 없는 끔찍한 현장이었다.

여자가 벽에 기댄 채 앉아 있었다. 아니, 기댔다는 표현은 맞지 않았다. 여자는 양팔을 옆으로 늘어뜨린 상태로 고개를 꼿꼿하게 들고 있었다. 앞으로 쭉 뻗은 다리 역시 가지런했다. 십자 모양의 상처가 복부와 가슴 한가운데에 있지 않았더라면 죽었다고 생각할 수 없는 모습이었다. 상처는 죽음을 증명하듯 너무나 크고 분명했다. 민 경사는 플래시를 여자에게 비췄다. 양쪽 손목은 타일에 못 박혀 있었다. 벌어진 상처에서는 피 한 방울 흐르지 않았다. 대신 배 속에 들었어야 할 게 아무것도 없었다. 텅 빈 어둠만이 존재했다.

"뭐, 뭐야?"

민 경사는 탄식처럼 뇌까렸다. 지금껏 경찰 밥 먹으면서 이토록 기괴한 현장은 본 적이 없었다. 피범벅이었다면 오히려 나았을까? 현장은 너무 깨끗해서 비현실적이었고 그래서 관자놀이가 욱신거릴 정도로 충격적이었다.

화장실 안으로 들어가는 대신 민 경사는 문가에 서서 계속 빛만 비췄다. 어느 순간 둘은 눈이 마주쳤다. 여자는 정미현이 분명했다. 대신 사원증 속 밝은 표정을 잃고 멍하니 정면을 응시할 뿐이었다. 반투명한 눈동자에서는 어떤 생명의 기운도 읽을 수 없었다. 고개가 뻣뻣한 건 누군가가 사후경직이 시작될 때까지 그 자세 그대로 고정을 해뒀기 때문인 것 같았다.

"빨리 지원 요청해!"

민 경사의 목소리도 떨렸다. 박 순경에게선 아무 대답도 없었다.

"어서!"

"네, 네!"

다시 한번 다그치자 그제야 대답이 나왔다. 민 경

사는 화장실 바닥을 훑어봤다. 조금의 물기도 없는 화장실 바닥에는 흉기는 물론 다른 흔적도 없었다. 있다고 해도 자세히 들여다보지 않았을 것이다. 민 경사는 화장실을 빠져나왔다. 이건 무능력한 만년 경사와 햇병아리 순경이 어찌할 수 있는 현장이 아니었다. 지원을 기다려야 했다. 강력반 형사들이 출동하고 과학수사대도 도착하면 자신들은 폴리스 라인이나 치면서…….

"경사님. 지, 지원이 좀 늦어질 것 같습니다. 굴다리에 물이 불어서 빠질 때까지 못 움직인다고 합니다."

박 순경이 하얗게 질린 얼굴로 말했다. 엎친 데 덮친 격이었다. 민 경사는 벽을 짚었다. 어질어질했다. 혈압이 오르는지 목뒤가 뻣뻣했다. 관자놀이는 계속 쑤셔댔다.

젠장.

속으로 중얼대고 또 중얼댔다. 난처한 상황이었다. 이 빌어먹을 집에 단 몇 초도 더 머무르고 싶지 않았지만 지원이 오기 전까지는 현장을 벗어날 수 없었다. 그렇다고 조사를 할 수 있는 것도 아니었다. 뭐라도 잘못 건드렸다가는 현장 보존 실패로 골치 아파질 터였다. 이건 단순 살인 사건이 아니었다. 악질 사이코패스나 저지를 짓이었다.

"괜찮으십니까?"

박 순경이 옆으로 다가와 물었다.

"괜찮아. 너 뭐 건드린 거 없지?"

"네."

"알았어. 그럼 지원 올 때까지 너랑 나랑 여기서 딱 숨만 쉬는 거다. 이해하지?"

민 경사가 동의를 구했지만 박 순경은 대꾸하지 않았다. 시선이 딴 데 가 있었다. 민 경사의 어깨너머, 화장실 안에.

"왜 그래?"

민 경사가 박 순경의 시선을 따라 고개를 돌리려 할 때였다. 맹하기만 했던 박 순경이 민 경사의 손목을 꽉 움켜쥐었다. 그러곤 거의 속삭이듯 낮게 말했다.

"움직였습니다."

"……뭐?"

"저, 저 시체가 방금 눈을 깜박였습니다."

민 경사는 입을 헤벌린 박 순경의 얼굴과 꽉 잡힌 자기 손목을 번갈아 봤다. 이 새끼가 뭐라고 씨불이는 거야? 마음 같아서는 당장 그렇게 퍼부어주고 싶었지만 박 순경의 표정을 보니 그 말이 나오지 않았다.

"움직였다고요! 살아 있다고요!"

박 순경은 거의 비명처럼 외치더니 화장실 안으로 달려 들어갔다.

"야! 미쳤어?"

어깨를 낚아채려 했지만 한발 늦었다. 민 경사의 손이 허공을 가르는 사이 박 순경은 이미 정미현 앞에 가 있었다. 민 경사도 허둥지둥 안으로 들어갔다.

미쳤다. 제정신이 아니다. 너무 충격을 받아 미친 거다. 민 경사는 박 순경의 뒷모습을 보며 그렇게 생각했다. 박 순경은 죽은 여자의 얼굴을 거의 닿을 만큼 가까이서 뚫어져라 쳐다봤다. 정미현은 여전히 눈을 부릅뜨고 있었다.

"제가 분명히 봤어요. 눈을 깜박였어요."

"박 순경. 진정해. 진정하고 내 말 좀 들어봐."

민 경사는 최대한 차분히 말하려고 애썼다. 흥분한 박 순경이 자칫 시체를 건드리기라도 한다면 일이 커질 터였다. 그런 돌발 행동만은 막아야 했다.

"무섭지? 나도 무서워. 그래도 정신 줄을 꽉 잡아

야……."

순간 박 순경이 고개를 홱 돌렸다. 그 기세에 민 경사가 놀라 물러섰다. 박 순경은 번들거리는 눈빛으로 민 경사 뒤편의 화장실 벽을 쏘아봤다. 민 경사도 슬그머니 고개를 돌렸다. 안쪽으로 열리는 화장실 문에 가리는 바람에 보이지 않았던 자리에 어떤 표식이 그려져 있었다.

"뭐야?"

민 경사가 플래시를 비추며 벽에 천천히 다가갔다.

"저거예요. 미현이는 저걸 보는 거예요."

뒤에서 박 순경이 말했다.

"이게 무슨……."

화장실 문을 닫고 벽과 마주한 민 경사는 그렇게 반응할 수밖에 없었다. 기묘한 그림이었다. 아니, 기괴하고 섬뜩한 그림이었다. 커다란 원 안에 정삼각형이 있었고 그 안에는 다시 거꾸로 된 십자가가 있었다. 정삼각형의 제일 위쪽 꼭짓점에는 점이 찍혀 있었다. 그림 전체가 붉은색이었다. 민 경사는 이 표식이 피로 그려졌다는 걸 금방 알아챘다. 사이코패스 살인마의 작품이 틀림없었다. 이 미지의 범인은 경찰을 천하의

멍청이로 그리기 일쑤인 범죄 영화 속 한 장면을 따라 하고 싶어 하는 것도 같았다.

민 경사는 휴대폰으로 사진을 찍으려 했다. 박 순경이 어떤 실수를 할지 모르는 지금 상황에서는 어떻게든 온전한 상태의 증거를 기록해두는 게 중요했다. 그때였다. 휴대폰이 진동하며 모르는 번호로 전화가 왔다. 민 경사는 너무 놀라 하마터면 휴대폰을 떨어뜨릴 뻔했다. 고개를 돌려 박 순경을 본 뒤 다시 휴대폰을 확인했다. 낯선 번호였지만 왠지 받아야 할 것 같았고, 그러더라도 박 순경의 행동은 계속 주시할 필요가 있었다. 박 순경은 석상처럼 서서 벽의 그림을 뚫어져라 보고만 있었다.

"여보세요?"

민 경사가 휴대폰을 귀에 가져다 댔다. 곧 익숙한 목소리가 들려왔다.

"민 경사님, 저예요."

실종 신고를 한 김 선생이었다.

"네, 접니다. 무슨 일로……."

김 선생이 정미현에 관해 묻는다면 곤란했다. 살해당했다는 사실을 알려야 하는데 정식 보고를 하지 못한 상황에서 신고자에게 이런 소식을 전해도 되는지 판단이 서지 않았다. 다행히 김 선생의 용건은 따로 있는 듯했다.

"하나 마음에 걸리는 게 있어서요. 정미현 씨와 연락이 끊기기 전에 이런 이야기를 들었어요."

박 순경이 움직였다. 정미현의 머리를 향해 손을 뻗는 게 보였다.

"야! 하지 마!"

민 경사가 소리쳤다. 박 순경은 허공에서 손을 멈춘 채 민 경사를 바라보며 고개를 옆으로 기울였다. 마치 이렇게 묻는 것 같았다.

내가 뭘 할 것처럼 보이시는데요?

"듣고 계세요?"

휴대폰 너머 김 선생의 물음에 민 경사는 다시 정신을 차렸다.

"죄송합니다. 말씀하세요."

"정미현 씨가 한 말은 이거예요. 헤어진 전 애인이 계속 연락을 해오고 집으로도 찾아온다고. 전화를 받지 않으면 죽여버리겠다고 메시지를 보냈댔어요. 그것도 여러 번."

"사실입니까?"

김 선생의 말대로라면 유력 용의자는 정미현의 전 애인이었다. 그냥 넘길 수 없는 정보였다.

"정말이에요. 정미현 씨가 제게 그 메시지를 보여주기도 했어요. 그걸 보고 제가 왜 신고를 하지 않느냐고 했더니 그러더라고요. 협박하는 전 애인이 경찰이라고."

"네?"

"메시지를 보여줬을 때 제가 그 사람 이름도 기억해뒀거든요. 워낙 특이한 이름이라 잊기도 어렵지만."

"이름이 뭡니까?"

"박요셉이었어요."

"네, 알겠습니다. 일단 좀 더 알아보고 다시 연락드리겠습니다."

민 경사는 전화를 끊기 전에 박 순경을 슬쩍 쳐다봤다. 박요셉. 그의 제복 가슴팍에 그 이름 석 자가 적혀 있었다. 독실한 천주교 집안이라 이런 이름을 갖게 되었다며 곤란하다는 듯 말하던 박 순경의 표정이 떠올랐다. 결혼을 앞둔 여자 친구도 성당에서 만났다고 했던가?

설마…….

의심의 싹은 한번 돋아난 직후부터 걷잡을 수 없이 빠르게 자라났다. 박 순경은 내비도 켜지 않고 이곳을 찾아왔다. 화장실 문을 최초로 연 사람도 박 순경이었고 시체를 발견한 사람도 박 순경이었다. 무엇보다 박 순경은 시체를 향해 미현이라고 친근하게 불렀다. 정미현이 아닌 미현. 그게 이상하긴 했는데…….

"무슨 통화길래 그러십니까?"

생각에 잠겨 있던 민 경사가 갑자기 들려온 박 순경의 목소리에 화들짝 놀랐다. 그는 어느새 옆으로 다가와 있었다.

"응? 아, 아니야. 생각 좀 하느라."

민 경사가 재빨리 둘러댔다. 생각. 정말로 생각할 시간이 필요했다. 이 동네, 아니 전국을 다 뒤져도 박요셉이라는 이름의 경찰을 두 명 이상 찾지는 못할 거였다. 그렇다면 지금 바투 서서 번들거리는 눈으로 자신을 바라보는 이 사람이 정미현의 전 애인일 확률이 높았다. 거의 확실했다.

박 순경이 정미현을 죽였을까? 그러고는 지금 연기를 하는 걸까?

그것만은 섣불리 확신할 수 없었다. 확신이 있다고 한들 민 경사가 당장 할 수 있는 건 없었다. 민 경사는 슬그머니 허리춤에 손을 가져가 테이저 건을 더듬었다. 교육을 받은 적은 있지만 직접 쏴본 적은 한 번도 없었다. 정확히 맞출 자신도 없었다. 만약 몸싸움이 벌어진다고 해도 젊은 박 순경을 당해내기는 어려울 것이었다. 지금 필요한 건 시간이었다. 지원 인력이 도착할 때까지 시간을 벌어야 했다.

"누가 전화한 겁니까?"

박 순경이 재차 물었다. 민 경사를 바라보는 눈빛이 왜인지 집요했다.

"아! 에덴선교회 김 선생. 진행 상황이 궁금해서 전화했대. 일단은 거실로 나가지. 여기 있어 봐야 분위기만 살벌하잖아. 응?"

민 경사는 그렇게 말하며 화장실에서 나와 거실로 들어섰다. 그러면 박 순경이 자신을 따라 나올 거라 생각해서였다.

"이것 참. 바닥에 앉아서 기다리기도 그렇고······."

민 경사가 좁은 거실에 서서 싱크대 쪽을 봤다. 열린 창문으로 여전히 비가 들어왔다. 창문과 싱크대 사이, 식기 건조대에 식칼이 끼어 있었다.

"창문으로 비가 계속 들이쳐서 안 되겠네."

박 순경 들으란 듯이 크게 말한 민 경사가 싱크대로 다가갔다. 그런 그의 뒤에서 금방이라도 꺼질 듯이 낮은 목소리가 들려왔다.

"미현이 말입니다. 왜 죽였을까요?"

박 순경의 질문을 받은 민 경사가 자리에 멈춰 서서 뒤를 돌아봤다. 박요셉 순경은 아까처럼 고개를 갸우뚱한 채 민 경사를 보고 있었다.

"그러게. 왜 죽였을까?"

보통은 누가 죽였는지를 먼저 궁금해하지.

민 경사는 가까스로 몸을 움직여 창문을 닫으며 생각했다. 박 순경의 질문에서 '누가'가 생략된 이유는 스스로가 답을 알아서가 아닐까 하고. 그가 식칼을 쥐기 위해 조용히 손을 뻗었다. 그 순간 번쩍하며 사방이 밝아졌다. 닫힌 창문에 실내가 비쳤다. 박 순경 뒤에 누군가가 서 있었다. 남자였다.

"누구야?"

민 경사가 다급히 뒤를 돌며 외쳤다. 손에는 식칼이 들려 있었다.

"왜, 왜 그러세요?"

박 순경이 당황해 물어봄과 동시에 천둥이 쳤다. 하늘이 무너지는 듯한 웅장한 소리였다. 집 안은 다시 어둠에 휩싸였다. 민 경사는 휴대폰을 앞으로 뻗어 거실을 구석구석 비췄다. 천둥의 여진이 대기를 훑고 지나갔다. 긴 트림과도 같은 소리가 사라질 때쯤 박 순경이 다시 물었다.

"왜 그러십니까? 왜?"

"못 봤어?"

민 경사는 받아치듯 반문한 직후 아차 했다. 바보 같은 질문이었다. 박 순경은 못 본 게 아닐 터였다. 안 본 거지. 박 순경과 그 뒤에 서 있던 남자는 한패일 게 분명했다.

"뭘 봤다고 그러시는 건지……."

"움직이지 마!"

민 경사가 식칼을 겨누며 소리쳤다. 박 순경은 두 손을 들고 당황한 채 눈알만 굴렸다. 민 경사는 휴대폰 플래시가 비추는 거실 바닥으로 시선을 던졌다. 박 순경 뒤에 물이 고여 있었다. 빗물이었다. 정체불명의 남자가 떨궜을 게 분명한 빗물.

"민 경사님?"

박 순경이 다시금 그를 불렀다. 떨리는 목소리라기보다는 떨림을 가장한 목소리였다.

"꼼짝하지 마. 일단 너부터 체포한다. 박요셉 순경."

민 경사가 수갑을 꺼내려고 잠시 휴대폰을 주머니에 넣자 사방이 순식간에 어두워졌다. 실수였다는 걸 깨달은 찰나에 어둠 속에서 목소리가 날아들었다.

"식칼에 묻은 그 피는 뭡니까?"

"뭐?"

콰광.

창문을 닫았음에도 빗소리는 선명하기만 했다. 방금 친 천둥은 구름을 쥐어짜기라도 한 듯했다. 바깥의 어둠이 더 짙어졌고 그 때문인지 거실은 한 치 앞도 보이지 않을 정도로 컴컴했다. 민 경사가 휴대폰을 도로 꺼내려다가 멈칫했다. 잠깐이라도 한눈을 팔면 박 순경과 그 남자가 덮쳐 올 것만 같았다.

"갑자기 피 묻은 식칼을 들고는 왜 그러시느냐고요!"

박 순경이 외쳤다.

"닥쳐!"

민 경사도 지지 않고 목소리를 높였다. 머리가 지끈거렸다. 너무 긴장해 혈압이 오르는 모양이었다. 고혈압이 얼마나 무서운지는 잘 알았다. 의사도 경고하지 않았던가. 미치도록 쑤시는 두통이 고혈압의 전조라고. 그걸 무시하면 머리가 펑 터져버릴 거라고. 의사가 농담처럼 한 말이 무겁게 다가왔다.

"고혈압으로 쓰러지면 눈을 뜨거나 못 뜨거나 둘 중 하나죠. 못 뜨면 죽는 거고 뜨더라도 어딘가가 마비된 이후고요."

쓸데없는 생각 말고 집중하자 집중해.

민 경사는 뇌에 못을 박아 넣는 듯한 두통을 간신히 참으며 정면을 노려봤다. 박 순경은 분명 근처 어딘가에 있었다. 문제는 자취를 감춘 남자였다. 화장실이나 안방에 몸을 숨겼을 텐데 어둠을 틈타 공격해오기라도 하면 민 경사로서는 속수무책이었다. 믿을 건 식칼뿐이었다. 민 경사는 칼자루를 더욱 꽉 그러쥐었다.

"민 경사님. 칼 내려놓고 일단 대화를 좀 하시죠."

정면에서 박 순경의 간절한 목소리가 들렸다.

"내가 모를 줄 알아? 정미현, 네가 죽였지?"

민 경사의 추궁에 곧바로 해명이 돌아왔다.

"무슨 소리를 하시는 거예요! 제가 안 죽였어요. 아니, 미현이는 애초에 죽지 않았습니다. 보셨잖아요? 눈동자 움직이는 거."

"그만해! 미쳤어? 아니면 미친 척해서 빠져나가려는 거야? 응?"

"제가 묻고 싶네요. 도대체 왜 이러시는 겁니까?"

"네가 정미현 전 애인이었다는 거 다 알아. 계속 괴롭혀왔다는 것도!"

"저는 전 애인이 아니에요."

박 순경의 목소리에 처음으로 분노의 기운이 서렸다.

"뭐?"

"저희는 여전히 사랑해요."

"미쳤군."

정신이 나간 게 확실했다. 문제는 미친놈이 박 순경 하나만이 아니라는 거였다. 몸을 숨긴 다른 남자는 무슨 이유로 여기에 있는 걸까?

"조금 다투기는 했지만 헤어진 건 아닙니다. 미현이랑 연락이 안 돼서 저도 걱정했고요. 설마 이런 일이 있을 줄은…… 미현이가 이렇게 다칠 줄은……."

"시끄러워! 저 여자는 다친 게 아니야. 죽었다고! 네가 죽였잖아. 그래놓고 뭐라고?"

민 경사가 악을 쓰듯 외쳤다. 이제 그의 마음속에도 분노가 싹텄다. 사람을 미치게 만드는 두통이 모조리 분노로 전환된 것 같았다.

"안 죽었어요. 크게 다쳤지만 아직 안 죽었다고요. 지금 이럴 시간이 없어요. 미현이, 빨리 병원으로 데려가야 합니다."

박 순경의 목소리가 조금 더 가까워졌다. 다가오고 있다. 놈이 호시탐탐 기회를 노리며 걸음을 옮겨오는 모습이 눈앞에 그려지는 것 같았다.

"오지 마!"

민 경사가 허공에 식칼을 휘둘렀다. 그러면서 재빨리 몸을 틀었다. 싱크대에 등허리를 붙였다. 이제 정면만 신경 쓰면 되었다. 눈도 조금씩 어둠에 적응했다. 박 순경의 실루엣이 희미하게 보였다.

"민 경사님, 아무래도 뭔가 잘못된 것 같습니다."

박 순경이 말했다.

"잘못됐지. 이 우라질 상황이 모조리 잘못됐지! 죄 없는 여자를 경찰이 죽였어! 그것도 아주 잔인한 방식으로."

"그것부터 이상합니다. 그것부터 이상하다고요!"

박 순경이 거의 절규했다.

"괜히 시간 끌려고 하지 마."

"민 경사님, 제가 하는 말 잘 들어보세요. 우선 제가 미현이 애인인 건 맞습니다. 하지만 미현이를 저렇게 만든 건 제가 아닙니다. 무엇보다 칼에 베인 상처가 커 보일 뿐 미현이는 숨이 붙어 있습니다. 아직 죽은 게 아니라고요."

"배가 활짝 열리고 내장이······."

"글쎄 아니라고요!"

박 순경이 민 경사의 말을 막으며 악을 썼다.

"경사님이 잘못 보셨어요. 못 믿겠으면 가서 다시 한번 보세요."

"개수작 그만 부려. 이제 곧 지원이 올 거야. 그러면 넌······."

"지원은 안 옵니다."

"뭐?"

"지원 안 불렀습니다. 미현이 일이잖아요. 제가 사랑하는 사람 일이니까 제가 해결해야죠."

"무슨……."

두통이 열 배쯤 더 강력해졌다. 못이 박히는 정도의 통증이 아니었다. 숫제 드릴을 박아 넣는 것 같았다. 귓가에서 전동 드릴의 맹렬한 회전 소리가 울렸다. 갑자기 식칼이 무겁게 느껴졌다. 다리에서부터 힘이 쑥 빠져나갔다. 지원이 없다고? 누구 하나 끝장날 때까지 이렇게 계속 대치해야 한다고?

"경사님, 먼저 그 칼부터 내려놓으시고……."

다시 번개가 쳤다. 자신을 향해 달려드는 박 순경의 모습이 환한 섬광 아래 똑똑히 보였다. 민 경사는 식칼을 앞으로 뻗었다. 순간 칼날이 피부를 꿰뚫는 섬뜩한 느낌이 손바닥을 타고 온몸으로 전해졌다.

"윽."

박 순경은 신음을 흘리면서도 몸을 그대로 부딪쳐 왔다. 민 경사는 그런 박 순경을 그대로 받았다. 박 순경의 젊고 단단한 몸과 딱딱한 싱크대 사이에 낀 민 경사의 숨이 막혀왔다. 조여오는 압박에 정신이 혼미해진 민경사가 식칼을 떨어뜨렸다.

민 경사는 가까스로 숨을 토해내며 몸을 앞으로 굴렸다. 바닥을 더듬었지만 식칼은 잡히지 않았다. 우선은 몸을 피해야 했다. 선택지는 두 개였다. 안방과 화장실. 민 경사는 화장실로 향했다. 안방에는 박 순경의 공범이 숨어 있을 것만 같았다.

사력을 다해 화장실로 들어간 민 경사는 곧장 문을 닫았다. 그러고는 잠금장치를 눌렀다. 똑 소리가 나며 문이 잠겼다. 벽에 기대어 앉은 채 숨을 골랐다. 명치가 아팠다. 떨림이 가시지 않았다. 머리가 깨질 듯한 두통은 시시각각 더 심해지다 못해 머릿속을 멍하게 만들었다. 박 순경은 지금 어쩌고 있을까? 분명 칼에 찔렸는데…….

쿵쿵.

그때 누군가가 화장실 문을 두드렸다. 곧이어 손잡이를 마구 돌렸다. 남자일까 싶었는데 박 순경의 목소리가 들렸다. 그도 숨을 헐떡였다.

"민 경사님, 문 좀 열어봐요."

"네가 먼저 달려들었어. 먼저 달려든 건 너라고!"

민 경사가 외쳤다. 손바닥에는 아직도 감촉이 남아 있었다. 박 순경을 찔렀을 때 칼자루를 타고 전해지던 그 촉감. 예전 일 하나가 불쑥 떠올랐다. 살해 현장에 출동했을 때였다. 평소 두들겨 맞던 부인이 남편을 찔렀다. 그때도 범행 도구는 식칼이었다. 붉은 피가 잔뜩 묻은 식칼을 쥐고 부들부들 떠는 부인을 진정시키는 건 당시의 민 순경 몫이었다. 그는 자기 입에서 무슨 말이 나오는지 인지하지 못할 정도로 긴장한 상태에서 마구 떠들었다. 요지는 이제 다 끝났으니 칼을 내려놓으시라는 거였다. 남편은 피를 철철 흘리며 병원에 실려 갔다. 그 모습을 본 부인이 느닷없이 폭소를 터뜨렸다. 그야말로 미친 사람처럼 웃던 부인은 이 말 한마디를 끝으로 칼을 떨어뜨렸다.

"사람 배, 생각보다 질겨요."

쿵쿵쿵.

박 순경이 다시 문을 두드렸다.

"우리끼리 이러면 안 됩니다. 그리고…… 저 심하게 다치진 않았어요. 없던 일로 할 수 있다고요. 문만 열어주시면 제가 미현이 데리고 병원 가겠습니다. 저도 미현이도 지금 바로 치료받으면 괜찮을 겁니다."

이제는 분노를 넘어 지긋지긋한 감정이 들었다. 저 말도 안 되는 소리를 계속 듣는 것 자체가 피곤하고 힘들었다. 대꾸하고 싶지 않았다. 상황은 분명했다. 놈은 공범과 함께 전 애인인 정미현을 죽였다. 모든 걸 다 연기했다. 만약 문을 열어주면 공범이 들이닥칠 게 뻔했다. 민 경사는 놈들이 문을 부수고 들어올 것에 대비해 테이저 건을 빼 들었다. 그때 불룩 튀어나온 바지 주머니에 손이 스쳤다.

맞다! 휴대폰.

민 경사는 서둘러 휴대폰을 꺼냈다. 아까부터 켜둔 플래시가 화장실 안쪽, 죽어 있는 정미현을 비췄다. 그쪽을 힐끔 보며 지구대에 직접 지원 요청을 하려고 했다. 지구대 번호쯤이야 외우고 있었다. 분명 아는데…… 분명……. 그러나 귀신의 농간처럼 기억이 나지 않았다. 02로 시작하는 그 열 자릿수가 도무지 떠오르지 않았다.

두통 때문인가?

그렇다면 112였다. 거기로 전화해 소속을 밝히고 상황을 설명한 후 최대한 빨리 와달라고 요청하면 될 터였다. 민 경사는 화면에 숫자 세 개를 입력했다. 막 통화 버튼을 누를 참이었다. 그 소리만 들리지 않았더라면 주저하지 않고 그랬을 것이다. 그 소리만 들리지 않았더라면.

"살려……."

정미현 쪽에서 난 소리였다. 민 경사가 고개를 돌렸다. 플래시에서 뻗어나간 희멀건 빛이 벽에 부딪쳤고 그렇게 반사된 빛이 화장실 전체를 엷게 비췄다. 죽은 지 오래된 동태의 눈깔처럼 화장실은 얇은 죽음의 막을 뒤집어쓴 듯했다. 그래도 정미현의 입술이 달싹이는 모습만은 똑똑히 보였다. 그 입술이 다시 소리를 만들어냈다.

"살려주세요."

타일 벽에 못 박힌 양팔이 활짝 펼쳐진 그대로, 배에 난 상흔이 벌어진 그대로, 내장 하나 없는 텅 빈 속을 드러낸 그대로 정미현이 다시 말했다.

"제발…… 살려주세요."

전연 예상치 못한 상황에 민 경사는 비명을 질렀다. 시체였다. 분명 죽어 있었다. 그것도 쳐다보기 힘든 끔찍한 모습으로. 그 시체가 지금 말을 했다.

통화 버튼을 누를 생각도 하지 못한 채 민 경사는 자리에서 튕기듯 일어났다. 한 손에는 테이저 건을, 한 손에는 휴대폰을 든 상태 그대로 정미현을 내려다봤다. 정면을 향해 꼿꼿이 들려 있던 고개가 조금씩 돌아갔다. 눈이 감겼다 뜨였다. 거무죽죽한 동공이 민 경사에게로 향했다. 그 눈과 마주친 순간 민 경사는 깨달았다. 이곳이야말로 지옥이라는 사실을.

"경사님, 무슨 일입니까? 경사님!"

밖에서 무슨 일이냐고 묻는 박 순경의 말 속에 다른 뜻이 숨어 있는 것 같았다. 거봐, 내 말이 맞았지?

"아니야!"

민 경사는 자신을 향해, 점점 미쳐가는 스스로를 향해 외쳤다. 아니고, 아니어야 했다. 죽은 자는 말이 없어야 했다.

"역시 미현이가 깨어났습니까?"

박 순경이 물었다.

"아니라고!"

민 경사는 정미현을 노려봤다. 이제는 또 움직이지 않았다. 헛것을 본 것이다. 헛것을 들은 것이다. 그러고 보니 눈앞이 어질어질했다. 이 모든 건 두통, 그 빌어먹을 고혈압 때문이었다. 납득할 수 없는 이 상황 때문이었다. 밖에서 고래고래 고함치는 박 순경 저 미친놈 때문이었다. 쏟아붓는 국지성 호우 때문이고, 괜한 오지랖을 부린 김 선생인지 누군지 하는 인간 때문이었다.

잠깐. 민 경사가 몸을 돌렸다. 뒤쪽 벽에 그려진 그림은 그대로였다. 원, 세모, 그 안의 역십자가.

"저 그림은……."

그제야 기억이 났다. 김 선생이 보여줬던 회원 명부 겉면에 똑같은 그림이 있었다. 원, 세모, 역십자가. 비틀거리던 민 경사는 간신히 벽에 기댔다. 무슨 일이 벌어진 건지 감도 안 왔다. 에덴선교회, 정미현, 박요셉 순경, 기괴한 그림, 김 선생. 머릿속에 떠오르는 몇 개의 단서를 이성적으로 연결하려 해도 자꾸만 헝클어졌다. 이유는 분명했다. 민 경사가 다시 정미현을 돌아봤다. 저 여자가, 죽어서 배를 벌린 저 시체가 말하고 움직이기 때문이었다.

딸깍.

그 소리가 들린 건 민 경사가 정미현 쪽으로 한번 다가가보려고 마음먹었을 때였다.

"뭐야?"

민 경사는 소리가 들린 문 쪽으로 플래시를 들이댔다. 눌러놓았던 문의 잠금장치가 풀리려 하고 있었다.

"민 경사님, 아시죠? 이렇게 된 문은 칼끝으로 살짝만 돌려도 쉽게 열린다는 거."

박 순경의 말이 끝나자마자 민 경사가 문을 향해 몸을 날렸다. 한발 늦었다. 문이 열렸다. 민 경사는 반사적으로 테이저 건을 내밀었다. 방아쇠를 당겼다. 팅 하는 맥 빠지는 소리와 함께 바늘 두 개가 허공을 갈랐다. 전선과 연결된 바늘은 거실 벽에 부딪친 후 그대로 추락했다. 박 순경이 화장실 안으로 유유히 들어왔다. 그의 손에 들린 식칼이 플래시 빛을 받아 맹수의 어금니처럼 번득였다.

박 순경을 피하려던 민 경사가 변기에 걸려 구르며 외마디 비명을 질렀다. 뒤집힌 거북이처럼 버둥거리는 민 경사를 박 순경이 덮쳤다.

"움직이지 마세요."

칼끝이 민 경사의 목을 겨눴다. 박 순경은 잔뜩 충혈된 눈으로 민 경사를 겨누어 봤다. 눈빛과는 달리 힘 빠진 목소리가 이어졌다.

"움직이지 말고 제 말 좀 들어봐요."

민 경사는 창백한 박 순경의 얼굴을 올려다봤다. 안 그래도 희멀건 피부였는데 지금은 아예 생기라고는 없는 백지였다. 정미현보다도 더 시체 같았다.

"뭔가…… 뭔가 이상하지 않습니까? 네? 경사님

과 저, 같은 걸 보고도 계속 정반대로 믿잖아요. 저 안 미쳤어요. 안 미쳤다고요. 만약 경사님도 미친 게 아니라면, 우리 둘 다 정상이라면 이건 누군가가……."

박 순경은 다음 말을 잇지 못하고 얼굴을 찡그렸다. 순간 민 경사는 복부가 뜨끈하게 젖어가는 걸 느꼈다. 고개를 들어 배 쪽을 봤다. 자기 위로 포개진 박 순경의 배에서 검붉은 피가 쿨렁쿨렁 쏟아졌.

"박 순경!"

민 경사가 불렀지만 박 순경의 눈에는 이미 초점이 없었다.

"머리가 너무 아파요. 경사님은 안 그래요? 아까부터 그랬어요. 여기 오기 전부터. 그러니까 이 모든 게, 그러니까 너무 이상하지 않아요? 네? 이상하지 않습니까? 하필이면 제가 미현이 집에 오게 됐잖아요. 지독한 우연이라 생각했는데 아니었어요. 이건 누가 덫을……."

박 순경의 말이 끊기기가 무섭게 고개가 툭 떨어졌다. 채 감지 못한 눈이 빠르게 생기를 잃어갔다. 민 경사는 고꾸라지려는 박 순경의 상체를 붙들었다.

"야, 박 순경! 마저 말해. 말해보라고!"

그러나 소용없었다. 숨이 끊어진 박 순경은 돌덩이처럼 묵묵부답이었다. 민 경사는 축 늘어진 박 순경을 간신히 옆으로 밀어냈다. 박요셉은 그렇게 화장실 벽에 모로 기댄 꼴로 숨을 거뒀다. 바닥에는 피가 흥건했다.

"나가야 해. 여기서 나가야 해."

민 경사는 피 웅덩이에서 버르적거리다가 간신히 일어났다. 지금은 한 가지 생각밖에 할 수 없었다.

이 지옥에서 탈출하는 것.

그때였다. 화장실 안으로 누군가가 들어왔다. 그 남자였다. 박 순경 뒤에 서 있던 키 큰 남자. 그 뒤로 어디서 나타났는지 모를 사람들이 줄줄이 들어왔다. 모두 번쩍이는 검은색 비옷을 입고 있었다. 모자까지 쓴 탓에 얼굴이 보이지 않았다.

"너, 너희……"

민 경사는 무력하게 그들을 마주했다. 그 무리가 어느새 내부를 꽉 채웠다. 몇 명은 초를 들고 있었다. 촛불이 어른거릴 때마다 그림자가 기괴하게 흔들렸다.

"정체가 뭐야!"

민 경사가 마지막 힘을 쥐어짜 외쳤다. 그 순간 눈

앞이 핑 돌며 그들의 모습이 엿가락처럼 늘어났다. 모두 어딘가에 역십자가로 보이는 상처가 있는 것도 같았고 없는 것도 같았다. 웃는 것도 같았고 아닌 것도 같았다. 민 경사는 놓친 식칼을 다시 집으려다 움찔했다. 칼마저 몇 겹으로 보이는 상황에서 눈앞에 길게 드리워진 그림자만은 분명하게 보여서였다.

민 경사는 상체를 숙인 엉거주춤한 자세 그대로 뒤를 돌아봤다. 거기에 정미현이 서 있었다. 상처 하나 없는 깨끗한 모습으로. 대신에 사람의 살처럼 보이는 너덜너덜한 뭔가를 한 손에 들고 있었다.

놀란 민 경사가 그저 눈만 끔뻑대는데 정미현이 희미하게 웃었다.

픽.

딱딱한 무언가가 머리를 강타한 것은 그다음 일이었다. 민 경사는 그대로 고꾸라졌다. 바닥의 차가운 감촉이 뺨에 전해졌다. 움직일 수 없었다. 간신히 눈알만 움직일 뿐이었다. 뒤통수에서 뜨끈한 무언가가 빠져나가는 느낌이었다.

"준비 끝났습니다. 선생님."

알 것도 같은 누군가의 목소리가 들렸다.

"수고했어요. 정미현 회원님."

이번 목소리는 더 귀에 익었다.

"그분의 뜻대로."

처음의 그 목소리가 선창하자 나머지 사람이 그 말을 그대로 복창했다.

"그분의 뜻대로."

사람들의 목소리가 화장실의 낮은 천장에 부딪쳐 웅웅 울렸다. 민 경사는 그 소리를 들으며 의식이 점점 멀어지는 걸 느꼈다.

"그럼 제사를 시작하겠습니다."

김 선생의 말과 함께 여러 명이 다가왔다. 어느 한 사람은 죽은 박 순경의 배에 역십자가 모양을 그었다. 여러 손이 민 경사를 돌려 눕혔다. 천장이 보였다. 천장에도 그 그림이 있었다. 원, 삼각형, 역십자가.

"사자가 이르시되 그 아이에게 네 손을 대지 말라. 그에게 아무 일도 하지 말라······."

김 선생이 중얼거리기 시작했다. 기도처럼 들렸다. 현실감이 없었다. 무슨 일이 벌어지는지도, 벌어졌는지도 알 수 없었다. 그런 걸 따질 만큼 머리가 돌아가지도 않았다. 다만 한 가지는 확실했다. 자신이 지독한 덫에 걸렸다는 것. 박 순경도 희생양에 불과했다. 희생양. 그 단어가 의식이 희미해져가는 민 경사의 머릿속에 박혔다.

"……눈을 들어 살펴본즉 한 숫양이 뒤에 있는데 뿔이 수풀에 걸려 있는지라……. 그 숫양을 가져다가 아들을 대신하여 번제로 드렸더라."

예리한 칼이 머리 위에 있었다. 그 칼이 서서히 가까워졌다. 민 경사는 무슨 말이든 하고 싶었지만 입술만 겨우 움직일 수 있었다. 마침내 나온 소리는 사람의 말이 아니었다. 그것은 동물의 울음과 같았다.

메에.

# 이방신

> "믿음은 바라는 것들의 실상이요 보이지 않는
> 것들의 증거니."
> — 〈히브리서〉 11장 1절

귀신은 냄새로 먼저 자신을 드러낸다.

지금도 마찬가지였다. 썩은 달걀이 바로 코밑에 있는 듯 지독한 냄새가 풍겼다. 그야말로 머리가 지끈거릴 정도의 악취였다. 현아는 고개를 돌리지 않으려고 애썼다. 눈길이라도 보냈다가는 그것들이 더 날뛰니까. 지금껏 그래왔다. 현아가 알아본다는 걸 눈치챈 귀신들은 어김없이 다가와 치근덕댔다. 아주 반갑다는 듯이.

악취는 점점 더 심해졌고 급기야 목덜미를 훑는 서늘한 기운마저 느껴졌다. 이곳은 정류장이었다. 버스를 기다리는 평범한 사람들 앞에서 발작을 일으킬

수는 없었다. 마을버스가 도착하려면 아직 5분은 더 기다려야 했다. 현아는 최대한 고개를 숙인 채 자신의 발끝만 내려다봤다.

그때였다. 검은색 슬리퍼를 신은 집요한 누군가가 현아 앞으로 다가와 섰다. 진동하는 역한 냄새가 아니어도 그것이 귀신임을 현아는 단번에 알아챘다. 슬리퍼 밖으로 비죽 튀어나온 발가락이 저마다의 각도로 구부러져 있었다. 게다가 오른발 엄지발톱은 반쯤 들려 너덜거리는 상태였다.

현아는 며칠 전부터 버스 정류장 옆에 걸려 있던 현수막을 떠올렸다. 뺑소니 사고의 목격자를 찾는다는 현수막이었다. 피해자는 70대 남성이었고 현장, 즉 정류장 앞 건널목에서 즉사했다고 했다. 출혈이 심했는지 건널목에는 지금도 채 지워지지 않은 시커먼 핏자국이 흉터처럼 자리를 잡았다.

"······아파."

위쪽에서 그런 소리가 들렸다. 잔뜩 쉬어 거칠거칠한 노인의 목소리였다. 현아는 고개를 더 깊이 박았다.

아무리 모른 척을 해봐도 귀신들은 현아가 자신들의 냄새를 맡고, 형체를 보고, 목소리를 들을 수 있다는 걸 기막히게 알았다. 이번에도 그랬다. 죽은 노인이 무릎을 굽히며 슬그머니 쪼그려 앉았다. 살을 뚫고 나온 정강이뼈가 보였다. 노인은 자기 무릎에 손을 올린 채 현아를 향해 얼굴을 들이밀었다. 현아는 눈을 질끈 감았다. 그래도 보고 말았다. 시멘트 바닥에 쓸려 피범벅이 된 노인의 얼굴을. 그뿐만이 아니었다. 깨져서 움푹 꺼진 머리에서는 싯누런 무언가가 흘러나왔다.

"나…… 아파."

노인이 칭얼거렸다. 그러자 썩은 내가 확 풍겼다. 현아는 도저히 견딜 수 없어서 벌떡 일어났다. 그 순간 노인의 목소리가 쩌렁쩌렁 울렸다.

"아프다고!"

그렇게 외친 노인은 잔뜩 찡그린 얼굴로 현아에게 달려들었다.

"아악!"

현아는 비명을 지르며 주저앉았다. 숨을 쉴 수가 없었다. 심장이 제멋대로 뛰었다. 귓가에서 웅 소리가 계속 울려 퍼졌다. 식은땀이 흐르고 눈앞이 빙글빙글 돌았다. 또다. 또 발작이 찾아왔다. 정신을 부여잡으려 애썼지만 소용없었다. 곧 사방이 캄캄해졌고 부들부들 떨던 현아는 그대로 의식을 잃었다.

"현아 씨? 무슨 생각을 그렇게 하세요?"
"아, 네. 죄송해요."
현아는 급히 사과했다. 또 멍하니 딴생각을 하고 말았다. 노인 귀신을 보고 발작을 일으킨 게 한 달 전 일이었다. 그 후 귀신을 또 보진 않았지만 문득문득 그때의 기억이 떠오르는 건 막기 어려웠다. 나쁜 기억일수록 잔상이 짙었다. 그리고 어떤 기억은 영원히 지워지지 않는 문신처럼 머릿속 어딘가에 새겨지기도 했다.

"두 분 다 조금 피곤해하는 것 같으니 잠깐 쉴까요?"
멘토의 말에 현아가 어색하게 웃으며 말했다.
"네, 좋아요."
"그럼 제가 시원한 차 한잔 가지고 올 테니 잠시만 기다려요."
멘토는 그 말과 함께 자리를 떴다. 언제 들어도 친절한 말투였다. 무엇보다 멘토는 표정만으로 사람을 편하게 해주었다. 부드럽고 침착해 보이는 인상에 늘 웃기까지 하니 함께 있으면 기분이 좋은 게 당연했다. 반면에······.

지독하게 정반대인 사람도 있지.

현아는 옆자리에 앉은 제이를 힐끔 훔쳐봤다. 역시 무표정했다. 아니다. 저건 무표정한 것을 초월해 거의 화난 얼굴이었다. 미간을 꽉 찌푸린 채 안 그래도 너무 커서 부담스러운 눈으로 어딘가를 뚫어져라 응시하니 말을 걸기는커녕 옆자리에 있기도 불편했다. 현아가 이곳 에덴선교회에서 딱 하나 아쉬운 게 있다면 제이와 같은 조에 속했다는 사실이었다.

"자, 매실주스예요. 달콤하고 시원할 거예요."

멘토는 현아와 제이 앞에 잔을 내려놓았다. 현아는 얼른 주스 한 모금을 마셨다. 멘토의 말대로 시원했고 늘 그렇듯 새콤달콤하면서도 부드러운 맛이 혀를 자극했다. 직접 재배한 매실로 만든다는 에덴선교회의 매실주스는 먹어본 주스 중 최고였다. 옆에서 사람들이 그러거나 말거나 제이는 잔에 손도 대지 않고 여전히 뚱한 표정으로 앉아 있을 뿐이었다. 정말 사회성이라고는 눈곱만큼도 없는 사람이었다.

"제이 씨는 안 마셔요?"

"네."

멘토가 다정하게 물었지만 제이의 대답은 그뿐이었다. 기분 나쁠 만한 태도였지만 멘토는 미소를 잃지 않았다. 현아는 그 미소가 진심에서 나온다는 걸 알아서 멘토인 정미현을 진심으로 좋아하고 따랐다.

한 달 전 그때, 정신을 차린 현아가 처음 본 것도 정미현의 미소 띤 얼굴이었다. 버스 정류장에서 쓰러진 현아를 응급실로 데려간 이가 정미현이었다. 그는 보호자를 자청하며 현아의 의식이 돌아올 때까지 옆에 있어주었고 심지어 병원비까지 대납해주었다.

"병원비는 제가 며칠 후에 꼭 갚겠습니다. 고맙습니다. 정말 고맙습니다."

현아는 연신 허리를 숙이며 감사의 말을 전했다. 그만한 돈이 당장 없던 것도 사실이었다. 월말이라 통장에 잔고도 없었고, 설령 월급이 들어온다고 해도 카드 요금이다 공과금이다 해서 하루 만에 몽땅 빠져나갈 터였다.

"괜찮아요. 그냥 돕고 싶었어요. 안쓰러워 보여서. 그러니 안 갚으셔도 돼요."

정미현이 웃으며 말했다. 그 모습이 현아의 눈에는 마치 천사 같았다.

"그래도……."

"혹시 말 못 할 고민이 있거나 도움이 필요하면 여기로 한번 와보세요."

그 말과 함께 정미현이 내민 것은 작은 안내 책자였다. 표지에는 '진리를 알면 평안을 얻습니다'라는 문구가 적혀 있었다. 그중 한 단어가 특히 현아의 눈길을 끌었다.

평안.

그것이야말로 현아가 바라온 것이었다. 저주라고밖에 생각할 수 없는 운명에서 벗어나 평안을 찾기 위해 현아는 발버둥 쳤다. 교회고 성당이고 절이고 안 가본 곳이 없었다. 하나님, 예수님, 성모마리아님, 부처님 등 다양한 존재에 매달렸다. 결과는 늘 실패였다. 외가로부터 물려받은 무당의 운명을 벗어날 수 없었다. 신병은 사라지지 않았다. 외할머니에게서 도망쳐 나안동까지 왔지만 운명의 그늘은 여전히 현아의 머리 위에 짙게 드리워져 있었다.

그러던 중 정미현을 만났고 에덴선교회를 알게 되

었다. 현아는 지푸라기라도 잡는 심정으로 그다음 날 에덴선교회를 찾았다. 한 달이 지난 지금, 현아는 정말 행복했다. 평안이라는 게 이런 거구나 확신이 들 정도로 무사한 날들이 계속됐다.

"두 분은 믿음에서 제일 중요한 게 뭐라고 생각하세요?"

현아가 매실주스를 다 마시길 기다린 멘토가 물었다.

"보이지 않는 것을 믿을 수 있는 용기가 아닐까요?"

현아는 조심스레 대답했다.

"오! 멋진 대답이네요. 역시 우리 현아 씨는 생각이 깊어요. 용기 있는 사람만이 진정한 믿음에 이를 수 있죠."

정미현은 늘 칭찬을 아끼지 않았다. 현아는 다른 곳에서는 이런 경험을 해보지 못했다. 자신에게 무당의 피가 흐른다고, 귀신을 본다고 이야기했을 때 에덴선교회 사람들의 반응은 과거에 경험한 반응과 달랐다.

"힘들었겠어요."

에덴선교회를 이끄는 김 선생은 바로 그렇게 말해 주었다.

"고생 많았어요. 가슴이 아프네요."

그런 말을 해준 회원도 있었는데 결정적으로 현아의 마음을 흔든 건 역시 정미현의 한마디였다.

"지금껏 잘 버텨줘서 고마워요, 현아 씨."

사탄의 꼬임에 빠졌다느니 귀신을 물리쳐야 한다느니 세속의 연을 모두 끊어야 한다느니 한 다른 사람들의 말이 싹 잊힐 만큼 그 한마디의 울림은 강력했다. 그날 현아는 오랜만에 남의 품에 안겨 마음껏 울었다.

"뭔가를 믿는다는 건 결국 자기 욕심을 채우는 일인 것 같은데요."

제이가 말했다. 뚱한 표정으로 아무렇지 않게 또 산통 깨는 이야기를 하는 그를 보고 현아는 부아가 치밀었다.

"욕심을 채우는 일이라…… 조금 더 설명해주실 수 있으세요?"

멘토의 물음에 웬일로 제이가 말을 이었다.

"믿음이라는 명분을 내세워 다른 사람을 착취하거나 심지어 전쟁을 일으키는 일도 있었죠. 그런 것들이 전부 욕심 때문에 벌어진 일 아닌가요?"

"그렇죠. 바로 그런 이유 때문에 그분은 그릇된 믿음을 경계하라 하셨어요. 거짓 믿음은 눈을 멀게 하고 귀를 닫게 만든다고요."

현아는 가슴이 뛰는 걸 느꼈다. 에덴선교회에서 공부를 시작한 지 한 달, 드디어 멘토의 입에서 그분 이야기가 나왔다. 그분은 이곳을 이끄는 김 선생이 아니었다. 에덴선교회의 다른 멘토들 역시 종종 그분을 입에 올리기는 했지만 언제나 딱 그 정도에서 멈췄다. 현아는 그분을 제대로 알지도, 직접 본 적도 없었다. 이토록 훌륭한 곳을 만들고 편견 없는 가르침을 전하는 그분에 대해 현아는 더 알고 싶었다.

그때였다.

"오늘은 이만 가봐도 될까요? 선약이 있거든요."

제이가 갑자기 일어섰다. 언제나 여유가 넘치는 멘토도 그 순간만큼은 당황한 것 같았다.

"아…… 그렇군요. 그럼 할 수 없죠. 안 그래도 마치려고 했어요. 사흘 후에 있을 다음 멘토링 때 다시 이야기해요."

멘토는 웃는 낯으로 말했다. 제이는 그 말에 대답도 없이 꾸벅 고개만 숙이고는 공부방을 떠났다. 현아는 무슨 반응을 보여야 할지 몰라 멍하니 정미현만 바라보다 어쩐지 좀 아쉽다는 생각이 들어 입을 열었다.

"저, 전 아직 괜찮은데……."

"그러게요. 그런데 멘토링은 항상 2인 1조가 원칙이거든요. 게다가 오늘 밤에는 제가 좀 바쁘네요. 아쉽지만 우리도 다음에 봐요. 사흘 후. 알겠죠?"

멘토의 말투는 여전히 친절했지만 어딘가 단호한 구석이 있었다. 거기에 대고 현아는 더 조를 수가 없었다.

"네. 알겠습니다. 다음 멘토링 때 뵙겠습니다."

현아 역시 인사를 하고 그곳을 떠났다. 밤이었지만 공용 공간은 여전히 붐볐다. 탁자마다 사람들이 앉아 토론과 대화를 했다. 다들 눈부시도록 환한 표정이었다. 그걸 보는 것만으로도 현아는 기분이 좋았다.

"현아 씨, 오늘은 어땠어요?"

떠나려는 현아에게 김 선생이 다가와 웃으며 물었다. 멘토만큼이나 다정하고 친절한 미소였다.

"정말 좋았어요!"

"컨디션은 괜찮죠?"

"그럼요. 여기 온 후로 아픈 적이 한 번도 없었어요."

현아의 말에 김 선생은 마치 자기 일처럼 기뻐했다.

"다행이에요! 정말 좋은 일이네요. 현아 씨가 참 열심히 한다고 멘토에게 들었어요. 아마 머지않아 현아 씨도 멘토가 될 거예요. 그 전에 그분과 만나게 될 테고요."

"저, 정말요?"

현아는 믿을 수 없을 정도로 기뻤다. 자기가 정미현과 같은 멘토가 된다니……. 게다가 그분을 만나게 된다니…….

"그럼 조심해서 들어가세요."

김 선생은 현아의 손을 꼭 잡으며 말했다. 그 모습이 순간 엄마처럼 느껴져 괜히 콧날이 시큰했다. 엄마는 어릴 때 돌아가셨다. 신병을 거부한 끝에 스스로 목숨을 끊었다. 그 후 현아는 줄곧 외할머니 밑에서 자랐다. 외할머니가 유일한 가족이었다. 하지만 지금은 아니었다. 현아는 에덴선교회 사람들이 더 가족 같았다. 진정한 가족.

1층으로 내려와 상가 밖으로 나간 현아는 편의점에 들러 간식이라도 살까 하는 마음에 잠시 걸음을 멈췄다. 그때 낯익은 뒷모습이 눈에 띄었다. 길 건너편에 제이가 있었다. 제이는 오래된 빌라를 올려다보며 담배를 피웠다.

선약 있다더니 역시 뻥이었구만…….

현아는 울컥 화가 치밀어 제이의 뒤통수를 노려봤다. 그러고는 편의점으로 가 과자 두 봉지를 샀다. 다시 밖으로 나왔을 때 제이는 이미 사라지고 없었다. 땅바닥에 아무렇게나 버려진 담배꽁초만 연기를 내뿜었다.

"하여간 마음에 안 드는 여자라니까."

현아는 중얼거리며 집으로 향했다.

현아가 뭔가를 보기 시작한 건 초등학교 5학년 때였다. 처음은 놀이터에서였다. 외할머니 신당 근처에는 미끄럼틀과 운동기구 몇 개가 놓인 작은 놀이터가 있었다. 엄마가 바로 전해에 돌아가신 후로 현아는 외할머니와 함께 살게 됐지만 그 생활에 쉽게 적응하지 못했다. 외할머니의 직업도, 이상한 그림이 잔뜩 걸린 신당도 무섭기만 했다. 현아는 학교에서 돌아오면 집에 있는 대신 놀이터에서 시간을 보냈다. 무당집 손녀라는 소문에 친구도 없었다.

그날도 현아는 혼자 미끄럼틀을 탔다. 앉아서도

타보고 누워서도 타보고 거꾸로 올라가 미끄러져 내려오기도 했지만 심심함이 달래지지 않았다. 덥기도 했다. 결국 현아는 미끄럼틀 아래로 들어가 기둥에 등을 대고 앉았다. 그늘이라 시원했다. 문득 엄마가 보고 싶었다. 아니다. 엄마는 항상 보고 싶었다. 엄마는 왜 날 두고 혼자 죽은 걸까? 섭섭함과 슬픔이 몰려왔다. 무릎에 얼굴을 파묻고 훌쩍였다. 갑자기 아주 고약한 냄새가 풍겨왔다. 당시의 현아로서는 설명할 수도, 경험해본 무언가와 비교할 수도 없을 만큼 지독한 냄새였다. 곧이어 누군가가 말을 걸어왔다.

"왜…… 울어?"

남자아이의 목소리였다. 현아는 고개를 들지 않고 대답했다.

"상관하지 마. 저리 가."

"나도 울고 싶어."

"저리 가라니까!"

안 그래도 이상한 냄새 때문에 토할 것 같고 울어서 힘도 없는데 모르는 목소리가 자꾸 말을 걸어오니 짜증이 났다. 현아는 소리가 들린 쪽으로 고개를 홱 돌렸다.

거기에 한 아이가 엎드려 있었다.

미끄럼틀 계단 바로 아래, 그 좁은 틈에 끼인 듯 엎드린 아이는…… 목이 완전히 반대 방향으로 꺾여 있었다.

"아……."

죽었다. 저 아이는 죽은 아이다.

아무리 어렸어도 그건 본능적으로 알 수 있었다. 또 하나, 그 아이에게서 도망쳐야 한다는 사실도.

현아는 엉덩이걸음으로 슬금슬금 그 애에게서 멀어졌다. 그때였다.

"같이 가!"

남자아이가 엎드린 채로, 부러진 목을 달랑거리며 다다다다 기어 왔다. 겁에 질린 현아는 벌떡 일어나 신당으로 내달렸고, 문을 열고 안으로 들어서자마자 그대로 쓰러졌다. 그날 이후 수시로 귀신이 나타나 자신의 존재를 드러냈다. 처음엔 냄새로, 그다음엔 소리로, 마지막엔 끔찍한 모습으로.

귀신들의 냄새는 각기 달랐다. 구린내를 풍기기도 했고 똥 냄새를 풍기기도 했다. 그 종류가 뭐든 냄새가 고약하다는 점은 매한가지였다. 나타나는 모습과 자세 또한 귀신마다 달랐는데 그게 죽을 당시의 상태라는 걸 현아는 머지않아 알게 되었다.

현아가 본 가장 끔찍한 귀신은 아파트 옥상에서 떨어져 자살한 여자 귀신이었다. 웬만한 귀신의 모습에는 무감해진 중학생 때였지만 지린내를 풍기며 나타난 그 여자 귀신 앞에서는 덜덜 떨 수밖에 없었다. 귀신은 사지가 완전히 부서진 상태였다. 팔다리는 꺾인 나뭇가지처럼 분절되어 제각각 흔들렸는데 꼭 실에 매달린 꼭두각시 인형 같았다. 무엇보다 끔찍한 건 납작하게 터져버린 머리였다. 안이 훤히 들여다보일 정도로 커다란 구멍이 난 머리에서 붉고, 희고, 누런 액체가 걸쭉하게 흘러내렸다. 귀신은 그 모습 그대로 현아에게 말을 걸었다.

"너도 이렇게 만들어 줄까?"

현아는 울며 도망쳤고 처음 귀신을 본 이후로 오랜만에 심하게 앓았다.

그런 현아를 두고 외할머니는 말했다. 신기를 크게 타고났으니 큰 무당이 될 거라고, 하지만 그 힘을 잘못 사용하면 재앙이 닥칠 거라고. 현아는 무당이 되고 싶지 않았고 재앙 운운하는 말도 지겹기 짝이 없었다. 그래서 가출했다. 도망쳤다. 살던 곳에서 멀리 떨어진, 연고라고는 전혀 없는 나안동으로. 다행히 아르바이트 자리는 쉽게 구해졌고 월세방도 싸게 얻었다. 물론 길고 긴 계단을 올라야 나오는 원룸이었지만 현아에게는 그곳이 작은 천국이었다.

해가 지자 기온이 조금 떨어졌다. 비가 올지도 모른다고 하더니 저녁 하늘에는 구름이 가득했다. 덕분에 낡은 빌라가 비석처럼 죽 이어진 계단을 오를 때 덜 더웠다. 다만 긴장이 되는 건 여전했다. 이 길을 오간 지 어느덧 반년 가까이 흘렀지만 제대로 된 가로등 하나 없는 컴컴한 계단은 아직도 적응이 안 됐다. 아직 저녁인데도 계단은 한밤중처럼 어두웠다. 그 어둠 속 어딘가에서 누가 불쑥 튀어나올 것 같았다. 귀신도 견디는데 겁날 게 뭐 있나 싶다가도 진짜로 위험한 건 사람이라고, 현아는 늘 같은 결론을 내렸다.

"에덴빌라다!"

현아가 반가운 마음에 외쳤다. 한없이 이어지는 긴 계단의 중간쯤에 에덴빌라가 있었다. 이런 이름의 빌라가 있다는 것도 모르고 살았는데 에덴선교회를 알고 난 후에야 눈에 들어왔다. 둘은 아무런 관련도 없을 터였지만 이름이 같다는 이유만으로 현아는 괜스레 그 빌라가 마음에 들었다. 에덴빌라 옆을 지날 때면 왠지 모르게 안심이 됐다.

현아의 원룸은 계단의 끝, 나안동에서 가장 높은 지대에 있었다. 5층짜리 건물 옥상에 올라가면 동네 전체가 내려다보일 정도였다. 월세가 싼 건 이 지긋지긋한 계단 때문일 거라고 현아는 생각했다. 거기에 엘리베이터 없는 5층 건물이니 두말할 필요도 없었다. 현아의 집은 502호였다. 당연하게도 도어록 같은 건 달려 있지 않았다. 현아는 가방에서 열쇠를 꺼내 구멍에 꽂았다.

그 순간이었다. 집 안에서 냄새가 풍겨 나왔다. 익숙한데 여전히 적응하기 힘든, 신경을 자극하는 매캐한 냄새.

문을 벌컥 열었다. 6평이 조금 안 되는 공간은 고개를 돌릴 필요도 없이 언제나 한눈에 들어왔다. 현아는 상황을 단번에 이해했다. 방 한가운데에 외할머니가 서 있었다. 여든이 넘었지만 허리가 꼿꼿한 건 물론이고 키도 커서 머리가 거의 천장에 닿을 듯했다. 책상 위, 싱크대 위, 그리고 창틀에서 초와 향이 타올랐다. 외할머니는 마지막으로 봤을 때와 마찬가지로 검은색 무복을 입고 한 손에는 칠성 방울을, 한 손에는 칼을 들고 있었다. 짙은 화장을 해 가면을 쓴 것처럼 보이는 것도 평소와 다름없었다. 그래서 더 소름이 돋았다.

"할머니!"

현아는 거의 비명을 지르듯 소리쳤다.

"너 뭔 짓을 하고 다니는 거냐?"

외할머니가 카랑카랑한 목소리로 나무랐다.

"나 여기에 사는 거 어떻게 알았어? 문은 무슨 수로 열고 들어온 거야?"

현아는 화가 치밀었다. 가끔 외할머니 안부가 궁금했고 보고 싶기도 했다. 하지만 이런 식은 아니었다. 주인 허락도 없이 문을 따고 쳐들어오다니…….

"지금 그런 게 중요하니? 손녀가 이 꼴로 지내는데."

"이 꼴? 나 잘 지내. 도대체 뭐가 문젠데? 난 무당 같은 거 되기 싫다고. 그래서 여기로 온 거야. 일도 열심히 하고 좋은 사람들도 만나서……."

"그것들 누구야?"

외할머니가 대뜸 소리쳐 물었다.

"어?"

"네가 만나고 다니는 그것들, 누구냐고! 신령님이 그러셨어. 네가 낚싯바늘에 걸린 물고기 신세가 될 거라고. 그 뒤엔 어떻게 되는지 알아? 산 채로 회가 되는 거야, 회. 그것들이 널 회 칠 거라고!"

현아는 너무 황당해서 말도 나오지 않았다. 친구라도 사귈라치면 언제나 안 좋은 소리를 해서 떼어놓던 이가 바로 외할머니였다. 그 탓에 애인 한 번 사귀어본 적이 없었다. 지금까지는 참았다. 이제는 아니었다. 더는 참기 싫었다. 선하디선한 에덴선교회 사람들까지 비난하다니…….

"나가요, 나가. 그리고 다신 오지 마세요. 난 신령님이고 뭐고 다 안 믿어. 그거 정신병이야. 미신이고 사기라고!"

"뭐?"

외할머니는 눈을 부릅뜨고 현아를 바라봤다. 때마침 번개가 번쩍하더니 곧 천둥이 내리쳤다. 순간적으로 집 안이 환해졌다. 모든 게 선명해진 가운데 왠인지 서글퍼 보이는 외할머니의 표정 역시 생생하게 눈에 들어왔다. 그 표정을 보며 현아는 묘한 쾌감을 느졌다.

"빨리 가요."

어디서 그런 힘이 나왔는지 현아는 외할머니의 팔을 잡아끌고는 문밖으로 떠밀었다. 외할머니가 든 방울이 처량한 소리를 내며 울었다.

"현아야. 아무거나 믿으면 안 돼……."

쾅.

현아는 외할머니 말을 다 듣지도 않고 문을 세게 닫고는 걸쇠까지 채웠다. 그제야 달음질치던 심장이 진정되었다. 서서히 흥분이 가라앉았다.

"잘했어. 잘한 거야."

현아는 그렇게 되뇌었다. 후련하기도 했지만 씁쓸하기도 했다. 물론 개운한 감정이 더 컸다. 망령 같은 흰 연기를 피어 올리던 향과 흉측하게 녹아내린 초까지 끄자 그 마음은 더 분명해졌다. 세찬 빗소리가 창문을 뚫고 들려왔다.

집 안 구석구석에 밴 향냄새는 쉽게 빠지지 않았다. 그 탓인지 머리가 아팠다. 일찌감치 자리에 누웠지만 잠이 오지 않았다. 현아는 어둠 속에서 눈을 뜬 채 한숨을 쉬었다. 이 짜증 나는 냄새를 계속 맡느니 시원한 바깥 공기를 쐬는 게 백배는 더 나을 것 같았다. 결심을 굳힌 현아는 슬리퍼를 신고 우산만 챙겨 들고 1층으로 향했다. 그러나 곧바로 아차 싶었다. 밖에서는 그냥 비가 아니라 폭우가 내렸다. 기사에서 본 국지성 호우라는 단어가 새삼 떠올랐다. 굵은 빗줄기가 인정사정없이 바닥을 때렸다.

현아는 굴하지 않고 한 발 한 발 조심하며 계단을 내려갔다. 이왕 나온 김에 아랫동네까지 내려갔다가 돌아올 계획이었다. 바람도 상쾌했고 빗줄기도 시원했다. 발가락 사이로 들어오는 빗물 역시 기분을 좋게 만들었다. 찔끔찔끔 내리는 비보다 이런 폭우가 차라리 더 좋았다. 가슴이 뻥 뚫리는 기분이었다. 콧노래까지 흥얼거리며 한 계단 한 계단 내려가던 현아의 눈에 누군가가 들어온 것은 계단의 중턱, 즉 에덴빌라 근처까지 내려갔을 때였다. 아래쪽에서 검은 비옷을 입은 사람이 올라오는 걸 본 현아는 슬쩍 건물 옆으로 숨었다. 괜히 낯선 사람과 마주치기 싫었다. 그 순간이었다.

다시 한번 번개가 쳤다. 살갗에 닿는 공기가 찌릿

찌릿하게 느껴질 정도로 엄청난 번개가 바로 지척에 떨어졌다. 어둡던 세상이 순식간에 밝아졌다. 그 환한 빛 아래서 숨길 수 있는 건 아무것도 없어 보였다. 그리고…… 현아는 봤다. 비옷을 입고 계단을 올라오는 사람은 분명 제이였다. 비옷에 달린 모자를 뒤집어썼지만 번개의 광량 덕에 얼굴을 바로 알아볼 수 있었다.

이 근처에 사는 건가?

그게 아니라면 비까지 쏟아지는 이 밤에 여기에 올 리가 없었다. 현아는 그런 생각을 하며 숨은 곳에서 나가야 하나 말아야 하나 고민했다. 제이가 이대로 계속 올라오면 자신을 발견할 수밖에 없었다. 멋쩍게 인사를 나눠야 하는 어색한 상황이 싫어 안절부절못하는데 제이가 방향을 틀더니 잠시 머뭇대다가 에덴빌라 안으로 들어갔다.

"뭐지?"

현아는 자기도 모르게 혼잣말을 뱉었다. 물론 제이가 에덴빌라에 살 수도 있었다. 그거야 이상한 일도, 신경 쓸 일도 아니었다. 다만 제이의 행동이 수상했다. 자기가 사는 빌라에 들어가는데 주위를 둘러보고 안쪽을 기웃거리는 사람이 있을까?

현아가 잠시 서서 이런저런 생각을 할 때였다. 에덴빌라 입구에서 검은 비옷이 도로 튀어나왔다. 또 제이였다. 이번에는 빛 없이도 알 수 있었다. 제이는 뒤도 돌아보지 않고 마치 죄라도 지은 사람처럼 계단을 뛰어 내려갔다. 저러다가 고꾸라지는 게 아닐까 걱정될 정도로 다급한 모습이었다. 그 모습을 본 현아는 확신했다. 저 애에게 분명 무슨 일이 일어난 거라고.

현아는 에덴빌라를 향해 발을 옮겼다. 무섭기도 했지만 호기심이 더 컸다. 휴대폰이 있으면 좋았겠지만 깜빡 잊고 집에 두고 온 상태였다. 에덴빌라는 어둠에 휩싸여 있었는데, 비까지 와서 내부에서 흘러나오는 어둠의 농도가 훨씬 더 짙어 보였다. 현아는 입구에서 서성이며 한참을 망설였다. 제이가 여기에 왜 온 건지, 왔다가 왜 바로 떠난 건지 알 수 없는 노릇이었다. 설령 안다고 해도 뭘 어쩔 것인가? 그 생각에 맥이 빠졌다. 괜한 호기심과 오지랖으로 혼자 쇼를 하는구나 싶었다. 현아는 뒤를 돌았다.

악취가 날아든 건 바로 그 순간이었다.

비린내였다. 생선 비린내, 물비린내, 피비린내……. 온갖 비린내가 똘똘 뭉쳐 거대한 악취가 되어 몸을 더듬는 것 같았다. 냄새는 실체를 지녔다. 다른 건 몰라도 귀신이 내뿜는 건 그랬다.

현아는 코를 막을 뿐 어쩌지를 못했다. 에덴빌라 안에서, 그 시커먼 어둠 속에서 무언가가 다가왔다. 기척이 느껴졌다. 공기가 꿈틀거렸다. 차가운 기운이 반바지 아래로 드러난 맨다리를 더듬었다. 더듬으며 올라왔다. 곧이어 허리를 감쌌고 머리카락 아래로 파고들어 무방비 상태의 목덜미를 움켜쥐었다. 움찔했다. 신음이 새어 나오려는 걸 간신히 참았다. 주먹을 꽉 쥐었지만 온몸이 떨리는 걸 멈출 수 없었다. 현아는 못 박힌 듯 움직이지 못하는 상태로 떨 뿐이었다.

소리가 들렸다.

빠드득.

빠드득.

딱딱한 무언가가 세게 부딪치는 소리였다. 처음에는 그 정체를 알 수 없었다.

빠드득.

빠드득.

점점 더 가까워지는 그 소리에 현아는 고개를 숙이며 눈을 감았다.

지나가. 제발 그냥 지나가. 난 아무것도 못 듣고, 아무것도 못 보니 그냥 지나가줘…….

속으로 몇 번이나 애원했다. 시간이 얼마나 지났을까. 소리가 들리지 않았다. 냄새도 희미해진 것 같았다. 현아는 숨을 고르며 살며시 눈을 떴다. 그다음 순간 창백한 얼굴 두 개가 눈앞으로 날아들었다.

현아는 너무 놀라 그저 헙 소리만 냈다. 눈이 다시 감기지도 않았다. 갑자기 나타난 두 남자의 얼굴을 바라볼 뿐이었다. 한 명은 젊고 한 명은 나이가 좀 있었다. 둘 다 경찰복을 입었다. 그리고…….

빠드득. 빠드득. 빠드득. 빠드득. 빠드득. 빠드득.

둘은 동시에 얼굴을 기괴하게 일그러뜨리며 이를 갈았다. 현아는 그 표정 속에서 분노와 고통을 어렵지 않게 읽어냈다. 무시무시한 적의마저.

다리에 힘이 풀렸다. 기운이 빠져나갔다. 현아는 결국 그 자리에 풀썩 주저앉았다. 둘의 가슴에 달린 명찰이 눈에 들어왔다. 한 명은 박요셉, 다른 한 명은 민현철이었다. 명찰보다 더 시선을 끈 건 매끈하게 베여 펄럭이는 두 귀신의 배였다. 둘이 몸을 꿈틀거릴 때마다 십자 모양으로 갈라진 살점이 깃발처럼 나부졌다. 그 속은 텅 비어 있었다. 사람 몸이라면 응당 있어야 할 내장이 흔적도 보이지 않았다. 대신 시커먼, 그야말로 까맣기 짝이 없는 어둠이 가득 들어차 있었다. 그 끔찍한 모습에 현아는 직감했다. 자신이 더는 버티지 못하리라는 것을. 예상대로 눈앞이 빙글빙글 돌았다. 머리가 깨질 듯 아팠다. 현아가 정신을 잃기 전 마지막으로 본 것은 그들이 어딘가로 빨려 들어가듯 갑자기 사라지는 광경이었다.

이런 적은 없었는데…….

현아는 기절하면서도 생각했다.

사흘이 지났다. 그 사흘이 현아에게는 악몽 같았다. 아니다. 악몽 그 자체였다. 실제로 악몽을 꿨으니까.

경찰 귀신들을 본 그날, 어떻게 그곳을 빠져나왔는지 전혀 기억나지 않았지만 눈을 뜨니 집이었다. 땀으로 몸이 흠뻑 젖어 마구 떨렸고 열도 났다. 현아는 급한 대로 진통제 두 알을 먹은 후 다시금 기절하듯 잠에 빠져들었다. 그러다 새벽에 깼다. 꿈 때문이었다. 검은색 비옷을 입은 사람들이 자신을 내려다보는 꿈이었다. 그들은 현아를 응시하며 두 음절로 된 독특한 억양의 소리를 냈다. 듣는 것만으로 소름 돋고 섬뜩했지만 꿈에서 깨니 무슨 말이었는지 떠오르지 않았다.

그 꿈은 시작에 불과했다.

열이 떨어지지 않아 다음 날 출근하지 못한 현아는 집에서 종일 자다 깨다만 반복했다. 문제는 조금이라도 깊은 잠에 들면 어김없이 악몽이 찾아온다는 점이었다.

드넓은 지하 공간이다. 어둡다. 자신은 여러 사람과 함께 뭔가를 기다린다. 누군가가 손목을 홱 낚아챈다. 무서운 힘이다. 끌려가지 않으려고 발버둥 치지만 소용없다. 고개를 돌리면 검은 비옷을 입은 사람이 우뚝 서서 노려보고 있다. 모자에 가려 얼굴은 보이지 않지만 눈빛만은 선연하다.

현아는 악몽에 계속 등장하는 그 사람이 제이라고 확신했다.

그렇다면 제이가 범인일까? 경찰관 두 명의 배를 가른 사람이 제이인 걸까?

물론 의문은 들었다. 여성인 제이가 건장한 경찰 둘을 무슨 수로 제압해 그 짧은 시간 안에 죽였겠는

가. 사건 사고 뉴스는 왜 뜨지 않는가. 귀신들을 본 그 다음 날부터 계속 인터넷을 확인하고 따로 검색도 했지만 경찰이 살해당했다는 단신 하나 없었다. 경찰의 죽음은 보통 일이 아닐 텐데 이렇게 조용하다는 사실을 현아는 이해하기 어려웠다. 둘은 귀신이 확실했다. 착시도 아니고 정신 착란도 아니었다.

신고할까 싶기도 했다. 하지만 두려웠다. 뭐라고 설명해야 진지하게 받아들여질지 고민됐다. 사흘간 끙끙 앓고만 있던 이유였다. 몸은 간신히 회복했지만 피폐해진 정신은 바닥으로 한없이 가라앉아 좀처럼 떠오르지 않았다. 늪에 빠진 것 같았다.

현아는 에덴선교회에서 멘토링을 할 날만 기다렸다. 이 순간 자신을 도와줄 수 있는 사람은 김 선생과 멘토밖에 없다고 생각했다. 둘에게 이야기를 하면 왠지 방법을 찾을 수 있을 것 같았다.

현아는 약속 시간보다 한 시간 일찍 에덴선교회로 향했다. 제이가 오기 전에 이야기를 나누고 싶었다. 다행히 안에는 둘 다 있었다. 정미현과 김 선생은 평소처럼 따뜻한 미소로 현아를 맞아주었다. 벌써 위안이 되었다.

"어서 와요. 일찍 왔네요."

"현아 씨, 어디 아파요? 안색이 너무 안 좋네요."

정미현의 걱정에 현아는 울컥했다. 입술이 파르르 떨렸다. 울면 안 되는데 바보같이 눈물 한 방울이 툭 떨어졌다. 그걸 본 김 선생이 곧바로 어깨를 감싸 안아줬다. 따뜻했다. 매번 느꼈지만 김 선생은 손이 따뜻한 사람이었다. 그 손을 통해 현아는 온기를 느꼈다. 그러자 마음이 한결 나아졌다.

"이런, 큰일이 있었나 보네요. 우리 들어가서 이야기해요."

현아는 정미현과 함께 김 선생의 개인 집무실로 향했다. 그곳은 처음이었다. 집무실은 김 선생을 닮아 작고 소박했다. 책상과 책장, 2인용 소파 외에 다른 가구는 없었다. 에덴선교회의 상징인 원과 삼각형, 역십자가가 그려진 그림 한 점이 벽에 걸려 있을 뿐이었다. 현아는 언젠가 한 번 그 상징에 대해 물은 적이 있었다. 정미현은 하나하나 짚어가며 자세히 설명해 주었다.

"원은 이 세상, 곧 지구를 상징해요. 그 안의 삼각형은 진리와 평안과 행복, 이 세 가지의 균형을 나타내죠. 꼭짓점의 작은 점은 우리를 진리로 인도하시는 그분입니다. 거꾸로 뒤집힌 십자가는…… 십자가로 대변되는 기성 종교를 새로이 해석하자는 의미입니다."

상징 하나에도 깊은 철학이 들어 있다고, 현아는 설명을 들으며 감탄했다.

"현아 씨. 여기 앉아서 차분히 이야기를 해봐요. 저희가 도울 수 있는 일이라면 뭐든 할 테니."

김 선생이 소파를 가리키며 책상 앞에 앉았다.

"뭐든 속 시원하게 말해요. 망설이지 말고."

소파에 나란히 앉은 정미현이 현아의 손을 잡으며 말했다. 새삼 마음이 풀어지는 걸 느끼며 현아는 입을 열었다. 사흘 전 본 것과 겪은 일에 대하여. 그리고 계속 자신을 괴롭히는 악몽에 대해서. 현아는 한순간도 멈추지 않고 하고 싶은 말들을 다 토해냈다.

"전 도무지 모르겠어요. 왜 다시 귀신이 보였는지, 죽은 경찰들은 어떻게 된 건지, 제이 씨가 이 사건과 어떤 관련이 있는지……."

현아는 그제야 크게 숨을 쉬었다. 후련했다. 답답한 마음에 터져 나왔던 눈물도 쏙 들어갔다. 진지하게 들어준 김 선생과 정미현이 고마웠다. 현아는 고개를 들고 두 사람을 바라봤다. 감사하다는 말을 하고 싶었다.

하지만 뭔가가 이상했다. 아주 짧은 순간이었지만 김 선생과 정미현의 얼굴에 떠올랐던 한없이 딱딱하고 차가운 표정을 현아는 목격했다. 두 사람의 얼굴에는 곧 다시 익숙한 미소가 걸렸지만 왠지 어색해 보였다.

"큰일이군요."

김 선생은 그렇게 말하며 현아가 아닌 정미현을 바라봤다.

"큰일이네요."

정미현도 김 선생의 말을 맞받았다. 현아는 어리둥절했다. 자신이 겪은 일을 두고 하는 말인지, 두 사람만 아는 다른 게 있는 건지 헷갈렸다. 잠시 침묵이 흘렀다. 침묵의 시간 동안 김 선생과 정미현은 현아를 빤히 바라봤다. 그려 넣은 것처럼 똑같은 미소를 띄운 채.

"현아 씨?"

김 선생이 침묵을 깨고 현아를 불렀다. 자상하고 부드러운 말투는 똑같았다.

"네?"

"현아 씨는 우리 에덴선교회에서 크게 쓰일 재목이에요. 전 처음부터 그렇게 생각했답니다."

"그, 그게 무슨······."

현아는 당황했다. 기분 좋은 말이었지만 이 상황에서 나올 말은 아니었다.

"그분은 현아 씨 같은 사람을 원하세요. 맑고 순수하고 깨끗한 영혼을 가진 사람. 그런 사람과 함께 진리의 길을 걷고 싶어 하시죠."

"저······ 말씀은 고맙지만 갑자기 무슨 말씀이신지 잘 모르겠어요."

현아는 참다 못해 솔직히 말했다.

"현아 씨가 그분께 큰 도움이 될 거란 뜻이에요. 하지만······."

김 선생은 거기까지 말한 후 현아의 눈을 뚫어져라 바라봤다. 현아는 새삼 깨달았다. 그의 전체 눈에 비해 검은자위가 비정상적으로 크다는 것을.

"하지만 아주 사악한 존재, 나쁜 이방의 신이 현아 씨를 사로잡으려 해요. 현아 씨가 이상한 것을 보는 이유도 그 때문이에요."

"그렇지만 지난 한 달 동안은 전혀 그런 일이 없었어요. 그리고 전…… 제 몸에 흐르는 무당의 피가 싫을 뿐 이게 악한 존재라고는 생각 안 해요."

현아의 말을 듣던 정미현이 다시 입을 열었다.

"악은 늘 친절하고 친밀한 모습으로 다가오죠. 가족처럼 혹은 친구처럼. 현아 씨가 그걸 악으로 느끼지 못한다면 이미 거기에 너무 익숙해졌다는 뜻일 수 있어요. 그동안 귀신이 보이지 않았던 건 이곳, 에덴선교회의 보호 아래 있었기 때문일 거예요. 김 선생님과 제가 현아 씨를 위해 계속 기도했거든요. 하지만 뭔가가 변했어요. 우리의 기도가 닿지 않는 것 같아요. 혹시 다른 일이 더 있었던 것 아니에요?"

다른 일이라면 외할머니와 만난 것뿐이었지만 그것까지 말하진 않았다. 현아는 괜히 찔렸다. 그저 중요하지 않다고 판단해 말을 안 했을 뿐인데 속인 꼴이 되었다.

"실은……."

결국 현아는 외할머니가 집에 다녀간 일까지 다 털어놓았다. 그러자 정미현이 현아의 말이 끝나기만을 기다렸다는 듯 잽싸게 말을 더했다.

"집 안을 샅샅이 뒤져보면 뭔가가 나올 거예요."

"네?"

"지금 당장 가서 살펴보고 연락 주세요."

정미현이 벌떡 일어나는 바람에 현아도 얼떨결에 따라 일어섰다. 어느새 김 선생도 몸을 일으켜 문 쪽으로 향했다. 현아는 뭐라 더 말할 새도 없이 떠밀리듯 집무실 밖으로 나왔다. 그래도 한 가지 질문만은 해야 했다.

"제이…… 제이 씨는 어떻게?"

"그건 걱정하지 마세요. 제이 씨 문제는 우리가 처리할 테니."

김 선생이 웃으며 말했다. 처리라는 단어가 왠지 신경 쓰였지만 현아는 되묻지 않았다. 그럴 분위기가 아니었다. 둘의 미소는 여전했지만 현아는 그 얼굴에서 원인 모를 압박감을 느꼈다. 빨리 돌아가서 뭐라도 찾아내야 할 것 같은 압박감이었다.

"무얼 찾든 꼭 연락하세요."

문을 열고 복도로 나가는 현아를 향해 정미현이 당부했다. 현아는 고개를 끄덕여 보인 후 서둘러 돌아섰다. 오늘 멘토링은 이걸로 끝인가 하는 생각을 하면서.

향과 초를 다 버렸다. 냄새도 싹 빠졌다. 더는 나올 게 없었다. 그래도 현아는 혹시나 하는 마음에 책상 서랍과 싱크대 밑도 살폈다. 두 사람을 향한 믿음이 여전했으니까. 특히 자신을 위해 계속 기도했다는 말에 현아는 크게 감동했다. 그 덕분에 정말 귀신을 보지 않았던 거라면 고작 감사하다는 말로 끝내서는 안 된다는 생각이 들었다. 그런 만큼 꼭 뭔가를 찾아내고 싶기도 했다.

"없는데."

현아는 좁은 방을 다시 둘러봤다. 뭘 숨기고 싶어도 숨길 공간이 없었다. 그러다가 문득 베개에 시선이 갔다. 어릴 때 일이 떠올랐다. 계속 무서운 꿈을 꾼다고 하자 외할머니가 베개 안에 칼을 넣어줬다. 그게 나쁜 기운을 쫓아준다면서. 어려서인지 현아는 그 칼이 너무 무섭게 느껴졌었다.

설마…….

서둘러 베개 속을 뒤졌다. 있었다. 시커멓고 기다란 까마귀 깃털 한 장과 돌돌 말린 노란 부적 한 장이. 현아는 들고 있는 것만으로도 꺼림칙한 베개를 현관 쪽으로 던져버렸다. 몸이 떨렸다. 역시 두 사람의 말이 맞았다. 곧바로 정미현에게 전화를 걸었다.

"현아 씨."

정미현은 바로 전화를 받았다.

"이, 있어요. 멘토님, 정말로 제가 모르던 게 있었어요. 까마귀 깃털이랑 부적인데……."

"태워버리세요. 재는 변기에 버리고 바로 다시 여기로 오세요."

"아…… 그럴게요."

"오늘 밤, 그분을 뵙게 될 거예요. 그분의 뜻대로."

"네?"

너무 놀라 목소리가 높아졌다. 오늘 바로 그분을 뵙게 된다고? 순간 현아의 뇌리에 김 선생의 말이 떠올랐다. 자신이 에덴선교회에서 크게 쓰일 재목이라던.

"명심하세요, 현아 씨. 그분을 뵙는 걸 막으려는 존재들이 분명히 있을 거예요. 그 시련을 잘 이겨내야 해요. 절대 이방신의 음성에 귀 기울이면 안 돼요. 아시겠어요?"

정미현의 목소리는 전에 없이 엄격했다. 그만큼 중요한 일이라는 뜻이었다. 현아는 상대가 볼 수 없음에도 힘차게 고개를 끄덕이며 대답했다.
"네! 곧 가겠습니다."
현아는 전화를 끊자마자 던져놓은 베개에서 까마귀 깃털과 부적을 꺼냈다. 찝찝해서 손끝으로 살짝 집었다. 생각할수록 화가 치밀었다. 외할머니는 어떻게든 자신을 무당으로 만들려고 이런 짓까지 한 것이리라. 이게 저주가 아니고 뭔가?
현아는 깃털과 부적을 들고 화장실로 갔다. 라이터도 챙겨 들었다. 삼겹살집에서 무료로 받은 건데 이렇게 쓰게 될 줄은 몰랐다. 현아는 변기 앞에 서서 먼저 까마귀 깃털에 불을 붙였다. 깃털이 타며 내뿜는 고약한 냄새에 현아가 미간을 찌푸렸다. 깃털은 금세 재가 되어 변기 물 위로 떨어졌다. 이제 부적을 태울 차례였다.
딩동.
초인종 소리가 들렸다.
이 저녁에 누구지?
현아는 한 손에는 부적을 한 손에는 라이터를 든 어정쩡한 자세로 고개를 빼 현관을 쳐다봤다. 아무리 생각해도 올 사람은 없었다.

딩동.

다시 초인종이 울렸다.

딩동.

한 번 더.

현아는 현관으로 천천히 발걸음을 뗐다. 소리가 나지 않도록 발끝으로 걸었지만 문 밖의 집요한 상대는 왜인지 아는 것 같았다. 집에 자신이 있다는 사실을. 집요하게 울리는 초인종이 그 사실을 말해 주었다.

딩동.

초인종 소리가 네 번째 울렸을 때 현아는 결국 묻고 말았다.

"누구세요?"

대답이 없었다. 찜찜했다. 문이 열리길 기다리는 누군가의 모습이 훤히 그려졌다. 다만 구체적인 얼굴은 떠오르지 않았고, 그래서 더 불안했다. 현아는 조심스레 도어스코프에 눈을 가져다 댔다. 처음에는 어두운 복도의 검정 외에는 아무것도 보이지 않았다.

그새 간 건가?

현아가 눈을 떼려는 찰나 볼록한 렌즈 안으로 낯익은 얼굴이 들어왔다.

제이였다. 현아는 너무 놀라 온몸이 굳어버렸다. 전혀 예상하지 못한 인물이었다. 제이는 렌즈 너머로 현아를 응시했다. 현아는 마주친 눈을 피할 수 없었다. 마치 결박이라도 당한 것 같았다.

여길 어떻게 온 거지? 내가 여기 산다는 걸 어떻게 안 거야?

먼저 그런 의문이 들었고, 곧바로 무슨 일로 왔는지에 관한 궁금증이 따라붙었다. 자연스레 그날 밤 일이 떠올랐다. 에덴빌라에서 빠져나오던 제이, 그리고 경찰 귀신 둘.

"거기 가지 마."

제이의 무뚝뚝한 목소리가 철문을 뚫고 들려왔다. 놀란 현아는 아무런 대꾸도 하지 못했다. 제이가 다시 말했다.

"에덴선교회에 가면 안 돼. 그것들이 널 해칠 거야."

거기까지 듣고서야 조금 정신이 들었다. 현아는 발끈했다. 제이 또한 정미현이 말한 시련이고 방해였다.

"도, 돌아가. 안 그러면 경찰에 신고할 거야!"

"오늘 밤 에덴선교회에서 의식이 있을 거야. 절대 그들과 함께 있으면 안 돼."

제이는 현아의 외침에도 아랑곳하지 않고 같은 톤으로 말했다.

"시끄러워. 빨리 꺼져! 꺼지라고."

현아가 소리쳤다. 제이는 뭔가 할 말이 더 있는 듯했지만 곧 등을 돌려 계단을 내려갔다. 현아는 도어스코프에 눈을 대고 한참을 더 지켜봤다. 제이는 다시 나타나지 않았다. 현아는 그제야 가슴을 쓸어내렸다.

화장실로 달려간 현아는 다시금 자세를 잡았다. 불경한 것들을 빨리 처리하고 정미현과 김 선생에게로 가고 싶었다. 라이터를 당겼다. 그 순간이었다. 화장실 불이 나갔다. 화장실만이 아니었다. 집 안 전체가 컴컴해졌다. 정전인 모양이라고 현아는 생각했다. 오직 라이터가 내뿜는 파리한 불빛만이 어둠을 밝혔다.

하필 이렇게 중요한 순간에 정전이 됐다는 건 불길한 징조였다. 현아는 입술을 꽉 깨문 채 부적 끝에 라이터를 가져갔다. 바로 그때 회백색 얼굴이 어둠을 뚫고 둥실 떠올랐다. 그러고는 후, 하고 입김을 불어 라이터 불을 꺼버렸다. 놀라고 겁에 질린 현아가 그대로 엉덩방아를 찧었다. 그 와중에도 부적과 라이터는 사수했다. 귀신이었다. 악취를 내뿜진 않았지만 가면을 쓴 듯 딱딱한 그 얼굴은 분명 귀신의 것이었다. 게다가…… 그것이 부적 태우는 일을 방해하려고 했다.

이방신!

머릿속에 그 단어가 날아와 박혔다. 김 선생과 정미현이 말한 사악한 존재가 최후의 발악을 하는 것 같았다. 현아는 변기에서 등을 돌린 채 고개를 깊숙이 숙였다. 그러고는 서둘러 라이터를 켰다.

틱. 틱. 틱.

불이 붙지 않았다. 부싯돌 휠 돌아가는 소리 끝에 스파크만 작게 튈 뿐이었다.

제발, 제발…… 도와주세요.

현아는 사정했다. 아니, 기도했다. 아직 한 번도 보지 못했지만 에덴선교회의 그분에게, 자신을 원한다던 바로 그분에게 온 마음을 담아 간절히 빌었다.

그때였다. 라이터에 불꽃이 일었다. 현아는 지체하지 않고 타오르는 불에 부적을 갖다 댔다. 노란 종이는 예상보다 훨씬 더 격렬하게 타올랐고 시커먼 연기까지 내뿜었다. 연기는 마치 귀신의 얼굴을 닮은 형태로 허공에 맺혔다가 천천히 일그러지더니 이내 사라졌다. 그렇게 부적도 시커먼 재가 되었다.

"됐다!"

현아는 기쁨에 차 벌떡 일어났다. 해냈다. 재가 된 부적과 까마귀 깃털을 보는 것만으로도 안심이 됐다. 화장실 바닥에 떨어진 재까지 싹싹 그러모은 현아는 전부 변기에 넣고 물을 내렸다. 시원하게 내려가는 물소리에 안도의 숨이 쉬어졌다. 현아는 컴컴한 방으로 돌아가 휴대폰과 지갑만 찾아 들고는 밖으로 나섰다. 이제 자랑스러운 마음으로 에덴선교회에 갈 일만 남았다. 가서 그분을 뵙는 일만 남았다.

"수고했어요."

김 선생은 현아를 보자마자 그렇게 말하며 등을 꼭 안아주었다. 마치 다 안다는 듯이. 현아 역시 구구절절 설명하는 대신 미소로 화답했다.

"이제 그분을 뵈러 갈까요?"

"네, 멘토님."

현아는 떨리는 마음을 가득 담아 정미현에게 대답하고는 앞서 걷기 시작한 김 선생을 따라 엘리베이터에 올랐다.

"너무 긴장하지 마세요. 놀라지도 마시고요."

김 선생이 당부했다.

"그런데 어디로 가는 건가요? 이곳이 아닌 다른 곳에 계시는 건가요?"

현아가 물었다.

"이 건물 지하에 그분의 안식처가 있습니다."

김 선생이 그렇게 대답하는 사이 옆에 서 있던 정미현이 1층을 눌렀다. 그것도 여러 번. 다음 순간 엘리베이터가 움직였다. 덜컹 소리가 평소보다 더 크게 울려 퍼졌다. 현아는 움찔했다. 김 선생이 긴장하지 말라고는 했지만 떨리는 건 어쩔 수 없었다. 1층을 지나서도 계속 내려가던 엘리베이터는 지하 3층에서 멈췄다.

이 건물에 지하 3층이 있었나?

현아가 고개를 갸우뚱하는 사이 엘리베이터 문이 열렸다. 곧 어둡고 드넓은 공간이 모습을 드러냈다. 김 선생이 현아의 어깨를 살짝 밀며 말했다.

"어서 들어가요."

현아는 김 선생의 손길에 허둥지둥 걸음을 옮겼다. 김 선생과 정미현이 현아의 양옆에 붙어 섰다. 둘은 현아와 보폭을 맞춰 걸었다. 어둡기는 했지만 앞이 전혀 안 보이는 건 아니었다. 저 멀리 구석에서 희미하게나마 불빛이 흘러나왔다. 현아는 그 불빛을 배경으로 서 있는 사람들을 발견했다. 모두 검은색 옷을 걸치고 있었다. 그쪽에서 알아들을 수 없는 말소리가 들려왔다.

"지금부터 내가 하는 말 잘 들어요."

김 선생이 입을 열었다.

"네."

현아는 조심스레 대답했다. 분위기가 묘했다. 기대한 성스럽고 평화로운 분위기까지는 아니라 해도 이토록 불길한 기운이 느껴질 줄은 몰랐다. 알아들을 수 없는 사람들의 중얼거림이 수백, 수천 마리 벌레처럼 다가와 신경을 자극했다. 팔뚝에 오소소 소름이 돋았다. 안 좋은 신호였다. 발작이 찾아오기 직전에는 늘 이랬다. 귀신이 냄새를 통해 존재를 드러내기 전 현아의 타고난 영능이 몸을 통해 먼저 경고를 보냈다.

이런 곳에 그분이 계신다고? 도대체 왜…….

생각을 더 이어가기도 전에 김 선생의 설명이 날아왔다.

"그분은 아주 긴 시간 휴식을 취하고 계셨어요. 이

세상이 그분을 받아들일 준비가 될 때까지. 우리는 지금껏 그분이 깨어나길 기다리며 열심히 노력했고 오늘이 그 노력에 보답받는 날이 될 거예요. 그분은 오늘 소생하십니다. 그러면 이 땅이 곧 에덴이 될 거예요."

"그, 그럼 전 뭘 하면 되는 건가요?"

그 물음에 답한 쪽은 정미현이었다.

"제단에 오르면 알게 될 거예요."

"제단이요?"

그제야 사람들이 똑똑히 보였다. 수십 명은 될 듯했다. 그들 모두 모자 달린 검은색 비옷을 갖춰 입었다. 현아는 멈칫했다. 순간 차디찬 기운이 손목에 닿았다. 당황한 현아가 아래를 내려다봤다. 김 선생과 정미현이 자신의 양 손목을 그러쥐었다. 아리도록 세게.

"여러분."

김 선생이 입을 열자 늘어서 있던 사람들이 양옆으로 갈라지며 고개를 숙였다. 현아의 눈에 제단의 모습이 들어왔다. 제단을 밝히는 건 셀 수 없이 많은 초였다. 기다란 촛대 위에 꽂힌 채 빛을 발하는 초들은 모두 붉은색이었다. 촛대의 행렬 뒤로 마치 관처럼 보이는 상자가 세워져 있었다. 뚜껑이 열린 그 상자는 텅 비어 있었다. 그 안에 무엇이 들어 있었는지, 그게 지금은 어디에 있는지 현아는 바로 알았다. 모를 수가 없었다. 제단 한가운데에 탁자가 놓여 있었고 바로 거기에 그분으로 추정되는 누군가가 누워 있었다.

"그분의 뜻대로, 그분을 깨울 시간입니다."

김 선생이 말했다. 그러자 다들 한목소리로 제창했다.

"에덴."

에덴.

그 독특한 울림을 듣는 순간 현아는 기억해냈다. 악몽 속에서 들은 두 음절이 바로 이것이었다는 것을.

"저……"

현아가 주위를 둘러봤다. 김 선생도 정미현도, 그리고 다른 사람들도 현아가 아닌 탁자 위의 그 존재를 봤다. 그들이 그분이라 칭하는 존재는…… 누가 봐도 명백한 시체였다. 그것도 미라 상태의 시체. 살가죽은 뼈 위에 말라붙어 있었고 공허하게 뜬 눈은 아무런 생명의 기운도 내뿜지 못하고 허공에 고정된 상태였다.

"놔줘요. 놔줘요!"

현아는 두 사람에게서 벗어나기 위해 팔을 비틀었지만 소용없었다. 어느새 건장한 남자 한 명이 뒤로 다가와 현아의 어깨를 짓눌렀다. 꼼짝도 할 수 없었다. 그제야 김 선생은 현아의 손목을 놓고 제단 위로 올라갔다. 무리 중 한 사람이 목이 긴 호리병을 김 선생에게 내밀었다. 그때쯤 현아는 완전히 깨달았다. 자신이 함정에 빠졌다는 사실을. 현아는 어릴 때부터 외할머니 손에 이끌려 굿판에 다녔다. 그중에는 망자의 넋을 달래는 굿도 있었고 입관하기 직전의 시체를 두고 벌이는 굿도 있었다. 외할머니는 그때마다 현아에게 시체를 똑바로 보라고 말하며 이렇게 덧붙였다.

"자, 보거라. 저것이 삶의 이치고 인간의 도리다. 가야 할 때 가는 것. 가끔 그걸 거스르려 하는 것들이 있는데 그런 것들을 조심해야 한다. 악귀가 아니고서야 그럴 수가 없으니."

악귀. 저것들은 악귀였다.

현아는 사력을 다해 발버둥을 쳤다. 끔찍한 일이 벌어질 게 틀림없었다. 벗어나야 했다. 도망쳐야 했다.

제단 위의 김 선생이 현아를 주시했다. 그 예리하고 매서운 눈빛을 마주하자 현아는 꼼짝도 할 수 없었다. 기운이 쏙 빠져나가며 버둥거릴 힘마저 사라졌다. 현아는 멍한 상태로 이야기를 들었다. 김 선생이 늘어놓는 이야기를.

"오! 아침을 뒤로하고 밤을 지나오며 새벽을 관장하는 당신, 새벽별이시여. 이제 깨어나소서. 당신을 위해 일곱 여자와 일곱 남자의 피를 여기에 준비했으니 눈을 뜨소서."

김 선생은 호리병 주둥이를 시체의 입 쪽으로 기울였다. 현아는 그 안에서 새빨간 액체가 흘러나오는 걸 봤다. 피일 터였다. 현아는 머리가 지끈거리고 눈앞이 흐릿해지는 와중에도 이런 생각을 했다. 저 시체가 피를 받아 마실 것 같다고.

"에덴."

사람들이 또 같은 소리를 되뇌었다. 김 선생은 이제 더 빠르게 중얼거렸다. 뜻 모를 주문이었다.

"에덴."

그 소리가 귀를 파고들며 머리를 뒤흔들었다. 귀를 막고 싶었지만 현아에게는 팔을 들어 올릴 정도의 힘도 남아 있지 않았다. 붙잡힌 채 서 있는 수밖에 없었다. 정미현이 그런 현아의 귀에 대고 속삭였다.

"영혼을 불러들이는 당신의 능력 덕분에 그분의 영도 이곳을 쉽게 찾을 거예요."

그랬구나. 그래서 나를 원한다고 했구나.

진실을 깨닫고 새삼 고개를 끄덕일 때였다. 악취가 현아의 콧속을 파고들었다. 지금껏 한 번도 맡아본 적 없는 지독한 냄새, 오취(五臭)였다. 노린내, 비린내, 향내, 타는 내, 썩는 내가 마구잡이로 섞여 뿜어내는 냄새. 외할머니가 그랬던가. 원념이 강한 영가일수록, 악이 가득한 원혼일수록 독한 냄새를 풍긴다고. 그렇다면…… 이 냄새의 주인은 악귀 중의 악귀임이 틀림없었다.

"우욱."

현아는 냄새를 참지 못하고 구역질을 했다. 토할 것 같은 정도가 아니었다. 내장이 뒤집히는 것 같았다. 온몸이 아팠다. 관절 하나하나가 뒤틀리는 통증이었다. 눈을 똑바로 뜨려고 애를 썼지만 눈동자가 계속 뒤로 넘어갔다. 몸을 가눌 수 없었다. 덜덜 떨렸다. 보이지 않는 손이 현아의 가녀린 몸을 붙잡고 흔들어 대는 것 같았다. 아니, 머리채를 잡고 뒤흔드는 것 같았다. 현아는 제자리에서 무릎도 굽히지 않은 채 위로 뛰어올랐다. 높이, 더 높이, 점점 더 높이…….

"오셨다!"

김 선생이 희열에 찬 목소리로 외쳤다.

"에덴."

그 소리 역시 높아졌다.

갑자기 바람이라도 부는 듯 공기가 일렁인다 싶더니 촛불이 일제히 꺼졌다. 촘촘하게 짜인 어둠이 실내를 일순간에 뒤덮었다. 검은 옷의 사람들도 당황했는지 웅성거리기 시작했다. 현아는 줄 끊어진 꼭두각시처럼 그 자리에 풀썩 주저앉았다. 그제야 조금 정신이 돌아왔다. 현아는 비틀거리면서도 무릎을 짚고 일어났다. 누군가가 현아의 손을 잡아끈 건 그 순간이었다.

"조용히 하고 날 따라와."

현아는 목소리의 주인이 제이라는 걸 바로 알아챘다.

"아니……."

"빨리!"

현아는 제이가 이끄는 대로 걸음을 옮겼다. 몸에서 빠져나간 기운이 쉽게 돌아오지 않아 휘청거리는 현아를 제이가 틈틈이 부축했다.

"어떻게…… 이게 어떻게 된 일……."

제이는 어둠 속에서도 마치 앞이 훤히 보이는 것처럼 움직이며 빠르게 속삭였다.

"무슨 소리가 들려도 절대 뒤를 돌아보지 마."

그때 기다렸다는 듯 외침이 울려 퍼졌다. 김 선생의 육성이었다.

"잡아!"

사람들이 달려오는 소리가 그 뒤를 이었다. 손전등인지 촛불인지 아니면 휴대폰 플래시인지 모를 불빛이 등 뒤에서 번쩍였다. 저 멀리 엘리베이터가 보였다. 제이가 앞으로 손을 뻗자 엘리베이터 문이 저절로 열렸다. 제이는 다시 뒤쪽을 향해 팔을 휘저었다. 동시에 모든 불빛이 사라졌다. 현아는 제이가 숨을 헐떡이는 소리를 들었다. 제이의 정체는 여전히 알 수 없었지만 한 가지는 확실했다. 이 순간 믿을 사람은 제이밖에 없다는 것.

"현아야."

목소리가 들린 건 현아와 제이 두 사람이 엘리베이터에 거의 다다랐을 때였다.

"현아야."

너무나도 부드럽고 차분한, 애정이 듬뿍 담긴 여

자의 목소리였다. 귀에 익은 목소리이기도 했다. 현아는 순간 멈춰 섰다.

"멈추면 안 돼!"

제이가 끌어당겼지만 현아는 꿈쩍도 하지 않았다.

저 목소리…… 저 목소리는…….

"현아야, 어딜 가니?"

장난기 어린 다정한 목소리가 현아를 불러 세웠다. 현아는 천천히 고개를 돌렸다. 저 목소리는…….

"안 돼!"

제이가 소리쳤지만 현아의 귀에는 들리지 않았다.

"현아야, 엄마랑 있자."

현아가 완전히 돌아섰다. 목소리를 향해, 그리운 엄마를 향해. 눈앞에는 미라의 모습을 한 남자가 눈알을 뒤룩뒤룩 굴리며 서 있었다. 남자가 거머리처럼 시커먼 혀를 움직이며 엄마의 목소리로 말했다.

"잡았다."

"아…….”

현아가 비명을 채 내지르기도 전에 남자가 손을 뻗었다. 붉고 뜨거운 기운이 현아를 덮쳤다. 타는 듯한 고통에 현아가 몸부림쳤다. 동시에 목격했다. 제이가 울컥, 입에서 피를 쏟아내며 엘리베이터로 들어가는 모습을. 곧 엘리베이터 문이 닫혔다. 현아는 자기 몸에서 뭔가가 빠져나가는 걸 느끼며 쓰러졌다.

마지막으로 본 광경은 이랬다.

검은색 비옷 입은 사람들이 자신을 에워싸고 내려다보는 광경. 그들은 일시에 외쳤다. 독특하고 섬뜩한 울림으로.

에덴.

# 새벽별

> "너 아침의 아들 계명성이여 어찌 그리
> 하늘에서 떨어졌으며……."
> — 〈이사야〉 14장 12절

박지승의 아내는 자주 군소리를 했다. 고통에 못 이겨 한밤중에 잠에서 깨어날 때면 언제나 그랬다. 검게 변한 깡마른 얼굴이 극적으로 일그러지면 아파보지 않은 사람은 짐작도 못 할 통증이 찾아왔다는 신호였다. 그러면 간호사를 호출해야 했다. 그게 박지승이 할 수 있는 유일한 일이었다. 간호사도 모르핀을 넣어주는 게 다였다. 박지승의 아내가 방언과도 같은 말을 쏟아내는 건 그 찰나의 순간이었다. 마약성 진통제가 혈관을 타고 온몸을 돌기 시작하는 그 순간.

"줘해게나어벗서에통고이장당서라줄을목내줘여죽좀냥그를나."

굳이 글자로 옮기자면 이런 말이었으나 박지승은 그 의미를 알 수 없었다. 고대의 주술처럼 들리기도, 저주처럼 들리기도 했다. 머나먼 이국의 언어 같기도 했다. 뭐든 상관없었다. 의사도 말했다. 시간이 흐를수록 정신이 점점 더 흐려질 거라고, 차라리 그게 낫다고, 대부분 그렇게 된다고……. 박지승이 신경 쓰는 건 따로 있었다. 아내의 눈빛이었다. 허공을 향해, 짙푸른 어둠을 향해 소리칠 때 아내의 눈동자는 형형하게 빛났다. 말라가는 얼굴과 반대로 점점 더 또렷해지는 안구는 분노를 머금은 채 이글이글 타올랐다. 그 분노의 눈길은 종종 박지승에게로 향했다. 그 점을 박지승은 이해하기 어려웠다. 왜 생의 마지막 순간에 아내는 이토록 나를 증오하는 걸까? 스스로에게 아무리 질문해봐도 실마리를 찾을 수 없었다.

박지승은 어느 날 여생이 한 달쯤 남았으니 아내의 임종을 준비하라는 의사의 말을 들었다. 각오도 하고 예상도 했지만 막상 그런 말을 들으니 앞이 막막했다. 슬픔과 허망함, 절망감이 한꺼번에 밀려왔다. 비극적인 운명은 막을 수도 없고 피할 수도 없는 해일 같았다. 도저히 마음을 가눌 수 없어 병원 옥상에 올라가 바람을 쐬는데 전화기가 울렸다. 화면에 '전승미' 세 글자가 뜬 걸 보고 박지승은 곧바로 전화를 받았다.

"무슨 일인가?"

"교수님, 지금 나안동으로 와주세요."

수화기 너머의 전승미는 다짜고짜 명령 같은 말을 쏟아냈다. 근 1년 만의 연락이었다. 먼저 인사를 건넬 수도, 안부를 물을 수도 있었을 텐데 전승미는 냅다 보채기부터 했다. 원래도 그랬다. 무뚝뚝하고 자기중심적이며 매정한 사람이라는 게 그를 아는 이들의 공통된 평가였다. 유해종교와해단이라 해서 보통의 조직과 크게 다른 것도 아니었다. 결국 사람이 모이는 곳이기에 인정을 받으려면 사회성이 좋아야 했다. 그런 점에서 보자면 전승미는 무리나 단체와 거리가 먼 인물이었고, 그래서 늘 제대로 된 인정을 받지 못했다. 전승미를 이해하고 진면목을 봐주는 사람은 단체 안에서도 몇 없었다. 그중 한 명이 박지승이었다.

"사건이라도 터진 건가?"

박지승이 지친 듯한 목소리로 물었다.

"여기에 아주 독한 것들이 알을 깠어요. 저 혼자서

는 역부족이에요."

'독하다'는 표현도, '역부족'이라는 말도 전승미와는 어울리지 않았다. 아무리 악랄한 사이비라고 해도 홀로 잠입해 산산이 와해시키는 사람이 전승미였다. 그러고 보니 그의 목소리에 평소보다 힘이 없었다. 박지승은 아픈 사람의 목소리가 어떻게 바뀌어가는지 누구보다 잘 알았다.

"자네는 괜찮나?"

전승미는 망설이는 것 같더니 잠시 후 대답했다.

"아뇨. 실은 좀 다쳤어요."

"병원은……?"

"그것보다, 오실 수 있죠?"

"그게 말이네……."

"최에스더 수녀님이 돌아가셨어요."

"수녀님이 돌아가셔? 왜? 어쩌다? 그분이 거기에 계셨나?"

"네. 에덴선교회라는 자들의 소행이에요. 확실해요."

전승미의 말에 박지승은 기억을 더듬었다. 에덴선교회는 처음 들어보는 이름이었다. 한 해 동안 새로 생겨나는 종교 단체의 수는 어림잡아도 수십 개가 넘었다. 당연히 그 모든 곳을 다 파악할 수는 없었다. 다만 위험도가 높은 단체들은 유해종교와해단 차원에서 리스트로 정리해두고는 있었다. 전승미의 이야기가 사실이라면 에덴선교회라는 곳은 살인도 불사하는 조직일 터였다. 그렇다는 건 신속한 조사와 처리가 필요하다는 뜻이기도 했다.

"우선 관련 자료를 좀 보내줄 수 있겠나?"

박지승이 잠시 망설이다가 물었다.

"네. 교수님 메일로 보내드릴게요."

전승미는 기다렸다는 듯 바로 대답했다.

"알겠네. 일단 보고 연락하겠네."

"가능한 한 빨리 봐주세요. 심상치가 않아요."

"그러지. 그동안 몸 잘 사리게."

"그럴게요. 그런데요, 교수님. 질문이 하나 있어요."

"뭔가?"

박지승은 옥상 난간에 붙어 서서 아래를 내려다봤다. 구급차 한 대가 사이렌을 울리며 응급실 앞에 서 있었다. 대형 병원인 이곳에서는 흔한 광경이었다. 매일 누군가가 실려 오고 또 실려 나갔다. 한 달 후면 아내가 실려 나가는 사람이 될지도 몰랐다. 갑자기 슬픔이 북받쳤다. 그 때문이었다. 전승미가 한 말을 알아듣지 못한 건. 박지승은 되물었다.

"뭐라고?"

전승미는 다시금 또박또박 끊어서 말했다.

"악마도 기적을 행사할 수 있을까요?"

이한수는 에덴선교회 팻말이 달린 문 앞에 서서 한참을 망설였다. 들어가서 감사하다는 말만 하고 나오면 됐지만 어쩐지 주저되었다. 쑥스러웠다. 직접 찾아올 시간에 공부나 열심히 하라는 말을 듣게 될까 걱정되기도 했다. 그럼에도 이한수는 꼭 감사를 표하고 싶었다. 에덴선교회로부터 자신이 장학금을 받게 되었다는 소식을 들은 건 일주일 전 일이었다. 공부를 더 잘하는 아이가 많은데도 자기가 선발되었다는 사실에 이한수는 얼떨떨하기만 했다. 이한수는 잘 알았다. 자기가 자랑할 만한 건 프로그래밍 능력밖에 없다는걸. 내세울 성과도 교내 대회에서 대상을 받은 게 전부였다. 꿈만 같던 며칠이 흐르고 드디어 어제 엄마의 통장으로 장학금이 들어왔다. 이제 고등학교 1학년인 이한수로서는 상상도 할 수 없는 큰 액수였다.

엄마는 너무 기뻐서 울기만 했다. 그러면서 당부하듯 말했다.

"한수야, 에덴선교회에 찾아가서 꼭 감사 인사를 드려."

잠시 숨을 고른 이한수는 초인종을 누르고 렌즈를 향해 꾸벅 고개를 숙였다. 그러자 마치 기다렸다는 듯 즉시 문이 열렸다.

"어서 오세요."

부드럽고 차분한 목소리와 함께 모습을 드러낸 사람은 엄마와 나이가 비슷해 보이는 여자였다. 이한수는 또 한 번 고개를 숙였다.

"안녕하세요? 나안고등학교 1학년 이한수입니다."

"반가워요, 이한수 군. 저는 에덴선교회의 김 선생이라고 해요."

김 선생은 그렇게 말하며 손을 내밀었다. 이한수는 땀이 밴 손을 바지에 문질러 닦은 후 얼른 손을 맞잡았다. 고운 손이었다. 식당에서 설거지를 하느라 늘 거친 엄마의 손과는 달랐다. 이한수는 김 선생의 손을 놓은 후 찾아온 이유를 더듬더듬 설명했다.

"저…… 감사하다는 말씀을 드리려고…… 제, 제

가 누군지 모르시겠지만……."

"알아요. 왜 모르겠어요. 어서 들어와요. 들어와서 얘기해요."

김 선생은 미소 지으며 말했다. 그걸 보자 긴장이 스르르 풀려 이한수도 슬쩍 웃었다. 엄마를 닮아 짙은 갈색 피부에 짙게 쌍꺼풀진 눈을 가진 자신을 보고 호기심 어린 눈빛을 보내지 않는 사람은 없었다. 김 선생의 눈 속에서는 그런 마음이 읽히지 않았다. 그것만으로도 이한수는 편안했다.

이한수는 작은 방에서 김 선생과 마주 앉았다. 김 선생의 뒤쪽 벽에 걸린 그림이 그의 시선을 끌었다. 원 안에 삼각형, 그리고 삼각형 안에는 거꾸로 된 십자가가 그려진 그림이었다.

"보이는 건 우리 에덴선교회의 상징이랍니다."

김 선생의 말에 이한수가 고개를 끄덕였다.

"특이하고 멋있어요."

"고마워요. 이한수 군은 에덴선교회에 대해서는 잘 모르죠?"

"네, 잘 모릅니다."

이한수는 솔직하게 말했다. 인터넷에 에덴선교회

를 검색해봐도 정보를 찾을 수 없었다. 담임선생 설명으로는 교회는 아니고 진리를 찾고 어려운 사람을 돕는 자선단체 같은 곳이라고 했다. 아무렴 이한수에게 에덴선교회는 좋은 사람들이 모인 좋은 곳이었다.

"저희는 이한수 군처럼 재능 있고 성실한 학생들을 지원해 훌륭한 인재로 만들고 있어요."

김 선생의 말에 이한수는 민망하다는 표정으로 머리를 긁적였다.

"저, 저는 사실 그렇게 공부를 잘하지도 못하는데……."

"이한수 군이 만든 앱을 봤어요. 그걸 보고 정말 멋지다고 생각했어요."

"아……."

이 자리에서 바로 앱 칭찬을 들을 줄은 몰랐다. 이한수는 당황스러우면서도 한편으로는 뿌듯했다. '힐'이라는 앱은 교내 프로그래밍 대회용으로 만든 거였다. 사용자가 정해놓은 시간이 되면 휴대폰의 모든 알림 기능을 자동으로 끄고 저주파의 백색소음만 내보내는 앱이었다. 여기에 공유 기능을 추가하면 다른 사람에게 소리를 전달할 수도 있었다. 힐을 개발한 이유는 단순했다. 종일 식당에서 일하는 엄마가 좀 푹 쉬었으면 해서였다.

"마스터 님께서 말씀하셨어요. 힐은 무궁무진하게 활용될 수 있는 아주 훌륭한 앱이라고."

김 선생이 말했다.

"마, 마스터 님이요?"

마스터가 누구인지는 몰라도 에덴선교회에서 아주 중요한 인물이라는 건 김 선생의 표정만으로도 알 수 있었다. 김 선생은 환하게 웃으며 말했다.

"마스터 님께서 이한수 군을 만나고 싶어 하세요."

"왜요?"

"우리는 모두 열 명의 학생에게 장학금을 줬어요. 하지만 감사를 표하려고 온 학생은 이한수 군이 유일해요. 마스터 님은 이렇게 될 줄 이미 알고 계셨어요. 이렇게 말씀하셨죠. 오직 한 명이 찾아와 감사하다고 할 테니 그 사람과 만나겠다고."

"그, 그럼 오늘 그분과 만나는 건가요?"

"아뇨. 마스터 님은 몸이 조금 안 좋아서 지금 회복 중이세요. 며칠 안으로 연락을 줄 테니 그때 다시 이곳으로 와요. 감사하다는 말은 그분께 직접 드리세요."

"네. 아, 알겠습니다."

이한수는 마스터라는 사람이 궁금했다. 왜 자기를 만나고 싶어 하는지도, 실제로 어떤 인물일지도……. 이한수는 김 선생에게 최대한 조심스럽게 물었다.

"그런데…… 그분은 왜 아프신 거예요?"

김 선생은 빙긋 웃으며 대답했다.

"죽음과 싸우셨거든요."

박지승은 팔뚝에 닿는 서늘한 감촉에 눈을 떴다. 아내가 야윈 손으로 박지승의 팔을 꽉 쥐고 있었다. 그 힘이 너무 강해 박지승은 깜짝 놀랐다. 아내는 늘 소녀 같은 여자였다. 쉰이 넘었지만 여전히 꽃 선물에 감동했고 드라마나 책을 보며 훌쩍였다. 박지승은 아내를 처음 봤을 때 나풀거리는 나비를 닮았다고 생각했다. 결혼한 지 20년이 넘었지만 그 생각에는 변함이 없었다. 그 나비가 힘들지 않도록 박지승은 사소한 것 하나까지도 신경을 썼다. 특히 힘을 써야 하는 일은 전부 박지승의 몫이었다. 장바구니를 드는 것도, 병뚜껑을 돌리는 것도, 쓰레기를 버리는 것도. 그래서 아내의 악력이 이토록 센 줄은 몰랐다.

"왜 이러는 거야?"

조용히 물었지만 아내는 박지승을 노려보기만 했다. 익숙한 눈빛이었다. 분노와 원망이 담긴 눈빛. 박지승은 한숨을 삼키며 다시 물었다.

"약 필요해?"

아내가 입술을 달싹였지만 무슨 말을 하는지 알아듣기 어려웠다. 박지승은 보조 침대에서 일어나 아내 쪽으로 상체를 숙이고는 귀를 더 가까이 가져갔다. 그때였다. 아내가 박지승의 팔을 쥐었던 손으로 박지승의 목을 움켜쥐었다. 가늘고 긴 손가락이 빨판이라도 붙인 것처럼 살갗에 딱 붙어서 숨통을 조였다. 벗어날 수도 뿌리칠 수도 없었다. 아내는 마른 팔을 파들파들 떨면서도 온 힘을 다해 박지승의 목을 졸랐다.

"왜, 왜……."

박지승은 아내로부터 벗어나려고 몸부림치며 간신히 말을 뱉었다. 순간 누워 있던 아내가 목을 기괴할 정도로 길게 빼냈다. 그 바람에 아내의 입이 박지승의 귀에까지 닿았다. 그 상태에서 아내가 속삭였다. 원한이 깃든 탁하고 거친 목소리로.

"젊은 년이랑 붙어먹으려고 가는 거지?"

억 소리를 내며 박지승이 눈을 떴다. 꿈이었다는 걸 깨달은 뒤에도 충격에서 벗어나는 건 쉽지 않았다. 그 탓에 자신이 어디에 있는지도 금세 알아채지 못했다.

"손님, 괜찮으세요?"

앞에서 말소리가 들린 후에야 박지승의 시야가 트였다. 택시 안이었다. 운전석에 앉은 기사가 룸미러를 들여다보며 의아하다는 표정을 지었다.

"괜찮습니다."

박지승은 서둘러 대답했다. 꿈이 남긴 섬뜩한 여운이 가시면서 기억도 돌아왔다. 역에서 택시를 탄 게 30분 전쯤이었으리라. 퇴근 시간이라 택시는 가다 서다를 반복했는데 그사이 깜박 곯아떨어진 모양이었다. 그야말로 악몽이라 할 수밖에 없는 흉흉한 꿈이었다. 현실의 아내는 며칠 출장을 다녀오겠다고 해도 반응조차 제대로 하지 못했다. 그럴 힘도, 정신도 없어 보였다. 이런 와중에 어처구니없는 꿈을 꾸고 만 것이다.

"도착했습니다. 나안동입니다."

기사는 얼마 안 가 택시를 세우며 말했다.

"감사합니다."

박지승은 택시비를 지불한 뒤 차 문을 열었다. 해가 완전히 저물어 동네가 어두컴컴했다. 가로등이 없어 더 어둡게 느껴졌다. 낡고 허름한 슈퍼 간판만이 쓸쓸히 빛났다. 그마저도 희미하고 불규칙적으로 깜박였다. 도심에서 조금 벗어났을 뿐인데 이런 분위기의 동네가 있다는 게 놀라웠다. 한편으로는 이런 곳이기에 '독한 것'들이 둥지를 틀 수 있었겠다 싶기도 했다. 전승미의 말이 맞았다. 전승미가 메일로 보내준 자료만으로 에덴선교회가 얼마나 위험한 집단인지 알 수 있었다. 나안동으로 올 결심을 굳힌 이유였다. 물론 유해종교와해단의 다른 멤버를 보낼 수도 있었지만 박지승은 직접 조사하는 쪽을 택했다. 그만큼 예사롭지 않아 보였다.

불 꺼진 가로등 밑에 선 박지승이 휴대폰을 꺼냈다. 이곳을 약속 장소로 정한 쪽은 전승미였다. 박지승이 막 도착했다는 메시지를 보내려는데 뒤에서 자신을 부르는 목소리가 들렸다.

"교수님."

돌아보니 후드 티셔츠의 모자를 뒤집어쓴 여자가

서 있었다. 어두워서 얼굴이 제대로 보이지 않았다.

"자넨가?"

박지승이 묻자 여자는 말없이 모자를 벗었다. 낯익은 얼굴이 드러났다. 전승미였다.

"따라오세요."

전승미는 인사도 없이 그렇게만 말하고는 앞서 걸었다. 과연 전승미다운 행동이라고 생각한 순간, 그의 걸음걸이가 전과 같지 않은 게 느껴졌다. 전승미는 다리를 절뚝였다. 오른쪽 옆구리에 손도 올리고 있었다.

"어딜 얼마나 다친 거야?"

전승미를 금세 따라잡은 박지승이 나란히 걸으며 물었다.

"갈비뼈가 부러졌어요. 부러진 갈비뼈가 어디를 찌른 건지 피를 토해요."

전승미는 남의 일처럼 무덤덤하게 말했다.

"그런데 이렇게 돌아다닌다고?"

답답한 마음에 박지승이 큰소리를 냈다. 이건 무모한 걸 넘어 미련한 행동이었다.

"교수님도 무리해서 오셨잖아요. 그것들을 막으려면 어쩔 수 없어요. 지금 막아내지 못하면 진짜 큰일이 생길 것 같거든요."

"내 상황을 아나?"

박지승이 담담히 물었다.

"네, 사모님께서 편찮으시다고 들었어요. 저도 그런 이야기 정도는 듣고 살아요."

"그런데도 나한테 연락을 했다는 건……."

"교수님이라면 그럼에도 외면하지 않고 도와주실 거라 생각했어요."

"계산을 한 거군."

"그만큼 절박하다는 거죠."

여전히 감정이라고는 느낄 수 없는 딱딱한 말투였지만 적절한 대답이 돌아온다는 사실만으로 전승미가 많이 달라졌다고 박지승은 생각했다. 처음 만났을 때는 제대로 된 대화가 불가능한 정도였으니까.

전승미는 나안동의 반지하 원룸을 임시 거처로 삼았다. 좁고, 낡고, 습기가 가득한 방이었다. 세간도 거의 없어 집 안이 휑뎅그렁했다. 방 한가운데에 놓인 네모난 좌식 탁자가 필요에 따라 식탁도 되었다가 책상도 되었다. 박지승은 그 탁자를 사이에 두고 전승미와 마주 보고 앉았다. 전승미가 벽에 등을 기댄 채였다.

"이것저것 다 생략하고 본론으로 들어가지."

"좋아요."

박지승의 말에 전승미는 바로 고개를 끄덕였다.

"우선 내가 조사한 것부터 이야기를 하자면 에덴선교회는 갑자기 튀어나온 놈들이 아니야. 자네가 보내준 자료들, 그중에서도 특히 에덴선교회의 상징으로 이 단체의 전신이 있다는 걸 알아냈어."

"그럴 것 같았어요. 신생이라고 하기에는 모든 것에 너무 능숙했거든요."

"그렇지. 사이비도 범죄자들의 일반적인 패턴과 비슷하게 움직이지. 시간이 흐르고 경험이 쌓일수록 점점 더 과감해지는 한편 능숙해지니까."

사이비의 무서운 점 중 하나가 바로 생명력이었다. 아무리 싹을 잘라도 얼마 후면 새로운 싹이 돋아났다. 심지어 일단 꽃을 피우면 그 씨앗이 사방으로 퍼져 나가 또 다른 사이비를 낳았다. 그렇게 해서 자생한 조직은 학습한 것을 바탕으로 훨씬 더 치밀하고 교활한 광신의 덫을 깔았다. 아름다운 꽃으로 위장해 벌레가 날아들면 단번에 낚아채는 식충식물 같았다.

"에덴선교회의 전신이 뭔가요?"

전승미가 물었다.

"계명성회."

박지승은 그렇게 대답한 후 덧붙였다.

"이름에서 알 수 있듯이 악마주의를 표방하는 사이비였는데 10년 전에 와해됐어. 아니, 와해된 줄 알았지."

계명성은 새벽별, 곧 금성을 일컬었다. 성경에서 금성은 타락한 천사 루시퍼의 다른 이름이다. 즉 계명성회는 이름에서부터 루시퍼를 따른다는 걸 보여주는 단체였고 그 때문에 유해종교와해단에서도 주목하던 곳이었다. 실제로 계명성회는 '주의' 등급 단체였다. 주의는 언제든 살인, 테러 등 중범죄를 저지를 수 있음을 의미하는 '위험' 바로 아래 등급이었다. 계명성회가 주의 등급이 된 데에는 그들의 교리가 한몫했다. 기존 종교에서 말하는 천국은 위선이 가득한 곳이고 반대로 지옥은 쾌락과 욕망에 충실한 진실된 곳이니 현세를 차라리 지옥으로 만들어야 한다는 게 그들의 주장이었다. 이런 논리를 편 이가 바로 교주 류백주였다.

류백주는 치유 능력으로 유명세를 떨친 인물이었다. 그가 손을 대면 병이 낫는다는 소문이 돌며 전국에서 사람들이 모여들었다. 여느 사이비가 그렇듯 계명성회 역시 처음에는 열성 추종자들의 모임이었다가 불과 1년도 안 되어 전국적으로 신도를 거느린 거대 집단이 되었다. 교주 류백주는 자신은 몸의 병을 치유하지만 마음의 병은 그분에 관한 진리를 알아야 고칠 수 있다고 주장했다. 류백주가 지칭한 그분은 당연히 루시퍼였다.

계명성회는 빠르게 교세를 확장했다. 그즈음 유해종교와해단에서도 본격적인 조사를 시작했다. 그때 조사를 주도한 이가 바로 최에스더 수녀였다. 조사팀은 계명성회가 여러 불법적인 일과 관련되었다는 증거를 잡았다. 그랬는데…….

"갑자기 사라졌다는 거죠?"

전승미가 물었다. 박지승은 고개를 끄덕이며 설명을 계속했다.

"그래. 그야말로 하루아침에 교주 류백주는 물론이고 관계자들 모두 자취를 감췄어. 그뿐만이 아니야.

놈들은 서류 한 장 남기지 않았어. 딱 하나, 이 사진 말고는. 이번에 이 사진을 다시 보면서 확신했어. 계명성회와 에덴선교회가 밀접한 관련이 있다는걸."

박지승이 전승미에게 휴대폰 속 사진을 보여줬다.

"무슨 사진이에요?"

"기자가 찍은 사진이야. 당시 계명성회의 주요 인물들이 다 나와 있어. 류백주가 이례적으로 이 기자와 단독 인터뷰를 했거든. 사진을 잘 봐. 가운데 선 키 큰 남자가 류백주야. 뒤쪽 벽에 문양 보이지? 얼핏 봐도 에덴선교회의 상징과 닮았어."

박지승은 사진을 가리키며 말했다.

"그러네요. 붉은색 삼각형 안에 역십자가가 들어가 있는 게 완전 똑같은데요? 삼각형을 둘러싼 원만 없고요."

사진을 유심히 들여다보던 전승미가 말했다.

"정삼각형을 둘러싼 해석은 여러 가지야. 기독교에서는 삼위일체를 뜻하기도 하고, 불교에서는 삼존불을 의미하기도 하지. 세 개의 꼭짓점이 각각 지, 덕, 체를 나타낸다고 하는 사람도 있어. 류백주가 무슨 의도로 삼각형을 썼는지 모르겠지만 그 안의 역십자가는 분명한 뜻을 지녀. 바로 사탄이야."

박지승의 설명에 전승미가 물었다.

"그럼 에덴선교회가 되면서 생겨난 이 원은 무슨 의미일까요?"

"글쎄, 이것도 다양하게 해석할 수 있는데 보통은 영원 혹은 영생을 뜻하지."

"영생……."

낮게 읊조리던 전승미의 눈이 커졌다. 박지승은 사진을 뚫어져라 보는 전승미에게 물었다.

"왜 그러나?"

"여기 이 여자, 류백주 바로 옆에 있는 이 여자가 바로 김 선생이에요. 확실해요."

"김 선생이라면 에덴선교회를 이끈다는 그 사람?"

"네. 김 선생에 대해 이야기하자면 제가 에덴선교회에 잠입해서 목격한 일들을 전부 말씀드려야 해요. 살인과 비밀 의식을 주도한 자가 바로 이 여자니까요. 김 선생 휴대폰에 손을 써놓긴 했는데……. 이 사진을 찍은 기자와 연락해볼 수도 있을까요? 기사에 담지 못한 이야기가 있을 것 같아요."

전승미의 말에 박지승은 고개를 저었다. 그도 류백주와 인터뷰한 기자가 궁금해서 수소문했지만 끝내 만날 수 없었다. 이유가 있었다.

"죽었어. 집에 강도가 들었고 몸싸움 끝에 그렇게 됐다는데."

"설마……."

"맞아. 계명성회가 지휘를 감추기 직전에 벌어진 일이야. 류백주가 어떠한 흔적도 남기지 않아야겠다고 마음먹었을 수도 있지. 그래서 기자를 살해했을지도."

"그렇네요. 충분히 그럴 놈들이에요. 제 눈으로 똑똑히 봤거든요. 인신 공양 하는 모습을."

"뭐? 인신 공양이라고? 지금 이 시대에 헌금 명목으로 돈을 뜯는 것도 아니고 인신 공양을 해서 뭘 얻으려는 거지?"

박지승은 진심으로 놀랐고 또 진심으로 궁금했다. 전승미는 무릎을 가슴 쪽으로 당겨 안은 자세로 한동안 생각에 잠겼다. 박지승의 인내심이 슬슬 바닥날 때쯤 전승미가 입을 열었다.

"제가 그 자리에 잠입해 있었어요. 그래서 본 거예요. 분명히…… 분명히 죽은 누군가가…… 되살아났어요."

박지승은 얼빠진 얼굴로 전승미를 봤다. 전승미 역시 겁에 질린 표정으로 목소리를 떨었다.

"자네 괜찮나?"

"제가 어쩌다가 다쳤는지 아세요?"

전승미가 물었다.

"거기에서 도망치다가 그런 건가?"

정확한 답이 아닌 줄 알았지만 일단 대답은 했다. 전승미는 조금 전보다 훨씬 더 어두운 표정으로 답했다.

"되살아난 키 큰 그자가 저를 향해 손을 뻗었을 뿐이었는데 갈비뼈가 으스러지는 통증이 느껴졌어요. 그건 분명 이성적으로 설명할 수 있는 힘이 아니었어요. 교수님, 그게 가능할까요? 부활의 기적을 악마가 보여준다는 게…… 가능한 일일까요?"

박지승은 아무런 대답도 못 하고 전승미만 바라봤다. 전승미의 얼굴에 그토록 선명한 감정이 드러나는 것을 박지승은 처음 보았다. 세상에 무서울 건 없다는 말을 입버릇처럼 되뇌던 전승미가 지금은 두려움에 사로잡혀 있었다.

이한수는 하품을 하며 기지개를 켰다. 어느덧 자

정이 넘었다. 피곤하지만 잘 수 없었다. 이제 마무리 단계였다. 가장 복잡하고 손이 많이 가는 과정은 다 지났다. 한 시간 정도만 더 작업하면 상용화 가능한 형태의 '힐-마스터' 앱이 완성될 터였다. 이한수는 모든 게 꿈같았다. 마스터를 만나 앱 개발을 부탁받았던 일도, 최고 사양의 컴퓨터를 선물 받았던 일도, 자신의 이름을 건 앱이 배포되는 일도…….

"저는 한수 군 같은 사람을 기다렸습니다. 아주 오랫동안."

마스터는 말했다. 큰 사고를 당한 듯 얼굴에도 붕대를 감고 있었지만 목소리만은 힘찼다. 왠지 모르게 그 목소리를 들으면 마음이 차분해지는 동시에 자신감이 차올랐다. 마스터는 모르는 게 없는 듯했다. 특히 자신에 대해서까지 잘 안다는 사실에 이한수는 놀랐다.

"그동안 한수 군과 어머니가 얼마나 힘들게 살아왔는지 잘 압니다. 특히 고향인 필리핀에서 이곳 한국까지 오신 어머니의 고생이 크셨겠죠. 그걸 보는 한수 군 역시 마음이 아팠을 테고요. 하지만 이제 걱정하지 마세요. 우리 에덴선교회에서 한수 군을 적극적으로 돕겠습니다. 힐-마스터 개발만 성공시키면 섭섭지 않은 보상을 하겠습니다."

보상이라는 게 무엇일지 짐작할 수 없었지만 적어도 엄마가 몇 달간 쉴 수 있는 돈이었으면 좋겠다고 이한수는 생각했다. 어쩌면 엄마가 그토록 그리워하는 필리핀에 다녀올 수 있을 정도의 금액일지도 몰랐다. 그런 상상을 하면서 이한수는 행복했다. 지난 며칠간 잠을 줄여가며 앱 개발에 전력을 다한 이유였다.

"됐다!"

정확히 한 시간 후 이한수는 작업을 마쳤다. 뿌듯했다. 그동안의 피로가 모두 날아가는 느낌이었다. 서둘러 김 선생에게 메일을 썼다. 앱을 다운로드받을 수 있는 링크를 첨부한 뒤 보내기 버튼을 누르자 긴장이 풀렸다. 때마침 현관문 열리는 소리가 들렸다. 엄마가 퇴근한 모양이었다.

"엄마!"

이한수가 거실로 나가며 외쳤다. 현관에서 신발을 벗던 엄마가 그를 보고 환하게 웃었다.

"우리 아들, 아직 안 잤어?"

"나 드디어 끝냈어! 에덴선교회에서 부탁한 앱 있

잖아. 그거 완성했어."

엄마가 들뜬 이한수의 머리를 부드럽게 쓸어주었다.

"잘했네. 고생했다, 우리 아들. 그럼 이제 어떻게 되는 거니?"

이한수는 엄마에게 돈을 받는다는 사실은 말하지 않았다. 나중에 깜짝 놀래주고 싶었다. 엄마는 그저 이한수가 에덴선교회에 감사를 표하기 위해 앱을 만든다고만 알았다.

"지금 막 완성해서 보냈으니까 뭐가 됐든 곧 이야기해주겠지."

"그래. 엄마는 정리 좀 할 테니까 먼저 씻어."

이한수는 알았다. 엄마가 자기 전에 항상 술을 마신다는걸. 그래야 잠들 수 있다는걸.

"엄마! 업데이트한 힐-마스터 먼저 들어볼래? 들으면 저절로 피로가 풀리고 잠이 올거야."

최신 힐-마스터에는 명상 기능이 추가됐다. 단순히 저주파 백색소음만 들려주던 이전의 힐에 에덴선교회가 제작한 명상용 음악과 마스터의 메시지가 더해진 버전이었다.

"한수 군. 이 음악과 메시지에는 치유의 힘이 있습

니다. 지친 몸과 마음을 회복시켜주죠. 저는 이 세상의 모든 사람이 편안하고 행복한 상태가 되길 진심으로 바랍니다."

마스터는 이한수의 손을 꼭 잡았다. 크게 다쳐서 온몸을 붕대로 둘둘 감은 상태에서도 다른 사람을 위하다니……. 이한수는 그 마음에 크게 감동했다.

"그럼 우리 한수가 완성한 걸 엄마가 제일 처음 듣게 되는 건가?"

엄마의 물음에 이한수가 환하게 웃었다.

"응! 빨리 와서 들어봐."

이한수는 엄마의 손을 잡고 자기 방으로 이끌었다. 컴퓨터 앞에 앉은 엄마의 귀에 이어폰을 꽂아주고 앱을 실행했다.

"그냥 들으면 돼?"

엄마가 물었다.

"응. 눈 감고 편하게 들으면 돼."

이한수는 그렇게 말하고는 화장실로 향했다. 학교에서 돌아온 후 교복도 안 갈아입고 내내 컴퓨터 앞에 붙어 있었기에 좀 씻고 싶었다.

"앱이 완성되면 한수 군이 만들었다고 대대적으

로 소개하면서 우선 나안동 주민들에게 무료로 배포할 겁니다."

마스터의 말을 떠올리며 이한수는 샤워를 시작했다. 자신이 힐-마스터를 개발했다는 걸 알게 되면 이제 아무도 자신을 무시하지 않을 터였다. 친구들 역시 더 이상 외모로 놀리거나 따돌리지 못할 테고. 게다가 돈도 생긴다니 일석이조, 아니 일석삼조였다.

이한수는 뜨거운 물줄기 아래에서 오랫동안 꼼꼼히 몸을 씻은 후 욕실 문을 열었다. 집 안은 고요했다. 엄마가 여전히 앱에서 흘러나오는 음악과 메시지를 듣는 것 같았다. 잠든 걸지도 몰랐다. 그런 생각을 하며 이한수가 방으로 들어서려 할 때였다.

등 뒤쪽 주방에서 인기척이 들렸다. 이한수는 고개를 돌려 뒤를 돌아봤다. 엄마가 방이 아닌 어두운 주방에서 등을 보인 채 서 있었다.

"엄마, 뭐 해?"

술을 마시는 건가 싶어 이한수가 조심스레 물었다. 엄마는 아무런 대답도 하지 않고 우뚝 서서 어깨를 들썩일 뿐이었다.

우는…… 건가?

엄마가 혼자서 몰래, 그것도 자주 운다는 것 역시 이한수는 알았다. 그게 모두 자기 탓인 것만 같아서 자주 마음이 아팠다. 오늘 엄마는 전보다 더 크게 어깨를 들썩였다. 울음을 주체할 수 없는 모양이었다.

"엄마……."

엄마를 위로하기 위해 그쪽으로 천천히 다가갈 때였다. 이한수는 뭔가 이상하다는 걸 깨달았다. 엄마의 입에서 새어 나오는 소리는 울음소리가 아니었다.

키히히히.

기괴한 웃음소리였다. 엄마는 우는 게 아니었다. 웃는 거였다. 도저히 못 참겠다는 듯 온몸을 떨며. 엄마의 웃음은 점점 커졌다.

키히히히히히히히.

"엄마?"

이한수가 다시 한번 불렀을 때 엄마가 고개를 홱 돌렸다. 얼굴이 어둠에 완전히 잠겨 표정을 읽을 순 없었지만 크게 벌어진 입과 가지런히 도열한 하얀 치아만은 똑똑히 보였다. 엄마는 그 어느 때보다 환한 미소를 지었다. 손에 부엌칼을 쥔 채로.

"카, 칼은 왜?"

엄마가 몸을 완전히 돌려 이한수에게로 천천히 다가갔다. 방에서 흘러나오는 희미한 불빛이 엄마의 얼굴을 비췄다. 그 순간 이한수는 깨달았다. 엄마의 눈빛이 평소와 완전히 다르다는 것을. 입은 활짝 웃었지만 눈은 전혀 아니었다. 이한수를 똑바로 응시하는 엄마의 커다란 눈동자 속에서 이유 모를 분노가 활활 타올랐다.

"엄마, 왜 그래? 무서워. 갑자기 왜……."

그때였다. 엄마가 부엌칼을 치켜든 채 이한수에게 달려들었다.

키히히히히.

잔뜩 벌어진 입을 통해 웃음이 끊임없이 토해졌다.

이한수는 뒷걸음질 치다가 발이 엉켜 그대로 거실 바닥에 주저앉았다. 그 틈을 노린 칼이 허공을 갈랐다. 이한수가 비명을 지르며 벌떡 일어난 순간 엄마가 히죽히죽 웃으며 한마디를 뱉었다.

"널 죽이고 싶어. 너만 없으면 내가 행복하겠지."

"엄마. 어떻게 그런 말을 할 수 있어?"

이한수가 울먹였다. 너무 무섭고 너무 속상해서 참을 수가 없었다. 눈물이 그렁그렁한 눈으로 엄마를 봤다. 거실 한가운데에 칼을 든 채 서 있는 사람은 엄마가 아닌 것 같았다. 엄마가 갑자기 왜 이렇게 됐는진 모르겠지만 하나는 확실히 알 수 있었다. 엄마는…… 진심으로 자신을 죽이려 했다. 도망쳐야 했다. 안 그러면 죽을 터였다.

이한수가 슬금슬금 뒤로 움직였다. 베란다 문이 등에 닿았다. 머릿속으로 동선을 그렸다. 베란다 문을 열고 재빨리 나간 뒤 연결된 창문을 통해 방으로 도망치자. 그런 뒤 창문과 방문을 전부 잠그면 엄마가 들어오지 못할 것이다. 그사이에 신고를 하면…….

"죽어!"

엄마가 소리를 내지르며 달려들었다. 부엌칼과 엄마의 눈동자가 동시에 빛났다. 이한수는 곧바로 문을 열고 베란다로 나갔다. 바로 그때였다. 엄마가 훌쩍 몸을 날렸고, 이한수는 필사적으로 피했다. 그게 마지막이었다. 엄마는 때마침 열려 있던 베란다 창문 너머로 미처 난간을 붙들지도 못하고 그대로 추락했다.

"엄마!"

뒤늦게 손을 뻗었지만 이미 늦은 때였다. 엄마는 떨어지는 그 순간까지 이한수를 노려봤다. 먹잇감을 놓쳐 아쉽다는 표정으로. 웃음도 멈추지 않았다.

키히히히히.

쇠를 긁는 듯한 웃음이 멈춤과 동시에 퍽 소리가 들렸다. 이한수는 베란다 난간에 기대어 아래를 내려다봤다. 엄마는 벌레처럼 꿈틀거리며 바닥을 기다가 이내 움직임을 멈췄다. 팔과 다리가 기괴한 각도로 꺾인 게 어둠 속에서도 분명히 보였다. 이한수는 슬픔보다 두려움을 더 크게 느꼈다. 엄마가 분절된 몸으로 계단을 기어올라와 다시 자신을 공격할지도 모른다는, 황당하고도 끔찍한 상상 때문이었다.

박지승은 모텔 방 침대에 앉아 노트북으로 보고서를 작성했다. 에덴선교회의 뚜렷한 목적은 알 수 없었지만 그들이 극도로 위험하고 사악한 단체라는 건 확실했다. 지금 해야 할 건 증거를 모으는 일이었다. 전승미의 목격담만으로는 경찰을 움직일 수 없었다. 더 구체적이고 확실한 복수의 증거가 필요했고, 그러자면 유해종교와해단의 적극적인 지원이 있어야 했다. 박지승이 작성 중인 보고서가 바로 그 지원을 요청하는 문서였다.

"현재까지 에덴선교회를 이끈 자는 김 선생이라는 여성이었으나……."

그 부분에서 막혔다.

김 선생이라는 여성이었으나…… 지금은 류백주가 교주 자리에 돌아온 것으로 보인다.

전승미의 조사가 사실이라면 그렇게 적어야 했다. 하지만 박지승은 '돌아온'이라는 표현이 걸렸다. 누군가가 어디에서 돌아온 거냐고 묻는다면 해줄 말이 없었다. 전승미가 표현한 대로 '죽음'에서 돌아왔다고 전할 수는 없는 노릇이었다. 그건 결국 부활을 인정하는 꼴이니까.

사이비는 종교의 탄생과 궤를 같이했다. 태초에 신앙과 믿음이라는 개념이 존재했기에 광신이 가능한 거니까. 그런 점에서 사이비는 종교의 그림자와 같다고, 박지승은 생각했다. 둘은 떼려야 뗄 수 없고 간혹 본체와 그림자가 혼동되기도 했다.

유구한 사이비의 역사 속에서 이적(異蹟)을 행사한다고 주장한 교주는 많았다. 병든 자를 치료하고 물질의 성질을 바꾸며, 공중 부양을 하고 타인의 마음을 읽는다. 학교 앞 분식점의 천편일률적인 메뉴처럼 내용은 뻔했다. 환생과 부활도 자주 이용됐다. 영생도 빠지지 않는 주제였다. 그리고…… 모두 사기였다.

그렇다면 전승미가 목격한 그 의식들은 대체 무엇이고, 시체처럼 보이던 자가 깨어난 건 어떻게 설명해야 할까?

의식의 진위와 상관없이 그 주인공이 류백주일 확률은 상당히 높았다. 10년간 자취를 감췄던 류백주가 실은 죽은 것이었고 여러 명의 인신 공양을 통해 되살아났다고 한다면 이야기가 됐다. 하지만…… 그야말로 이야기, 즉 기승전결을 갖췄다는 것이지 그게 논리를 갖췄다는 의미는 아니었다. 박지승은 종교연구가이기 이전에 철학과 교수이자 무신론자였다. 그 지점에서 대부분이 특정 종교에 속한 유해종교와해단의 다른 멤버들과 결정적인 견해 차이를 보였다. 박지승은 신의 존재나 기적을 믿지 않았다. 논리적으로 설명 불가능한 것들을 철저히 배격했다. 타인의 믿음을 존중할 뿐이었다. 그랬기에 그 믿음을 미끼로 범죄를 저지르는 자들을 증오한 것이기도 했다.

전화가 걸려 온 것은 이런 내용을 썼다 지웠다하던 때였다. 휴대폰 액정에 뜬 '강 박사'라는 글자를 본 박지승이 바로 전화를 받았다. 강기주 박사는 그의 오랜 친구이자 저명한 신경외과 교수였다.

"박 박사, 내가 좀 알아봤는데 말이야……."

박지승이 강 박사에게 조사를 부탁한 건 이날 오전이었다. 아직 오후 5시밖에 안 됐는데 벌써 알아보고 연락을 준 게 고마웠다.

"그래. 네가 보기엔 어때?"

박지승이 묻자 휴대폰 너머로 하아, 내쉬는 한숨 소리가 들려왔다.

"불가능해."

강 박사가 짧게 말했다.

"의학적으로 말인가?"

"의학적으로든 과학적으로든 그 사람이 다시 걷게 된 건 있을 수 없는 일이야."

"하지만 그 사람은 분명 걸었어."

"알아. 기록에도 버젓이 나와 있더라고. 완치라고. 혹시나 해서 관련 논문도 다 읽었는데 완치된 사례, 그러니까 끊어진 신경이 다시 이어져 걷게 된 사례는 없었어. 그런 일이 어떻게 일어난 거지."

류백주와 계명성회가 서류 한 장 남기지 않고 하

루아침에 증발했어도 미처 다 없애지 못한 게 있었다. 자잘한 유튜브 동영상이었다. 유튜브에는 류백주가 누군가를 치료하는 모습이 담긴 동영상이 서너 개 남아 있었다. 그중 하나가 박지승의 눈길을 붙잡았다.

'나실인 류백주 교주가 불구자를 걷게 하다'라는 제목의 영상에는 건설 현장에서 추락해 하반신이 마비된 남자가 나왔다. 남자는 병원 침대에 누워 있었는데, 류백주가 다가가 허리와 복부 쪽을 한동안 만지자 갑자기 다리를 움직였다. 그러더니 침대에서 내려와 비틀거리면서도 한 발씩 걸음을 뗐다. 그 모습은 도저히 연기처럼 보이지 않다. 영상에는 그 남자의 이름과 나이가 공개되어 있었다. 남자가 입은 환자복과 침대 시트에 병원 이름이 적혀 있었는데, 바로 강 박사가 근무 중인 병원이었다.

"처음부터 다 연기였을지도 모르지."

박지승의 말에 강 박사가 코웃음을 터뜨렸다.

"이봐. 그러려면 우리 병원 의사며 간호사며 원무과 직원까지 싹 다 매수해야 해. 그게 가능한 일일 것 같아? 자네가 못 믿는 건 이해해. 나도 믿기 힘드니까. 하지만 우리 팩트는 확실히 짚자고. 그 동영상 속 남자는 우리 병원 환자가 맞고 하반신마비 판정을 받은 것도 맞아. 다시 걷게 된 것도 엄연한 사실이야."

어안이 벙벙했다. 어떤 반응도 할 수 없을 만큼 혼란스러웠던 박지승은 간신히 한 가지 질문을 떠올렸다.

"의학계에서는 이런 경우를 뭐라고 불러?"

"기적."

박지승의 대답이 없자 강 박사가 덧붙였다.

"그것 말고는 달리 설명할 길이 없어."

"알았어. 알아봐줘서 고마워."

전화를 끊기 전, 강 박사는 다소 흥분한 목소리로 말했다.

"류백주, 그 사람은 진짜야!"

휴대폰을 내려놓은 후 박지승은 한참 생각에 잠겼다. 그럴 리가 없다. 그건 불가능하다. 이렇게 생각하는 박지승이 있는가 하면 그 생각이 과연 옳은지를 의심하는 또 다른 박지승도 있었다. 두 생각이 충돌하는 지점에서 하나의 의문이 피어났다.

그런 능력을 가진 류백주는 어쩌다 루시퍼를 추종하게 된 걸까?

그 의문의 해답을 찾으려고 생각을 거듭하는데 전

승미로부터 메시지가 왔다.

―에덴선교회 놈들이 누군가를 또 해치려 해요. 주소 찍어드릴 테니 지금 바로 와주세요.

위치를 확인한 박지승은 노트북을 덮고 서둘러 나갈 준비를 했다. 문자에서 다급함이 느껴졌다. 그때였다. 노트북이 혼자서 열리기 시작했다. 그 모습을 본 박지승이 우뚝 멈춰 섰다. 다음 순간 노트북에서 낯선 음성이 흘러나왔다.

"감사합니다. 감사합니다, 류백주 님. 정말 감사합니다."

박지승은 조심스레 노트북으로 다가갔다.

눈물도 나오지 않았다. 그저 멍할 뿐이었다. 밤새 한숨도 못 잤지만 피곤하다는 느낌도 없었다. 어젯밤 일이 꿈이기만을 바랐다. 끔찍한 악몽. 혹시 한 숨 자고 일어나면 모든 게 원래대로 돌아와 있지 않을까 싶었지만 잔뜩 곤두선 신경이 말했다. 아니라고, 지금 네가 겪는 상황은 차갑고 끔찍한 현실이라고······.

······엄마는 죽었다고.

"엄마."

이한수가 힘없이 엄마를 불렀다. 대답이 돌아올 리 없었다. 엄마는 죽었으니까. 그것도 정말로 이해할 수 없는 모습으로.

"그러니까 네 엄마가 널 죽이려다가 별안간 떨어진 거라고?"

경찰은 시신을 수습한 뒤 목격자 진술 확보를 이유로 이한수에게 사건의 정황을 꼬치꼬치 캐물었다. 이한수는 최대한 자세히 설명하려 했지만 말을 하면 할수록 말이 꼬였다. 머릿속이 뒤죽박죽이었다. 무섭고 괴로웠다. 내일 다시 오겠다던 경찰들은 떠나기 전에 이런 말을 남겼다.

"도와줄 어른이 필요할 거야. 생각해봐."

이한수는 그 말을 듣자마자 김 선생을 떠올렸다. 김 선생이라면, 에덴선교회라면, 자신을 도와줄 것 같았다. 바로 전화를 걸었다. 김 선생은 받지 않았다. 몇 번 더 걸었지만 마찬가지였다. 이한수는 그제야 지금이 새벽이라는 걸 깨닫고 메시지를 보냈다.

―김 선생님. 새벽에 죄송합니다. 엄마가 돌아가셨어요. 제가 만든 앱을 들으셨고, 직후에 갑자기 절 공격하다가 그렇게 되셨어요. 너무 무서워요. 도와주

세요.

 김 선생은 다음 날 오후까지 답이 없었다. 다시 오겠다던 경찰들도 감감무소식이었다. 학교에 가지 않았는데 담임선생마저 아무런 연락을 해오지 않았다. 이한수는 더 외롭고 막막했다. 철저히 고립된 기분이었다.

 모든 게 왜 이렇게 돼버린 걸까?

 이한수는 밤새 되씹은 질문을 다시 떠올렸다. 생각하고 또 생각했지만 답을 찾을 수 없었다. 엄마는 어제 술을 마시지 않았다. 그건 확실했다. 술 냄새가 나지 않았고 술병도 나와 있지 않았으니까. 평소와 달랐던 건 힐-마스터를 들은 것뿐이었다.

 설마…… 힐-마스터가?

 그건 아닐 터였다. 마스터가 그러지 않았는가. 힐-마스터 앱은 몸과 마음을 치유해준다고.

 초인종이 울린 건 이한수가 해답 없는 고민에 빠져 허우적대다가 직접 힐-마스터를 들어봐야 하나 생각할 때쯤이었다. 컴퓨터 앞에 있던 이한수는 경찰이 왔구나 싶어 얼른 인터폰이 있는 거실로 나갔다. 화면에는 검은색 비옷을 입고 거기에 딸린 모자까지 쓴 사람 셋이 보였다. 경찰은 아닌 것 같았다.

"누구세요?"

이한수가 통신 버튼을 누르고 물었다.

"에덴선교회에서 왔습니다."

한 남자가 대답했다.

"아! 네. 문 열어 드릴게요."

그럼 그렇지. 에덴선교회에서 도움의 손길을 내밀어줬다. 이한수가 반가운 마음에 현관으로 향하는데 휴대폰이 진동했다. 저장되어 있지 않은 낯선 번호로 전화가 걸려왔다. 잠시 망설이던 이한수는 경찰일지도 모른다는 생각에 우선 수신 버튼을 눌렀다.

"여보세요?"

"에덴선교회 사람들 도착했지?"

웬 여자가 다짜고짜 캐물었다.

"네? 누구…….'

"절대 문 열어주면 안 돼!"

"왜 그러세요? 경찰이세요?"

"경찰은 아니지만 널 도우려는 사람이야. 문 열지 말고 엄마가 돌아가신 이야기랑 앱 이야기 좀 해줘."

경찰도 아니고 에덴선교회 사람도 아닌 것 같은데 어떻게 엄마와 앱에 대해 아는 거지?

이한수는 여자가 수상하게 느껴졌다. 한편으로 짜증도 났다. 이유도 제대로 설명해 주지 않고 이해할 수 없는 명령만 하다니. 돕겠다고 하지만 정작 지금 가장 의심스럽게 행동하는 건 본인이었다.

"시, 싫어요! 전 지금 당장 도움이 필요하고 에덴선교회 사람들이 저를 위해 와줬어요."

이한수의 말에 휴대폰 속 여자가 크게 외쳤다.

"그것들은 널 해치러 간 거야!"

"네?"

"내가 가고 있어. 조금만 기다려."

"그러니까 누구……."

다시 초인종이 울렸다. 재촉하는 듯했다. 이한수는 혼란스러웠다. 에덴선교회 사람들이 이대로 돌아간다면 자신은 또 혼자 남겨진다. 그건 죽는 것만큼이나 싫었다.

"문 열면 안 돼! 전화 끊지 말고 제발 나를 믿……."

여자의 설득에도 이한수는 전화를 끊었다. 그러곤 문을 열었다. 철컹. 그러나 문은 열리다가 말았다. 걸쇠 때문이었다. 지난밤 경찰이 돌아가고 난 뒤 너무 무서워 걸쇠까지 채워놓은 걸 이한수는 잊고 있었다.

"죄, 죄송해요. 풀고 다시 열어 드릴게요."

이한수가 문을 다시 닫으려 할 때였다. 문틈으로 세 사람 모두 검은색 장화를 신은 게 눈에 들어왔다. 장화는 빗물 튄 흔적 하나 없이 깨끗했고 광마저 났다. 이따 비가 오려나? 이한수가 창가를 바라봤다. 하늘은 구름 한 점 없이 맑고 밝았다. 다시 고개를 돌려 문가의 사람들을 봤다. 얼굴이 모자에 절반 이상 가려져 있었다.

"시간 없습니다. 빨리 열어주세요."

맨 앞에 선 남자가 말했다.

"무, 무슨 시간이요?"

이한수가 물었지만 그 말에는 셋 중 누구도 답하지 않았다. 잠시 침묵이 흘렀다. 그때 이한수는 봤다. 맨 뒤에 선 사람의 손에 공구 상자가 들려 있는걸. 찰나의 시간 동안 수많은 의문이 이한수의 머릿속을 스쳐 지나갔다. 이한수는 눈을 더 똑바로 뜨고 이들의 분위기를 살피려고 했다. 맨 앞에 서 있던 남자와 눈이 마주쳤다. 매섭고 날카로운 시선이 이한수를 훑었다. 그 싸늘한 눈에 겁을 먹은 이한수가 서둘러 문을 닫으려 하자 남자가 순식간에 문틈으로 발을 집어넣었다. 다시금 대치 상황이 연출됐다.

"아……."

놀란 이한수가 한 발 뒤로 물러섰다. 걸쇠가 있어 다행이었다. 그러나 그 생각이 착각이었다는 걸 곧 알았다. 뒤에 있던 사람이 열린 문 사이로 뭔가를 스윽 집어넣었다. 대형 절단기였다. 걸쇠쯤은 충분히 끊을 수 있을 만큼 크고 날카로워 보이는 절단기.

"왜 이러세요? 에덴선교회에서 오신 거 맞아요? 겨, 경찰 부를 거예요!"

이한수가 으름장을 놓았지만 소용없었다. 그들은 묵묵히, 그리고 손쉽게 걸쇠를 끊어냈다. 공포에 질린 이한수가 방으로 달려가 문을 잠갔다. 온몸이 덜덜 떨렸다. 휴대폰을 들었다. 경찰에 신고해야 한다고 생각하면서도 몇 번인지 떠오르지 않았다. 정신이 하나도 없었다. 간신히 112를 기억해내고는 번호를 누르려는데 문밖에서 이상한 소리가 들렸다.

에덴.

그리 크지 않은데도 그들의 육중한 읊조림은 문을 뚫고 이한수의 귓속을 파고들었다. 멍했다. 몸에 힘이 쭉 빠졌다. 이한수는 침대에 털썩 주저앉았다. 그때 다시 휴대폰이 진동했다. 이번에는 아는 번호였다. '김 선생님'이었다. 받아야 한다. 받아서 도움을 요청해야 한다.

에덴.

그 음성을 무시하려 애쓰며 이한수는 재빨리 휴대폰을 귀에 가져다 댔다.

"김 선생님!"

"이한수 군, 수고 많았어요. 마스터께서도 무척 기뻐하고 계세요."

김 선생은 평소와 다름없는 목소리로 말했다. 부드럽고, 따뜻하고, 친절한 목소리. 이한수는 그 점이 갑자기 무척 섬뜩하게 느껴졌다. 서늘한 입김이 귀에 닿는 것 같아 몸을 떨었다.

"엄마가 돌아가셨어요."

"문자 봤어요. 이한수 군의 어머니는 위대한 계획의 첫 단추가 되는 영광을 누리셨어요. 마스터님은 이것 역시 모두 예언하셨죠. 새벽별의 광휘를 더욱 빛내 줄 어둠이 존재하나니, 그 어둠이 어미를 잃고 슬퍼하겠으나 곧 평안을 찾고 어미 곁으로 가더라."

김 선생은 그렇게 말한 후 덧붙였다.

"이제 어머니 곁으로 가요. 편안하게."

"그게 무슨 말이에요? 싫어요! 이, 이게 다 제가 만든 앱 때문인 거죠? 힐-마스터는……."

쾅.

커다란 소리와 함께 문짝에 금이 갔다. 문을 부수려는 소리가 또다시 들리고 곧 문 일부가 떨어져 나가며 굵직한 틈이 생겼다. 그 사이로 손 하나가 불쑥 들어왔다. 이한수는 더 이상 아무런 저항도 못 하고 그 모든 걸 그저 지켜만 봤다. 머릿속으로 상황을 파악할 뿐이었다. 저들의 목적은 두 가지일 터였다. 하나는 자신을 제거하는 것, 또 하나는 앱 프로그램이 담긴 컴퓨터 본체를 가져가는 것.

부서진 틈으로 들어온 손이 손잡이를 돌리자 딸깍 소리가 났다. 문은 맥없이 열렸다. 방 안으로 두 사람이 들이닥쳤다. 좁은 방이 꽉 찼다. 이한수는 최대한 벽에 붙어 몸을 웅크렸지만 유의미한 방어가 아니라는 걸 알았다. 공구 상자를 들었던 사람이 다른 손에는 도끼를 쥐고 있었다. 여전히 얼굴은 보이지 않았지만 이한수는 그의 하관과 입술이 담임선생을 닮았다고 생각했다.

바로 그 순간이었다. 도끼를 든 사람이 한 발 다가온 그때 뒤쪽에서 억 하는 신음이 들렸다. 침입자 둘이 고개를 돌렸다. 방 밖에 있던 사람이 천천히 쓰러짐과 동시에 후드 쓴 여자가 안으로 뛰어 들어왔다. 여자는 가장 가까이에 있던 남자를 향해 팔을 뻗었다. 손에 까만 무언가가 있었다. 그게 남자의 옆구리에 닿자 스파크가 튀었다. 이한수는 여자가 사용한 무기가 전기 충격기라는 걸 알아챘다.

남자는 몸을 부들부들 떨다가 뻣뻣한 자세로 쓰러졌다. 도끼를 든 사람은 당황한 듯 고개를 젓다가 여자에게로 달려들었다. 여자가 이번에는 다른 쪽 손으로 뭔가를 뿌렸다. 치익 소리와 함께 매캐한 냄새가 방 안에 퍼졌다.

분사된 액체를 정면으로 맞은 그가 괴로워하며 얼굴을 감쌌다. 여자는 그 순간을 놓치지 않고 바로 전기 충격기까지 가져다 댔다. 다량의 전류를 감당할 수 있는 사람은 없었다. 여자가 쓰러진 사람들을 넘어 이한수에게로 다가갔다.

"어서 도망쳐야 해!"

"자, 잠깐만요."

여자가 누구인지 몰랐다. 수상하기로는 여자도 마찬가지였다. 이한수는 이제 누구도 믿을 수 없었다. 그럼에도 한 가지 분명한 사실은 이 사람이 지금 자신을 구해줬다는 거였다. 그렇다면 여자의 말을 일단 따라야 했다.

"뭐 하는 거야?"

"컴퓨터, 컴퓨터는 챙겨야 해요!"

이한수는 책상으로 다가가 본체에 연결된 케이블을 하나씩 분리했다. 심장이 뛰고 손은 떨렸지만 집중력을 최대한 발휘했다.

"놈들이 더 몰려올 거야."

여자가 재촉했다.

"다 됐어요!"

본체를 챙겨 안은 이한수가 외쳤다. 여자는 고개를 끄덕이면서도 굉장히 고통스러운 표정을 지었다.

"따라와."

이한수는 앞장서서 움직이는 여자를 따라 집을 나섰다. 마침 하늘이 쪼개지는 듯한 어마어마한 소리가 들려왔다. 이한수는 자기도 모르게 몸을 움츠렸다. 곧 맹렬한 기세로 비가 쏟아졌다.

노트북이 화면에 동영상 하나를 띄웠다. 박지승이 몇 번이나 본 바로 그 영상이었다. 비틀대며 걷던 남자가 류백주 품에 안겨 울음을 터뜨렸다. 그러면서 계속 외쳤다. 감사하다고. 뭐든 하겠다고.

박지승은 숨을 몰아쉬며 노트북을 닫으려 했다. 그 순간 주변의 무언가가 달라진 듯한 느낌이 들었다. 노트북 바로 옆에 눕혀놓았던 생수병이 똑바로 서 있었다. 그리고 그 안의 물이 빨간색으로 변해 있었다.

설마?

박지승은 뚜껑을 열고 냄새를 맡았다. 시큼하고 달달한 포도주 냄새가 났다. 당황한 박지승이 손에서 생수병을 놓쳤다. 새하얀 침대보가 빨갛게 물들어갔지만 박지승은 수습할 생각을 하지 못했다. 그저 이 말도 안 되는 광경을 멍하니 바라볼 뿐이었다. 입 안이 바싹 말랐고 손바닥에 땀이 배어 나왔다. 반면 목덜미에는 오소소 소름이 돋았다. 그러고 보니 방 안의 온도가 너무 낮았다. 박지승은 마른침을 삼켰다.

그때 전화가 걸려왔다. 아내가 건 화상 전화였다. 박지승이 수신 버튼을 눌렀지만 상대 쪽이 보이지 않았다. 새까만 어둠만 지글거렸다.

"여, 여보?"

목소리가 떨리는 걸 숨기며 박지승은 아내를 불렀다. 대답 대신 익숙한 소리가 들렸다.

"흐읍. 흐읍."

아내가 고통을 참을 때 내는 거친 숨소리였다.

"여보! 괜찮아?"

박지승이 묻자마자 휴대폰 화면이 깜박였다. 곧이어 어둠이 크게 일렁거렸다. 박지승은 그제야 알아챘다. 온통 새까만 그 물체가 렌즈에 비친 아내의 검은자위라는 사실을. 아내는 휴대폰에 눈을 딱 붙인 채 노려봤다. 화면 너머의 자신을. 검은자위가 이리저리 움직이며 뭔가를, 혹은 누군가를 찾는 것 같았다.

"너무 아프면 간호사를……."

말이 채 끝나기도 전에 아내의 기괴한 외침이 울려 퍼졌다.

"줘해게나어벗서에통고이장당서라졸을목내줘여죽좀냥그를나."

박지승은 귀를 막고 싶었다. 그대로 전화를 끊고 싶었다. 머리가 터질 것 같았다. 어지러웠다. 현기증이 일었다. 속 깊은 곳에서 뜨거운 뭔가가 올라왔다.

아내를 사랑했다. 자녀가 없었다. 주위에서는 자녀 없이 살면 사이가 멀어진다고 했지만 박지승은 그렇게 생각하지 않았다. 아내와 함께 나이 들어가는 게 좋았고, 둘이 산책하는 게 좋았고, 주말 저녁마다 데이트하는 게 좋았다. 여전히 손을 잡고 다니는 것도 소소한 행복이었다. 그러다 아내가 말기 암 판정을 받았다. 췌장암이었다. 암세포의 존재를 알아차렸을 때는 이미 손쓸 수 없는 단계였다. 그럼에도 박지승은 포기하지 않았다. 아내를 설득해 항암 치료를 시작했다. 차도는 없었다. 그러리란 걸 알았지만 박지승은 받아들일 수 없었다. 몇 번이나 생각했다. 아내를 살릴 수 있다면 무슨 일이든 하겠다고.

어느새 전화는 끊어져 있었다. 박지승은 눈물이 흐르는 걸 느끼며 천천히 침대에서 일어났다. 노트북에서는 여전히 동영상이 재생됐다. 류백주의 목소리가 들렸다.

"기적을 바라고 계십니까? 저를 찾아오십시오."

천둥이 쳤다. 비가 쏟아졌다. 박지승은 모텔 방 한가운데에 서서 입술을 잘근잘근 씹었다. 심장이 엇박자로 뛰었다. 머릿속에 강 박사의 목소리가 계속 메아리쳤다.

"류백주, 그 사람은 진짜야!"

박지승은 고개를 끄덕였다. 계속, 계속, 계속, 계속, 계속, 계속.

# 순교자

> "그들이 이 말을 듣고 마음에 찔려
> 그를 향하여 이를 갈거늘."
> — 〈사도행전〉 7장 54절

"안녕하세요? 김숙자라고 합니다."

카메라 앞에 앉은 사람은 40대로 보이는 중년 여성이었다. 이제 막 자라기 시작한 머리카락과 푸석한 피부가 가장 먼저 눈에 들어왔다. 비쩍 마른 팔다리도 딱 중병을 앓았던 사람처럼 보였다. 다만 표정만은 환했다. 안경 너머의 눈동자도 부담스러울 정도로 빛났다.

"반갑습니다. 저는 한성호 기자, 촬영하는 이쪽은 윤규상 피디라고 합니다. 인터뷰에 응해주셔서 감사합니다."

한성호의 말에 김숙자가 고개를 끄덕였다. 김숙자는 계명성회의 상징을 본떠 만든 배지를 가슴에 달고 있었다.

"나실인에 대해 간증할 수 있는 기회이니 꼭 나오려고 했어요."

김숙자가 환하게 웃었다. 나실인이 류백주를 지칭한다는 걸 한성호는 알았다. 류백주는 스스로도 자신이 나실인이라 주장했다. 나실인은 기독교에서 하나님께 헌신을 맹세한 자를 뜻했다. 대중적으로 잘 알려진 나실인이 바로 삼손이었다. 나실인으로 살기 위해서는 세 가지를 금해야 했다. 포도주를 마시는 것과 머리카락을 자르는 것, 시체와 가까이하는 것. 류백주가 길게 기른 머리카락을 뒤로 묶고 다니는 걸 보면 적어도 세 가지 중 하나는 확실히 지키는 듯했다. 그래 봐야 사이비 교주지였만.

"감사합니다. 그럼 편하고 자유롭게 이야기하시면 됩니다. 여기 카메라 렌즈 보시다가 제가 사인 보내면 시작해주세요."

한성호가 눈짓을 보내자 윤규상이 고개를 끄덕했다. 촬영 준비가 끝났다는 뜻이었다. 윤규상은 한성호의 오랜 친구이자 프리랜서 다큐멘터리 제작 피디였다. 실력이 뛰어나다는 평을 듣지만 괴팍하고 독특한

성미 탓에 이런저런 구설수에 자주 오른다는 게 단점이었다. 한성호는 자신과는 정반대라 할 수 있는 윤규상의 그런 점이 좋았다. 어디로 튈지 모르는 상상력과 자기가 옳다고 생각하는 건 끝까지 밀어붙이는 결단력, 거기에 누구와도 기꺼이 싸우는 용기까지. 물론 할 말 못 할 말 가리지 않고 해버리는 건 고쳐야 할 점이었다. 지금처럼.

"헤어스타일은 아미타불 쪽인데 믿는 건 아멘 쪽이네요."

"네?"

다행히 김숙자는 이해하지 못한 듯했다. 한성호는 친구를 눈빛으로 타박한 뒤 얼른 본론을 꺼냈다.

"준비됐습니다. 시작하시죠."

김숙자는 잠시 비장한 표정을 짓더니 곧 카메라를 향해 슬며시 웃었다. 누가 봐도 어색한 웃음이었다. 김숙자가 입을 열었다.

"안녕하세요? 저는 계명성회의 김숙자입니다. 보시다시피 전 참 평범한 사람입니다. 뭐가 옳고 그른지, 무엇이 진리인지 모르고 살았습니다. 그랬던 제게 변화가 찾아온 건 6개월 전 말기 암 판정을 받고부터였습니다. 유방암이었는데, 발견했을 때는 이미 몸속 여기저기로 전이가 돼서 3개월도 못 살 거라는 이야기를 들었습니다. 지푸라기라도 잡는 심정으로 항암치료를 했죠. 남편하고 자식들을 남겨두고 무력하게 갈 순 없었으니까요. 하지만 소용이 없었습니다. 날이 갈수록 상태가 안 좋아졌죠. 결국 병원에서 나와 민간요법에 매달렸지만 그 역시 효과가 없었습니다. 그러던 중에 나실인에 관한 소문을 들었습니다. 그분께서 병든 이를 치유하신다는 이야기를 듣고 저는 먼 길을 달려갔습니다. 나실인께서는 저를 보자마자 이렇게 말씀하셨습니다. 여인이여, 가슴에 품은 한이 응어리가 되어 너를 좀먹는구나. 저는 도와달라고, 살려달라고 빌고 또 빌었습니다. 나실인께서는 그런 제 가슴에 한동안 손을 대었다 떼며 말씀하셨습니다. 너는 이제 깨끗해졌다고. 그 순간 거짓말처럼 몸이 가벼워진 걸 느꼈습니다. 정신이 또렷해졌고 힘이 솟았습니다. 치유의 은사가 제게 임했다는 걸 본능적으로 알았습니다. 그 길로 병원에 가 검사를 했고 제 몸속의 암세포가 남김없이 사라졌다는 판정을 받았습니다. 이후 저는 완전히 달라진 제2의 인생을 살게 되었습니다. 나실인 류백주 교주님을 섬기며 진리를 배워나가는 지금의 삶이 저는 정말 행복합니다. 그분은 진정으로 저를 구원해주셨습니다. 그분이야말로 어두운 하늘에서 가장 빛나는 새벽별, 바로 계명성입니다. 저는 그분을 위해서라면 무엇이든 할 수 있습니다. 제 목숨을 그분께 빚졌기 때문입니다. 누군가는 그분의 말을 듣고 질투에 눈이 멀어 이를 갈 것입니다. 하지만 나실인 류백주 교주님은 이같이 말씀하셨습니다. 오! 너희 어리석은 자들이여, 다 내게로 오라. 내가 너희에게 진리와 행복을 주리니!"

마지막에 김숙자는 거의 웅변하듯 외쳤다. 그의 얼굴은 붉게 상기됐고 잔뜩 커진 눈은 거의 이글거렸다. 한성호는 그 광경을 보며 광신의 기미를 어렵지 않게 포착했다. 똑같았다. 지금껏 만나온 사이비 종교 신자들의 모습과. 한 가지 다른 점이 있다면…… 김숙자가 정말로 암 완치 판정을 받았다는 사실이었다.

"어떻게 생각해?"

인터뷰가 끝난 뒤 한성호가 윤규상에게 물었다. 윤규상은 입에 라면 면발을 밀어 넣다가 피식 웃었다.

"딱 봐도 사이비에 빠져서 정신이 나간 사람이던데?"

"맞아. 전형적이지. 근데 유방암 말기 진단을 받았다가 씻은 듯이 나은 건 또 사실이거든."

비슷한 사례가 아예 없던 건 아니었다. 김숙자의 상태가 증언처럼 심각하지 않았을 수도 있고 항암 치료의 효과가 뒤늦게 나타난 걸 수도 있었다. 어쩌면 민간요법이 통했을지도 몰랐다. 그럼에도 한성호는 하필 류백주를 만난 후에 김숙자의 상태가 급속도로 호전됐고 결국 완치됐다는 점이 계속 마음에 걸렸다.

"네가 무슨 생각 하는지 알아. 타이밍이 너무 절묘하다는 거잖아."

윤규상은 한성호의 마음을 읽기라도 한 듯 그렇게 말했다.

"맞아. 김숙자 케이스만이 아니야. 유독, 하필, 공교롭게도 류백주 주위에 이런 치료 사례가 많아. 김숙자를 포함해서 내가 찾은 케이스만 열 건이 넘어. 류백주라는 인간 자체는 궤변만 늘어놓는 사이비 교주인데 결정적인 사례들을 보면 솔직히 이 상황을 어떻게 이해해야 할지 모르겠어."

순식간에 컵라면을 싹 비운 윤규상은 젓가락을 내려놓은 후 시원스레 트림했다. 워낙 익숙한 행동이라 한성호는 신경도 쓰지 않았다. 윤규상이 구체적으로 무슨 생각을 하는지가 궁금할 뿐이었다. 윤규상은 다큐멘터리 중에서도 탐사 보도 전문이었다. 특히 미스터리니 오컬트니 하는 쪽의 반대편에 서서 그 허상을 까발리는 프로그램을 자주 제작했다. 비논리적이고 비이성적인 것은 결코 참이 아니라는 게 윤규상의 기본 태도였다. 아니나 다를까 윤규상은 한심하다는 표정을 노골적으로 지어 보였다.

"1980년대 말에도 비슷한 사기꾼이 하나 있었지. 본명은 이옥자인데 사람들은 그 여자를 이 보살이라 불렀어. 그 여자 역시 암을 치료한다느니 불치병을 고친다느니 해서 추종자들을 모았고. 치료법이 진짜 특이, 아니 엽기적이었는데 뭐였을 것 같아?"

윤규상의 물음에 한성호는 고개를 저었다. 엉뚱한 답을 해서 비웃음을 사기는 싫었다. 윤규상은 끌지 않고 바로 말을 이었다.

"손톱으로 상처 부위를 긁는 거였어. 그것도 피가 날 정도로 아주 박박. 그렇게 해서 암세포니 뭉친 피니

곪은 신경이니 뭐 그런 것들을 긁어낸다고 주장했지."

"그런 어수룩한 말을 믿는 사람이 있었다고?"

"물론이야. 그 여자는 자기가 긁어낸 암세포를 알코올에 담아 쭉 진열했어. 그걸 보고 믿을 사람은 믿는 거지, 안 그래?"

윤규상이 느물느물 웃으며 한성호를 바라봤다. 이런 순간에 적절한 반응을 보여줘야 윤규상이 좋아한다는 걸 한성호는 오랜 경험으로 알았다.

"말이 안 되잖아. 암세포를 그런 식으로 꺼낸다는데 그걸 믿는다고?"

"믿었지. 한두 명만 믿은 것도 아니야. 하루에도 수백 명이 이 여자를 만나려고 몰려갔어. 치료 좀 받아보겠다고 말이야. 그중에는 대학교수도 있었고 유명 정치인도 있었어. 근데 진짜 이상한 건 실제로 치료가 된 경우가 있다는 거야."

"어떻게 그런 일이 가능하지?"

한성호는 결국 자신이 처음에 던졌던 질문으로 돌아왔다고 생각하며 물었다.

"이런 경우에 딱 들어맞는 용어가 있지. 플라세보. 뭐, 이젠 아주 식상하고 뻔한 말처럼 들리지만 이게 생각보다 실효가 있단 말이지. 그러니까 이런 거야. 영험한 기적의 손톱 맛을 보고 나면, 그것도 말이야, 치열한 경쟁을 뚫고 예약에 성공해서 어마어마한 돈을 내고 그 치료라는 걸 받게 되면 없던 믿음도 생겨나지 않겠어? 그런 점에서 일시적으로나마 분명 효과를 봤을 거야. 문제는 플라세보가 단기적이라는 거야. 이 보살한테 치료를 받아 나았다는 사람 중에 나중에 재발해서 결국은 사망한 경우도 꽤 되거든."

"그럼 빼냈다는 그 암세포, 그 덩어리들은 실제로 뭐였어?"

"돼지고기."

"뭐?"

"누군가 그 여자를 고소했고 그래서 경찰이 수사한 결과 알코올에 고이 모셔둔 그것들이 다 돼지고기인 걸로 밝혀졌어. 살코기를 옷소매 안쪽에 감췄다가 환자 몸에서 빼낸 것처럼 슬쩍 꺼낸 거야. 아주 얄팍한 눈속임인데 거기에 다 속았다니까."

윤규상은 더 할 말이 없다는 듯 의자에 몸을 파묻고 기지개를 켰다. 하지만 한성호는 아직 궁금한 게 많았다.

"무슨 말 하는지는 알겠는데, 말기 암 환자가 플라세보로 완치까지 됐다는 건 거의 불가능한 이야기 아니야? 내 눈으로 분명히 확인했어. 김숙자의 동의하에 진료 기록을 봤다니까!"

"우연의 일치야. 다른 건 뭣도 없어. 김숙자는 류백주를 만나지 않았어도 결국엔 나았을 거야. 나머지 사례들도 마찬가지고. 완치자가 열 명이라고 하면 많은 것 같지만 류백주 그 사기꾼이 하루에 만나는 사람 수를 생각해봐. 확률적으로 봤을 때 그 많은 사람 중 열 명은 절대 유의미하지 않아."

단호한 태도로 말하는 윤규상을 보며 한성호는 할 말을 잃었다. 정확한 지적이었다. 게다가 류백주가 사기꾼이라는 사실은 변함없었다. 그건 이미 취재까지 다 마쳤다. 류백주는…… 나이트클럽을 전전하던 가짜 초능력자니까.

"아무튼 이렇게 왈가왈부할 필요 없이 모레 류백주를 직접 만나서 그 치료인지 치유인지 하는 과정을 찍다 보면 뭐 하나라도 걸리겠지."

윤규상이 자신만만하게 말했다.

"그렇기는 하지."

한성호도 그렇게 되리라 생각했다. 류백주가 그들 앞에서 치료해 보이겠다고 선언한 사람은 하반신마비 환자였다. 주변 의사들에게 문의한 결과 그 남자가 다시 다리를 움직일 확률은 제로였다.

"자, 그럼 슬슬 마무리하고 한잔할까?"

이게 바로 본론이었다는 표정으로 윤규상이 물었다.

"좋지."

한성호가 선선히 대답했다. 어차피 집에 가봐야 기다리는 사람도 없다. 그건 자신이나 윤규상이나 마찬가지였다. 기자 밥 먹은 지도 어느덧 10년이었고, 일에 파묻혀 살다 보니 결혼은커녕 변변한 연애도 못 했다. 그래도 딱히 외롭다는 생각은 들지 않았다. 한성호는 일이 여전히 좋았다. 특히 이번 건처럼 특종의 기운이 물씬 풍기는 일에 발을 담글 때면 피곤함도 못 느꼈다. 다만…… 뭔가가 찜찜했다. 설명하기는 어렵지만 류백주를 파면 팔수록 찜찜함은 실재적인 예감으로 변했다. 안 좋은 일이 생길지도 모른다는 예감이었다.

그리고 그 예감은 곧 현실이 되었다.

불콰하게 취해서 집으로 돌아가던 길이었다. 한성호는 아파트 엘리베이터 앞에 멈춰 섰다. 고장이었다. 그걸 5분 넘게 기다리다 깨달았다.

"에이씨."

한성호는 투덜거리며 계단을 올랐다. 7층까지 오르려니 까마득했다. 3층 층계참을 지나는데 위에서 누군가가 내려왔다. 검은색 비옷을 입고 모자까지 푹 뒤집어쓴 사람이었다. 취했지만 스쳐 지나가는 사람을 보며 웬 비옷일까 궁금해할 정신은 있었다. 비 소식은 없었다.

7층에 도착하자 숨이 차고 속이 울렁거렸다. 한성호는 비밀번호를 간신히 누르고 현관문을 열었다. 그에 맞춰 현관 센서 등이 켜졌다. 그때였다. 불그스름한 빛의 자장 아래 거실 바닥에 놓인 시커먼 비닐봉지가 보였다. 안에 뭔가가 들어 있는 듯이 표면이 팽팽했다.

"뭐야?"

한성호가 신발을 벗으며 중얼거렸다. 집에서 나올 때까지만 해도 저런 건 없었다. 당연히 그런 걸 둔 기억도 없었다. 거실로 들어가며 불부터 켰다. 봉지는 느슨하게 묶여 있었다. 안에 들어 있는 게 뭔지 몰라 섣불리 손대기가 망설여졌다. 한참 주저하던 한성호는 발끝으로 봉지를 툭 찼다. 그 순간 봉지 안의 무언가가 푸드덕 소리를 내며 움직였다.

평소 담이 크다고 자부하던 한성호도 그때만큼은 놀랄 수밖에 없었다. 술기운이 확 가셨다. 안에서 살아 있는 무언가가 움직이면서 봉지가 미친 듯이 들썩거렸다. 한성호는 얼어붙은 채 꼼짝도 못 하고 비닐봉지만 쳐다봤다. 한동안 꿈틀대던 비닐봉지는 얼마 안 가 잠잠해졌다. 한성호는 다시금 천천히 비닐봉지를 향해 다가갔다. 격렬한 움직임으로 인해 매듭은 거의 풀어진 상태였다. 한성호가 매듭의 한쪽 끝을 잡고 당기자 비닐봉지가 아가리를 벌렸다. 그 속에서 시커먼 뭔가가 모습을 드러냈다.

"억!"

몸이 먼저 반응했다. 외마디 비명이 흘러나옴과 동시에 다리가 경련했다. 한성호는 호흡을 고르며 평정심을 되찾으려 애썼지만 잘되지 않았다. 두 눈으로 보면서도 믿을 수가 없었다. 비닐봉지 안에 든 것은 까맣고 거대한 까마귀였다. 목이 반쯤 잘려 있었지만 싯누런 눈알은 여전히 번들거렸다. 까만 부리와 깃털도 기이할 정도로 강한 생명력을 내뿜었다.

최초의 공포와 긴장감이 서서히 잦아들면서 온몸에 힘이 쭉 빠졌다. 한성호는 한숨과 함께 소파에 몸을 파묻었다. 그 상태로 눈을 감고 생각에 잠겼다. 누군가가 몰래 집에 들어와 저걸 놓고 갔다. 누굴까? 문은 어떻게 연 걸까? 목적은 무엇일까? 왜 하필 죽어가는 까마귀일까? 여러 의문이 들었지만 감도 잡을 수 없었다. 다만 하나는 확실했다. 이건 악의가 가득한 행동이라는 것. 악의를 눈치채게 하는 게 목적이었다면 성공이었다. 대성공.

한성호는 정신이 들자마자 윤규상에게 전화를 걸었다.

"어이. 헤어지자마자 또 보고 싶은 거야?"

윤규상은 실없는 소리를 하며 전화를 받았다.

"그게 아니고······."

한성호는 자기가 지금 뭘 보는지 말했다. 잠자코 듣고만 있던 윤규상이 한성호의 말이 끝나자마자 전에 없이 진지한 목소리로 입을 뗐다.

"까마귀가 무슨 의미인지는 모르겠지만 누군가가

경고를 보낸 건 분명해 보여. 계명성회 놈들일 수도 있고. 우선 경찰에 신고부터 해. 도어록 비밀번호도 당장 바꾸고. 내가 워낙 미친놈들을 많이 파봐서 아는데 이것들은 무슨 짓을 벌일지 예측하기가 어려워. 그러니 할 수 있는 건 다 해봐야 해."

"알았어. 그런데 정말 계명성회일까?"

"네가 류백주 뒤를 캐고 다녔다는 게 그 사기꾼 귀에 들어갔을지도 몰라. 만약 그랬다면 대놓고 루시퍼가 어쩌고저쩌고도 하는 놈들이니 그런 일쯤은 충분히 저지를 수 있지. 나도 지금껏 여러 건을 건드리면서 비슷한 협박을 많이 받았어. 그래서 현관문 앞에도 거실에도 CCTV를 달아놨잖아."

"이거 생각해보면 내가 일을 잘했다는 거네. 그러니까……."

"한성호."

일부러 농담을 섞어 말하는 한성호의 말을 윤규상이 바로 끊고는 착 가라앉은 목소리로 덧붙였다.

"조심해. 가볍게 넘길 일이 아니야."

류백주의 본명은 이봉철이었다. 나이트클럽에서

그는 '찰리'로 통했다. 유리겔라가 인정한 유일한 후계자가 자신이라는 게 찰리의 주장이었는데 믿는 사람은 한 명도 없었다. 그래도 찰리는 지방의 나이트클럽에서는 제법 이름을 날렸다. 그는 투시와 염력을 내세운 공연을 했다. 쇼맨십도 뛰어나고 말솜씨도 좋아서 그의 공연은 늘 인기였다. 사람들이 특히 좋아한 건 찰리의 '만병통치쇼'였다. 지원자를 무대로 불러낸 뒤 자칭 투시를 통해 아픈 곳을 알아내고 치료까지 해주는 게 쇼의 구성이었다. 주로 무좀, 치질, 발기부전 등 남 앞에서 드러내기 민망하면서도 치명적이지 않은 병을 거론함으로써 웃음을 유발했는데 그걸 당사자가 기분 나쁘지 않게 풀어내는 게 찰리의 재주였다. 찰리가 선보였던 투시니 염력이니 하는 것들은 결국 마술에 기댄 눈속임이었고 공연 말미에는 항상 정체불명의 연고나 환을 팔았다.

그랬던 찰리가 류백주라는 이름으로 치료를 행하게 된 건 불과 2년 전부터였다. 원래는 제법 살집이 있는 푸근한 인상이었는데 류백주가 된 후에는 외모부터 확 바뀌었다. 살을 쏙 빼 뺨이 움푹 팬 데다 머리카락과 수염까지 길러 완전히 다른 사람이 되었다. 늘

쓰고 다니던 안경도 벗었다. 바뀐 건 외모만이 아니었다. 말투와 목소리도 변했다. 그래서 류백주와 찰리, 나아가 류백주와 이봉철을 동일인으로 생각하는 사람은 아무도 없었다.

류백주는 2년 만에 놀라울 정도로 유명세를 떨쳤다. 물론 치질이나 무좀 정도를 치료해서가 아니었다. 나실인 류백주가 손만 대도 중병이 낫는다는 소문이 전국으로 퍼져 수많은 환자와 보호자가 찾아왔다. 류백주는 그들을 모아 단체 생활을 했다. 그것이 계명성회의 전신인 '나실인 그룹'이었다. 이 나실인 그룹이 커지면서 계명성회가 됐다. 류백주는 교주가 되어 돈을 긁어모았다. 그 과정에서 공갈, 협박, 사기, 횡령 등의 범죄가 일어나는 건 당연한 일이었다. 폭행과 감금 의혹도 불거졌다. 계명성회 주변에서는 실종 사건도 심심치 않게 발생했다.

한성호가 취재한 내용은 여기까지였다. 그가 판단하기에 류백주는 사기꾼 그 자체였다. 계명성회 또한 사이비의 전형과도 같은 케이스였다. 여러 종교의 가르침을 교묘하게 뒤섞은 근본도 철학도 없는 교리, 기적을 행사한다며 관심을 끄는 교단, 지극히 강압적이고 폭력적인 포교 방식까지……. 문제는 이런 허술하고 노골적인 방식이 먹힌다는 데 있었다.

"인간이 원래 그래. 자기가 보고 싶은 걸 보고 믿고 싶은 걸 믿지. 그리고 한번 믿기 시작하면 그 믿음을 보상받기 위해 더욱더 믿음에 몰두하지. 그렇게 광신도가 되는 거야."

윤규상은 비웃음을 흘리며 그렇게 말했다. 한성호 역시 같은 생각이었기에 고개를 끄덕였다.

두 사람은 서울의 한 종합병원 대기실에서 류백주를 기다렸다. 까마귀 사건이 있고 이틀이 지난 때였다. 그사이 다른 일이 생기지는 않았다. 다만 한성호는 딱 한 번 악몽을 꿨다. 어젯밤 일이었다. 수많은 사람이 성난 얼굴로 자신을 향해 돌을 던지는 꿈이었다. 크나큰 공포와 고통에 괴성을 지르며 깨어난 후 다시 잠들지 못했다. 물론 윤규상에게 이 이야기는 하지 않았다.

류백주는 약속 시간보다 10분 늦게 나타났다. 세 사람이 류백주와 동행했는데 그중에 김숙자가 있었다.

"반갑습니다. 류백주라고 합니다."

류백주는 한성호가 내민 손을 잡으며 말했다. 부

드러운 저음이었다.

"취재와 촬영에 응해주셔서 감사합니다. 저는 한성호 기자입니다. 이쪽은……."

"윤규상 피디님이시죠? 우리 김 선생에게 들었습니다."

김 선생이란 아무래도 김숙자를 말하는 것 같았다. 윤규상은 따로 악수는 청하지 않은 채 고개만 까딱했다. 류백주도 신경 쓰지 않는 눈치였다.

"그러면 바로 촬영을 시작해도 될까요? 교주님께서는 평소처럼 하시면 됩니다. 그럼 저희가 조용히 따라가면서 찍겠습니다. 궁금한 건 나중에 인터뷰 때 질문하겠습니다."

한성호와 윤규상은 미리 작전을 짰다. 류백주 쪽에서 뭔가 의뭉스러운 짓을 할 수 없도록 아예 처음부터 카메라를 들이민다는 계획이었다.

"좋습니다. 얼마든지 찍으시죠. 촬영을 한다고 해서 치유의 능력이 사라지는 건 아니니까요."

류백주가 선선히 허락했다. 윤규상은 기다렸다는 듯 곧바로 카메라를 들고 모든 장면을 찍기 시작했다. 윤규상의 말에 의하면 사기꾼들은 조금의 틈과 여지만 있어도 쉽게 파고들었다. 반대로 그 틈과 여지를 주지 않는다면 바로 들통나는 게 그들의 허술한 수법이었다.

한성호와 윤규상은 류백주 일행을 따라 7층에 있는 병실로 들어갔다. 그곳에 한 남자가 누워 있었다. 한성호는 남자의 이름부터 확인했다.

박남석.

맞았다. 그새 개명한 게 아니라면 한성호가 조사한 그 남자가 맞았다. 공사 현장에서 추락해 하반신이 마비된 사람. 한성호는 박남석의 다리를 주의 깊게 바라봤다. 앙상하게 마른 다리는 미동도 없었다. 수염이 성성하게 자란 시커먼 얼굴에서는 분노와 절망만이 비쳤다.

윤규상이 눈짓을 보냈다. 한성호가 고개를 끄덕였다. 남자가 박남석이 맞고 병세 역시 알아봤던 그대로라는 뜻이었다.

"박남석 씨, 들으셨죠? 저희는 계명성회에서 나왔습니다."

김숙자가 그렇게 말하자 박남석은 멍한 얼굴과 눈빛으로 류백주를 바라봤다. 아내로 보이는 푸석한 몰골의 여자가 옆에서 꾸벅 고개를 숙이며 말했다.

"와주셔서 정말 감사합니다."

아무래도 아내 쪽에서 사연을 보낸 모양이었다.

"박남석 씨, 이제 당신은 일어나 걷게 될 겁니다."

류백주가 환하게 웃으며 말했다. 그야말로 평온한 목소리였다. 모든 걸 안다는 듯 자신감이 넘치는 말투이기도 했다.

"네? 뭐요?"

박남석은 가래 낀 목소리로 거칠게 되물었다. 자기였어도 그럴 거라고, 한성호는 생각했다. 낯선 사람이 나타나 뜬금없이 걸을 수 있다고 말한다면 화부터 날 것이다. 아내가 박남석의 손을 잡으며 말했다.

"믿어요. 믿어야 나을 수 있다니까요."

"아닙니다. 믿음을 담보로 기적을 행사하는 건 진정한 의미의 기적이 아니지요. 믿지 않으셔도 됩니다. 다만 저는 당신을 낫게 해드리겠습니다."

류백주는 그 말과 함께 박남석의 옆으로 다가갔다. 그때였다. 한성호는 갑자기 공기가 달라졌다는 걸 느꼈다. 5인실 병실은 이상할 정도로 아무 소리도 나지 않았다. 분명 다른 환자와 보호자가 있는데도 모두 침묵을 지킨 채 박남석, 아니 류백주에게 집중하는 것 같았다. 커다란 창문으로 햇빛이 들어왔지만 왜인지 병실 안은 어두컴컴했다. 그 칙칙한 어둠 사이로 먼지 알갱이가 둥둥 떠다녔다. 그리고 서늘했다. 차가운 기운이 훅 끼쳐와 길고 긴 뱀처럼 한성호의 다리를 휘감고 지나갔다. 움찔한 한성호가 윤규상을 돌아봤다. 윤규상의 짙은 눈썹이 꿈틀 움직였다.

뭔가가 시작될 것이다.

한성호는 직감했다.

류백주가 누운 박남석의 복부 쪽에 손을 가져다 대며 알아들을 수 없는 말을 중얼거렸다. 한성호는 오싹하면서도 묘한 기운을 느꼈다. 시커먼 무언가가 류백주의 등 뒤에서 피어오르는 것도 같았다.

그다음 순간이었다.

"아……."

윤규상이 먼저 탄성을 발했다. 한성호는 한 박자 늦게 반응했다.

"어?"

통나무처럼 굳어 있던 박남석의 다리가 덜덜 떨렸다. 이후 벌어진 일에 대해 한성호는 거듭 복기하고 또 복기했지만 그때마다 깊은 좌절과 섬뜩함을 느껴야 했다. 어떤 근거로도 박남석이 벌떡 일어나 걷던 장면을 설명할 수는 없었으니까.

대담을 위한 인터뷰 장소는 류백주의 사무실이었다. 계명성회 본부 건물 2층에 자리한 사무실은 생각보다 소박했다. 넓지도 않았고 화려함과도 거리가 멀었다. 벽에 걸린 계명성회 상징이 가장 눈에 띄는 사물이었다. 류백주는 인터뷰를 시작하기 전에 한 가지를 부탁했다.

"저희 선생님들과 단체 사진을 한 장 찍어주실 수 있습니까?"

"네. 그러죠, 뭐."

한성호가 말하자 류백주는 계명성회의 간부로 보이는 사람들을 불러 모았다. 모두가 상징이 걸린 벽 앞에 늘어섰다.

"자, 다들 웃으시죠."

류백주가 말했지만 웃는 사람은 없었다. 한성호는 카메라로 그 모습을 찍었다. 간부들은 사진만 찍고 조용히 빠져나갔다. 남은 한성호와 윤규상, 그리고 류백주가 소파에 둘러앉았다. 윤규상은 여전히 카메라를 들고 모든 상황을 촬영 중이었다. 세 명 앞에 김숙자가 내온 음료수가 놓였다. 얼음 띄운 매실주스였다.

"그럼 인터뷰를 시작하겠습니다."

한성호가 말했다. 그는 병원에서 이곳으로 오는 내내 다짐했다. 정신을 차려야 한다고, 조금이라도 흔들려선 안 된다고. 박남석이 일어나 걷는 걸 보고 충격을 받은 건 사실이었다. 윤규상 역시 어떻게 된 일인지 모르겠다고 솔직히 털어놨다. 다만 눈치채지 못한 트릭이 있을 거라고 덧붙였다.

"아무튼 류백주 그자가 사이비 교주라는 건 변함없잖아."

한성호도 그 말에 이견은 없었다. 기적인지 아닌지, 사기인지 아닌지를 떠나서 류백주가 지금껏 교주 직함을 걸고 해온 일들은 사기이자 범죄였다. 그 점을 파고들 생각이었다.

"솔직하게 답변할 테니 무엇이든 질문하세요."

류백주가 말했다. 여유로운 표정이었다. 아니, 그보다는 오히려 초탈한 표정에 가까웠다. 한성호가 사진으로 봤던 그 시절 찰리와는 딴판이었다. 지금은 확실히 도인 혹은 교주의 분위기가 물씬 풍겼다. 무엇이 이 사람을 이렇게 바꿔놓은 걸까? 계기가 있는 걸까? 아니면 이 모습이야말로 진짜일까? 여러 의문이 떠올랐지만 한성호가 생각해둔 첫 질문은 따로 있었다.

"계명성회는 왜 악마주의를 표방합니까?"

"누가 그러던가요? 저희가 악마주의라고."

류백주가 되물었다.

"계명성회라는 이름의 기원이 루시퍼니까요. 교주님께서 설파하는 교리 역시 그런 쪽이지 않습니까?"

한성호의 말에 류백주는 부드럽게 웃었다.

"맞습니다. 저희는 루시퍼를 따르죠. 루시퍼는 악마가 아닙니다. 이 세상에 진리를 전하기 위해 희생된 순교자에 가깝습니다. 루시퍼는 이상주의자였고 자신의 욕망에 충실했습니다. 저는 인간 역시 그 정신을 따라야 한다고 생각합니다."

"그래서 이 세상이 지옥이 되어야 한다고 주장하시는 겁니까?"

"천국이라는 개념은 추상적입니다. 선하게 살면 천국에 간다? 주님을 믿으면 천국에 간다? 그렇다면 잔혹한 살인마도 생의 마지막 순간에 회개하고 주님을 믿으면 천국에 가는 겁니까? 그런 곳이 천국이라면 사양하겠습니다. 마음껏 즐기고 마음껏 욕망하는 지옥이 더 낫죠."

"그렇게 마음껏 즐기고 욕망하기 위해 남을 속이는 짓도 서슴지 않는 건가요?"

가만히 있던 윤규상이 불쑥 끼어들었다. 한성호는 그를 말리려고 했지만 류백주가 손을 들어 오히려 한성호를 만류했다. 그러고는 윤규상 쪽으로 고개를 돌렸다.

"제가 뭘 속였다고 하시는지요?"

"사람을 치료한다고 주장하지 않습니까? 그런 건……."

"직접 보고도 믿지 못하시는군요."

"불가능한 일이니까요. 조금 전 그 상황에도 분명 속임수가 있었겠죠."

윤규상의 목소리가 높아졌다. 한성호는 불안한 표정으로 두 사람을 번갈아 봤다. 윤규상과 류백주는 서로를 노려봤다. 먼저 시선을 거둔 쪽은 류백주였다. 그는 슬쩍 고개를 숙이더니 입을 열었다.

"어머님께서 돌아가셨군요. 폐암이었고, 발견했을

때는 이미 손쓸 수 없는 상황이었지요. 안 그렇습니까?"

"뭐?"

윤규상의 눈이 즉시 몇 배로 확장됐다.

"이런저런 치료법을 다 써보다가 마지막에는 그토록 믿던 하나님께 기도를 드렸죠. 제발 낫게 해달라고, 지금껏 선하게 살아오지 않았느냐고. 하지만 그분은 그 간절한 부탁을 외면했죠."

류백주의 말이 끝나자마자 윤규상이 소리쳤다.

"뭐라는 거야? 뒷조사라도 한 거야?"

"저 사람을 일찍 만났더라면 달랐을 텐데. 지금 마음속으로 이렇게 생각하시죠?"

류백주가 히죽 웃으며 물었다. 윤규상의 얼굴이 일그러졌다. 카메라를 든 손이 부들부들 떨렸다. 한성호는 친구를 진정시키려고 팔을 뻗었지만 윤규상은 그조차 무시하며 벌떡 일어나며 외쳤다.

"당신 정체를 내가 모를 줄 알아? 본명 이봉철. 싸구려 나이트클럽이나 전전하던 사기꾼이었지. 그랬던 주제에 교주 행세를 해? 루시퍼가 뭐 어째? 루시퍼 철자라도 아나? 응? 내가 이 모든 걸 까발려주겠어. 하나도 빠짐없이. 정식으로 수사 의뢰도 할 거야. 너희 같은 사이비는 말살을 시켜야 해!"

"사이비니 이단이니 하는 건 누가 정하는 거죠? 나는 다른 이들이 못 하는 걸 할 수 있습니다."

그렇게 말했을 때였다. 류백주가 돌연 옆구리를 쥐더니 고통스러워하는 표정을 지었다. 처음에는 연기인 줄 알았지만 아니었다. 류백주는 금세 진땀을 흘리며 거칠게 숨을 몰아쉬었다. 한성호가 일어나 류백주에게 다가갔다.

"괘, 괜찮으세요?"

"죽음의 천사가 찾아갈 것이다."

류백주는 혼잣말처럼 중얼거렸다. 그의 목소리가 달라졌다는 걸 한성호는 느꼈다. 어둠 깊은 곳에서 터져 나오는 음성이었다.

"성호, 일단 가자."

윤규상이 카메라를 내리며 말했다.

"그래."

한성호 역시 원하던 바였다. 더는 인터뷰를 진행할 수 없었다. 류백주는 고통스러워하면서도 천천히 손을 뻗어 윤규상을 가리켰다. 그러고는 다시 말했다.

"너를 찾아갈 것이다. 죽음이, 루시퍼의 처벌이, 끔찍한 종말이."

류백주가 몸을 들썩거렸다. 웃는 것인지 아니면 고통에 못 이겨 발버둥을 치는 것인지 알 수 없었다.

"죽어가는 쪽은 당신인 것 같은데?"

일부러 더 크게 빈정거리며 윤규상이 말했다. 한성호가 밖을 향해 소리쳤다.

"누가 좀 도와주세요!"

류백주가 박남석의 복부에 손을 댄다. 류백주의 입술이 움직인다. 기도를 드리는 것 같기도 하고, 주문을 외는 것 같기도 하다. 영상에는 한성호가 봤던 그 시커먼 기운이 찍히지 않았다. 잠시 후 박남석의 다리가 움찔하더니 보이지 않는 손에 붙들려 흔들리기라도 하는 것처럼 떨린다.

"잠깐."

한성호는 동영상을 정지했다. 카메라 초점은 막 일어서는 박남석에게 맞춰져 있었지만 그 옆에 선 류백주도 선명히 보였다. 류백주는 얼굴을 살짝 찡그린 채 옆구리에 손을 대고 있었다. 아픔을 참는 것 같았다.

설마…… 지병이 있는 건가?

인터뷰가 엉망진창으로 끝난 후 사흘이 흘렀다. 윤규상은 입술을 깨물며 여전히 화가 가라앉지 않은 표정으로 말했다.

"그 사기꾼 새끼가 우리 뒷조사를 한 게 틀림없어. 아니라면 우리 엄마 얘기를 알 리가 없잖아. 안 그래?"

"괜한 말 말고 일단 조심부터 해. 류백주가 경고했잖아."

씩씩거리는 윤규상을 향해 한성호가 한소리를 했다.

"걱정하지 마. 사이비 교주의 말 따위 두렵지 않아. CCTV 얘기, 내가 했나?"

"했어. 근데 아무리 생각해도 찜찜하잖아. 저주처럼 느껴지기도 하고."

한성호의 말에 윤규상이 피식 웃었다.

"저주라면 더 상관없지. 난 그런 쪽으로는 면역이 된 놈이거든."

"면역이 됐다고?"

"저주의 원리도 치유와 비슷해. 다만 플라세보가 아니라 노세보지만. 안 좋은 일이 생길 거라고 생각하면 진짜 그런 일에 휘말리게 되는 거 있잖아. 심리학적으로도 이건 꽤 흥미진진한 주제야. 그 이야기 들어봤을 거야. 어떤 사람이 냉동고에 갇혀 얼어 죽었는데 실은 그 냉동고가 꺼져 있었다는 이야기. 인간은 안 좋은 생각을 하면 할수록 실제로 그 생각에 더 가까워지거든. 난 애초에 믿질 않으니 문제도 없을 거라는 뜻이야."

"아니…… 나도 뭐, 그런 걸 믿는 건 아닌데……."

한성호는 말끝을 흐렸다. 윤규상이 자신만만하게 말할수록 찜찜한 느낌은 더 강해졌다.

"오늘 찍은 건 파일로 보내줄게."

윤규상은 그렇게 말하며 한성호의 차에서 내렸고 그날 밤 꽤 큰 용량의 동영상 파일을 메일로 전송했다. 한성호는 영상을 꼼꼼히 다시 보다가 류백주가 고통스러워하는 장면에서 뭔가를 발견했다.

한성호는 윤규상에게 바로 전화를 걸었다. 신호가 간 지 한참이 지나고도 전화를 받지 않다가 한성호가 막 전화를 끊으려고 할 때쯤 겨우 연결이 됐다.

"여보세요? 내가 지금 뭘 발견했거든. 너 바로 그 동영상 볼 수 있지?"

윤규상은 대답이 없었다.

"여보세요? ……윤규상? 여보세요?"

한성호는 계속해서 이름을 불렀지만 윤규상은 반응을 보이지 않았다. 한성호는 신호가 안 잡히나 싶어 휴대폰 화면을 확인했다. 그 순간이었다. 휴대폰 너머에서 정체를 알 수 없는 소리가 들려왔다. 손톱으로 쇠의 표면을 긁는 듯한 소름 끼치는 소리였다. 한성호는 상황을 제대로 파악하려고 휴대폰을 다시 귀에 가져갔다.

그때였다.

*끼끼끼끄끄끄그.*

낯선 소리가 갑자기 날아들었다.

웃음소리였다.

불길함을 느낀 한성호가 앉은 자리에서 벌떡 일어났다. 그리고는 자동차 키를 챙겨 곧장 주차장으로 향했다. 전화는 어느새 끊어졌다. 한성호는 윤규상에게 무슨 일이 벌어졌음을 직감했다. 그 웃음은 절대 인간의 것이 아니었다.

미친 듯이 차를 몰아 윤규상의 집에 도착한 한성호는 곧장 계단을 올랐다. 윤규상은 엘리베이터 없는 빌라의 4층에 살았다.

403호 앞에 선 한성호는 혹시 몰라 서로 공유해두었던 비밀번호를 누르고 안으로 들어갔다. 서늘한 공기가 감돌았다. 어둠 또한 짙었다. 현관 등은 켜지지 않았다.

"윤규상!"

문을 열고 들어간 한성호가 일단 현관에 서서 윤규상을 불렀다. 대답은 돌아오지 않았다. 그 어떤 기척도 들리지 않았다. 누가 있다기엔 너무나 조용했다. 어둠과 차가운 공기가 공간 내부에 꽉꽉 들어차 있는 것 같았다. 소리가 울려 퍼질 틈조차 없을 정도로.

한성호는 조심스레 거실로 들어갔다. 벽을 더듬어 불을 켰다. 역시 윤규상은 없었다. 안방에도, 작은방에도, 화장실에도 없었다. 잠깐 외출한 것처럼 보이지도 않았는데, 현관에 윤규상이 늘 신고 다니는 낡은 운동화가 그대로 있어서였다.

경찰에 신고해야 하나 망설이는데 한성호의 머릿속에 한 가지 생각이 퍼뜩 스치고 지나갔다.

CCTV.

한성호는 곧장 윤규상의 책상으로 다가갔다. 컴퓨

터 본체에는 전원이 들어와 있었다. 마우스를 움직이자 모니터가 켜졌다. 조금 전까지 윤규상이 컴퓨터를 사용한 것 같았다. 그러다가…… 사라졌을 터였다.

도대체 왜?

한성호는 궁금증을 풀기 위해 수십 개의 아이콘이 어지러이 널려 있는 바탕화면에서 CCTV 영상이 들어 있는 폴더를 찾았다. 폴더를 클릭해 오늘 날짜의 영상을 불러냈다. 실시간으로 녹화되고 있는 CCTV 화면이 떴다. 플레이바를 한 시간 전으로 옮겼다. 그러자 녹화된 영상이 나타났다. 화면은 두 개로 나뉘어 있었다. 왼편이 현관 밖, 오른편이 거실 영상이었다. 한성호는 거친 입자의 흑백 화면을 뚫어져라 바라봤다. 10분 정도가 흘렀을 때 현관문 앞에 누군가가 나타났다. 치렁치렁 늘어진 옷을 입고 후드 비슷한 모자를 뒤집어쓴 사람이었다.

"비옷…… 인가?"

똑똑히 보이지는 않았지만 그정도는 짐작할 수 있다. 자그마한 체구의 그 사람은 윤규상의 집 앞에서 계속 서성거렸다. 괘종시계의 추처럼 일정한 박자로 좌우를 오갔다. 왜 저러는 건지 알 수가 없었다. 한참을 그러던 그는 어느 순간 뚝 멈추더니 태연하게 윤규상 집의 비밀번호를 눌렀다. 그러자 거짓말처럼 문이 열렸다.

한성호가 놀라서 엇 소리를 냈을 때 이번에는 오른쪽 화면에서 움직임이 포착됐다. 윤규상이었다. 누군가가 침입했다는 걸 눈치채고 컴퓨터가 있는 방에서 나와본 것 같았다. 현관을 바라보는 윤규상의 뒷모습이 화면 중앙에 들어왔다. 영상에는 소리까지 녹음되지 않았음에도 누구냐고 외치는 윤규상의 목소리가 들리는 듯했다.

다음 순간이었다. 현관에 서 있던 그 사람이 윤규상에게 달려들었다. 그자의 손에는 칼이 들려 있었다. 그리고 그 칼이 윤규상의 배를 파고들었다. 윤규상의 몸이 반으로 접혔는데도 그는 공격을 멈추지 않았다. 칼을 몇 번이고 더 휘둘렀다. 공격은 윤규상이 거실 바닥에 완전히 쓰러진 후에도 계속됐다. 한성호는 눈을 치뜬 채로 숨 한 번 제대로 쉬지 못했다. 화면에서 고개를 돌릴 수도 없었다. 그 사이에 윤규상은 죽어갔다. 꿈틀거리던 몸이 축 늘어졌다. 한성호는 모든 힘을 쥐어짜 영상을 멈추려고 했으나 이상한 몸짓을 보이는 그자에 홀려 그저 바라볼 수밖에 없었다.

처음에는 어깨만 들썩였다. 그러더니 점차 온몸을 비틀었다. 아니, 그것보다는 흔든다는 게 맞는 표현이었다. 어깨, 팔, 몸통, 다리를 흔들며…… 그는 춤을 췄다. 죽은 윤규상의 주위를 돌며 침입자를 물리친 원시 부족의 제사장처럼 춤을 췄다. 소름이 돋았다. 턱이 덜덜 떨렸다. 한성호는 그 기묘한 동작을 보며 한 가지 사실을 알 수 있었다. 윤규상을 죽인 자가 기쁨을 주체하지 못하고 있다는 사실을…….

춤추기를 끝낸 그자는 천천히 돌아섰다. 고개를 들고 거실을 한 번 훑었다. 그제야 그의 얼굴이 조금 보였다. 한성호는 비옷을 입은 그가 누구인지 바로 알아봤다.

김숙자였다.

류백주에 대한 간증을 쏟아냈던 여자.

두리번거리던 김숙자가 CCTV를 발견하고 응시하는 장면이 화면에 그대로 잡혔다. 순간 한성호는 김숙자와 눈이 마주쳤다는 착각을 했다. 그 여자는 CCTV를, 아니 그 너머의 한성호를 오랫동안 바라봤다. 그러고는 입술을 가로로 늘렸다. 그 사이로 새하얀 치아가 드러났다. 곧 웃음이 시작됐다.

끼끼끼ㄲㄲㄲㄱ.

들릴 리 없는 화면 속 웃음소리가 한성호의 귓가에서 메아리쳤다.

한성호는 눈을 질끈 감았다 뜨고는 겨우 휴대폰을 들었다. 경찰에 신고해야 했다. 이 영상만 보여준다면 김숙자를 잡을 수 있을 테고 그렇게 된다면 류백주까지 엮는 것도 가능할 듯했다.

그때였다. 한성호가 112를 막 누르려는데 전화가 걸려왔다. 처음 보는 번호였다. 한성호는 망설이다 전화를 받았다. 왠지 거역할 수 없었다.

"여, 여보세요?"

"이야기를 좀 나눌 수 있을까요?"

류백주였다. 순간 한성호는 자기도 모르게 소리쳤다.

"당신이지? 당신이 김숙자를 시켜서……."

"신이 있다고 믿습니까?"

"딴소리하지 마!"

"나는 신을 만나진 못했지만 루시퍼는 만났습니다. 그분이 말씀하시더군요. 내가 곧 너이니 이 세상에 지옥을 만들라."

"뭐?"

"하지만 나는 곧 죽게 될 겁니다. 기자님도 아시지요?"

"루시퍼니 뭐니 해도 죽음은 피해 갈 수 없나 보군."

한성호는 윤규상이라면 이렇게 비아냥댔으리라 생각하며 조소를 띠고 말했다.

"내 지금 죽으나 부활의 기적이 함께하사 10년 후 되살아날 것이요. 그때 더욱 강건해져 이 땅에 무저갱을 건설할진대……."

류백주의 목소리가 점점 더 커졌다. 한성호는 휴대폰을 귀에 댄 채로 조심스레 움직여 윤규상의 집에서 빠져나왔다. 계속 머무기엔 너무 위험했다. 한성호는 곧장 경찰서로 달려갈 계획이었다. 그편이 가장 확실하고 안전할 것 같았다.

"……그 무저갱 속에서 서로 죽고 죽이리라. 어떻습니까? 저와 함께하지 않겠습니까?"

"되살아난다고? 그냥 사기꾼인 줄 알았는데 제대로 미친놈이네. 전화 끊기 전에 한마디 할 테니 잘 들어. 죽는 것보다 경찰 조사받는 게 더 빠를 거야. 네가 일군 모든 것이 다 무너지는 걸 보고 난 뒤에야 죽게 될 거야!"

"지금 경찰서에 간다면 기자님은 필히 죽을 겁니다."

류백주의 목소리가 다시 작아졌다. 그는 거의 들리지 않을 정도로 작게 속삭였다.

"뭐라고?"

"죽음이 당신을 집어삼킬 겁니다."

순간 한성호의 귓가에 이명이 울렸다. 머리가 쑤셨다. 신음이 터져 나올 정도의 두통이었다.

"윽!"

한성호는 전화를 끊고 머리를 감쌌다. 눈앞이 빙글빙글 돌았다. 속에서 뜨거운 무언가가 울컥 올라왔다. 그 무언가가 한성호의 내부를 강하게 흔들었다. 그게 두려움이라는 걸 한성호는 알았다.

저주다. 류백주, 아니 루시퍼의 저주가 날아들었다!

그렇게 생각되자 한성호는 공황에 빠졌다. 경찰서에 갈 엄두가 나지 않았다. 집으로 돌아가 문을 걸어 잠근 채 숨고만 싶었다. 그래야 살 수 있을 것 같았다. 말도 안 된다는 걸 알면서도 한성호는 너무 두려워 울음이 터졌다.

어떻게 집까지 운전해 왔는지 기억나지 않았다. 한성호는 식은땀으로 흠뻑 젖은 상태로 차에서 내려 서둘러 집으로 향했다. 금방이라도 토할 것 같았다. 토라도 해서 정신을 차리고 싶었다.

현관문을 열고 집으로 들어서자마자 신발만 벗어 던진 채 화장실로 달렸다. 불을 켤 생각도 못 했다. 한성호는 변기를 붙들고 토했다. 먹은 것 이상을 게워냈다. 눈물이 줄줄 흘렀다. 속이 뒤집어졌다. 두통은 이제 절정으로 치달았다. 위장이 입 밖으로 쏟아져 나오는 듯했다.

한참 토하고 난 뒤에야 한성호는 간신히 긴 숨을 내쉬었다. 여전히 머리는 아팠지만 정신이 조금은 돌아왔다. 입가를 대충 훔친 뒤 천천히 일어나려 했다. 눕고 싶었다. 침대에 쓰러져 한숨 자고 일어나면 몸이 좀 괜찮아질 테고 그때 신고를 해서…….

인기척이 느껴졌다.

뒤에 누군가가 있었다.

한성호는 고개를 돌리려 했지만 그럴 수 없었다. 온몸이 굳어 있었다. 차디찬 기운이 발목을 훑으며 다리를 지나 전신을 휘감았다. 땀에 젖은 몸이 금세 말랐다. 그 자리에 한기가 닥쳤다. 심장이 세차게 뛰었다. 한편으로는 숨이 막혀와 입을 크게 벌리고 컥컥댔다.

죽음이 당신을 집어삼킬 겁니다.

류백주의 목소리가 귓가에 울리는 듯했다.

아니야, 아니라고!

그렇게 외치고 싶었지만 소리가 나오지 않았다. 대신에 뇌리의 류백주가 다시금 속삭였다.

죽음이 당신을 집어삼킬 겁니다.

동시에 김숙자의 웃음소리도 들려왔다.

끼끼끼ㄲㄲㄲㄱ.

한성호는 손톱이 살을 파고들 정도로 주먹을 꽉 쥐었다. 모든 걸 환각이자 환상이자 환청으로 치부하려 애썼다.

윤규상이 뭐라고 했더라?

노세보 효과. 그래! 이게 다 노세보 때문이야. 류백주가 내 머릿속에 둥지를 튼 거야. 그래서 이런 일이 생기는 거야! 이성적으로 대처해야 해. 그럴 리가 없어. 저주 같은 게 실현될 리 없어.

마음을 다잡자 몸의 마비가 조금은 풀렸다. 한성

호는 자신이 옳다는 걸 입증하기 위해, 저주 같은 건 없다는 걸 눈으로 확인하기 위해 고개를 돌렸다.

저주는 없었다.

대신에 사람들이 서 있었다. 시커먼 비옷을 입고 모자를 쓴 사람들이 화장실 문가에 서 있었다.

"누, 누구야?"

그것이 한성호가 살아 있는 동안 내뱉은 마지막 말이었다. 그리고 정신이 든 상태로 들은 마지막 소리는 이것이었다.

*끼끼끼ㄲㄲㄲㄱ.*

김숙자는 자신이 다시 태어났다고 생각했다. 예전과는 전혀 다른 사람이 되었다고도 생각했다. 류백주를 만나기 전의 자신은 바퀴벌레 한 마리 죽이지 못해 쩔쩔매던 약한 인간이었다. 누가 안 좋은 소리를 해도 싫은 내색 한 번 못 하고 묵묵히 듣기만 했던 답답한 인간이었다. 그런 것들이 쌓이고 쌓여 암 덩어리가 된 것이라고, 류백주는 말했다.

"선생님은 앞으로 널리 쓰이게 될 겁니다."

류백주가 자신을 보고 한 말을 김숙자는 잊지 않

았다. 류백주를 위해서라면 무엇이든 하겠노라 생각했다. 그럴 각오가 되어 있었다. 아무렴 류백주는 자신을 죽음에서 끌어내준 분이 아닌가.

그런 류백주 자신이 지금은 죽음 앞에 놓여 있었다. 그런 상황에서도 류백주는 의연했다. 고통이 상당할 텐데 얼굴 한번 찌푸리지 않았다. 눈빛도 여전히 형형했다. 그 눈이 김숙자에게로 향했다.

"김 선생님, 정리는 끝났습니까?"

류백주가 물었다.

"네, 깨끗하게 정리했습니다."

지난 며칠간 김숙자의 주도로 계명성회의 흔적이 모두 지워졌다. 작은 메모 하나까지 다 소각됐다. 이게 가능했던 건 류백주가 일찍이 지시했기 때문이었다. 언제든 사라질 수 있도록 미리미리 정리해두라고.

"이제 저는 잠시 떠납니다."

류백주의 말을 듣자 왈칵 슬픔이 밀려왔다. 김숙자는 끝내 눈물을 보였다. 그곳에는 김숙자와 류백주 단둘뿐이었다.

"교주님……."

김숙자의 목소리가 떨렸다. 류백주는 그런 김숙자

를 보며 빙긋이 웃었다.

"너무 슬퍼하지 마십시오. 10년은 금방 지나갑니다."

"왜 가셔야 합니까? 교주님께서 스스로를 치유하시면 되는 것 아닙니까?"

김숙자는 오래 묵힌 질문을 꺼냈다. 그것은 불신이 아닌 안타까움에서 나온 물음이었다. 류백주는 김숙자의 마음을 안다는 듯 고개를 끄덕였다. 그 동작조차 힘겨워 보였지만 류백주는 입을 열었다.

"지금은 순교의 때입니다. 루시퍼께서 친히 하늘에서 추락해 그 존재를 세상에 알렸듯 이제는 제가 가야 할 시간입니다."

"하지만……."

"그래야 더 큰 뜻을 이룰 수 있습니다."

아무 말도 할 수 없었다. 그 뜻이 무엇인지는 몰라도 류백주의 생각은 확고해 보였다. 그렇다면 이제 자신이 할 일은 하나뿐이라고, 김숙자는 생각했다.

"제가 꼭 부활을 돕겠습니다."

김숙자가 말했다.

"지시한 대로만 하면 됩니다. 그런다면 제가 예언한 모든 것이 티끌 하나까지도 완벽하게 이루어질 겁니다."

 류백주의 목소리는 점점 더 작고 가늘어졌다. 숨을 몰아쉬는 듯 보였다. 그 모습을 시시각각 바라보며 김숙자는 정신을 차려야겠다고 생각했다. 지금부터가 중요했다. 류백주의 부활은 시신을 보존하는 일부터가 시작이었다.

 "교주님, 마지막으로 한마디만 해주십시오."

 김숙자의 말에 류백주가 천천히 고개를 끄덕였다. 그 순간 천장의 형광등이 깜박이기 시작했다. 방이 어두워졌다. 창문도 없는데 어디선가 서늘한 바람이 불어왔다. 죽음이 류백주의 코앞까지 왔다는 걸 김숙자는 알아챘다.

 "10년 후 당신이 돌아오실 때 우리는 스스로를 뭐라 불러야 합니까?"

 류백주가 뭐라고 말했지만 잘 들리지 않았다. 김숙자는 류백주의 입가에 귀를 가져다 댔다. 가느다란 숨결이 느껴졌지만 온기라고는 없었다. 윤규상이라는 그자도, 한성호라는 그자도 그랬다. 죽기 직전 마지막으로 내뱉는 숨은 차가웠다.

 "에……."

류백주가 헐떡이며 첫마디를 뗐다. 김숙자는 온 신경을 귓가에 집중했다.

"……덴."

"에덴?"

김숙자가 되물은 순간 류백주는 계명성회 교주로서의 마지막 숨을 토해내며 말했다.

"에덴선교회."

"에덴선교회."

김숙자가 눈물을 흘리며 그의 말을 복창했다. 류백주는 눈을 뜬 채, 입을 벌린 채 숨을 거뒀다. 죽은 류백주의 얼굴은 언뜻 웃는 것처럼 보였다.

"모두 들어오세요."

밖에서 대기 중인 사람들에게 엄숙하게 외치며 김숙자가 류백주의 손을 가만히 잡았다.

김숙자는 알았다. 류백주의 예언이 이루어지리라는 것을. 다시 살아났을 때 류백주는 더 이상 인간이 아니라 루시퍼 그 자체가 되어 있으리라는 것을…….

그리고 정말로 10년은 금세 지나갔다.

# 무저갱

> "······무저갱으로부터 올라오는 짐승이 그들과 더불어
> 전쟁을 일으켜 그들을 이기고······."
> ―〈요한계시록〉 11장 7절

보이는 건 온통 붉은 피뿐이었다. 사방에 피가 흩뿌려져 있었다. 날것 그대로의 피비린내가 공기를 장악했다. 길게 이어진 핏자국을 따라 소녀가 걸어갔다. 하얀색 원피스를 입은 작고 마른 소녀는 무표정했다. 저 멀리 어딘가에서 사이렌이 울렸지만 소녀는 고개를 돌리지 않았다.

소녀가 손을 뻗자 육중한 문이 저절로 열렸다. 문 너머는 드넓은 강당이었다. 강당 바닥을 가득 메운 건 시체들이었다. 남자와 여자, 늙거나 젊은 사람들이 죽은 채 널브러져 있었다. 족히 수십 명은 넘어 보였다. 입에서 피를 토한 뒤 죽은 그들은 죽고도 고통스러운

표정이었다. 독을 마시고 스스로 목숨을 끊기 전 외쳤던 죽음의 평화와 부활의 기쁨은 기대할 수 없는 몰골들이었다.

시체 사이를 가로질러 강당 앞으로 간 소녀는 연단 위에 놓인 의자에 앉았다. 적갈색 의자는 차분하면서도 화려했고, 그래서인지 죽음의 분위기와 썩 잘 어울렸다. 소녀가 그 위에서 피바다 속 시체들을 내려다봤을 때였다.

"기적의 아이여."

오른쪽 아래에서 가느다란 목소리가 들렸다. 소녀가 소리 난 쪽으로 고개를 돌렸다. 한때 구 목사라 불리던 자가 가슴을 움켜쥔 채 고통스레 할딱였다.

"자비를 베풀어주소서."

그는 울컥울컥 피를 토하면서도 숨이 붙어 있었다. 죽지도 않고 버르적거리는 남자를 보며 소녀는 그가 한 마리 벌레 같다고 생각했다. 소녀는 목사를 향해 손을 뻗었다. 마지막 소원을 들어줄 생각이었다. 소녀가 허공에서 손을 그러쥐자 그가 컥컥 숨을 몰아쉬었다. 얼굴이 시뻘겋게 달아오른 목사는 발작하듯 몸을 부르르 떤 뒤 이내 잠잠해졌다.

기적의 아이인 소녀는 의자에 앉아 다리를 달랑거렸다. 자신의 눈앞에 펼쳐진 풍경이 말로만 듣던 지옥일 거라 생각하며. 사이렌 소리는 점점 더 가까워졌고 소녀는 눈을 감았다. 모든 게 끝난 지금, 비로소 깊이 잠들 수 있을 것 같았다.

전승미는 눈을 떴다. 빌어먹을 꿈에서 깨어난 다음이면 언제나 코피가 흘렀다. 손으로 대충 피를 훔친 후 주위를 둘러봤다. 가장 먼저 눈에 들어온 건 천장에 달린 거울이었다. 침대에 누운 자기 모습이 거울 속에 비쳤다. 전승미는 그대로 몸을 세웠다. 싸구려 매트리스가 기다렸다는 듯 끽끽 거슬리는 소리를 냈다.

"괜찮으세요?"

침대 발치에 놓인 의자에 앉아 있던 이한수가 물었다. 눈을 동그랗게 뜬 채 걱정스러운 표정으로 묻는 그를 보자 지난 기억이 떠올랐다.

김 선생의 휴대폰에 깔아둔 스파이 앱을 통해 이한수가 보낸 메시지들을 봤다. 김 선생이 누군가와 통화하며 이한수를 제거하라고 지시하는 것도 도청했다. 전승미는 심상치 않은 일이 벌어지리라는 걸 예감하고 이한수를 구하러 달려갔다. 주소는 김 선생의 통화 내용에서 알게 되었다. 최대한 빨리 움직였지만 에덴선교회 놈들이 한발 먼저 도착했고 테이저 건을 동원한 끝에 이한수와 도망칠 수 있었다. 그리고 박지승을 만났는데…….

"여기가 어디야?"

전승미가 물었다.

"모텔이에요. 그 교수님이라는 분이 묵는 방이라고……."

그러고 보니 박지승이 보이지 않았다.

"교수님은 어디 가셨어?"

"누굴 만나야 한다고 하고 나가셨어요. 누나 일어나면 전화해달라고 하셨고요."

"누굴 만난다는 이야기는 없었고?"

이한수가 고개를 끄덕였다. 전승미는 침대 위에서 뒹구는 자신의 휴대폰을 집어 들었다. 시간이 꽤 지나 있었다. 창문 밖이 어둑어둑한 걸 보니 못해도 네댓 시간 이상 잠든 모양이었다. 그래도 개운하다는 느낌이 없었다. 부러진 갈비뼈 근처로 사악한 통증이 몰려들었다. 숨을 쉴 때마다 그 근처가 욱신욱신 쑤셨다.

통증을 씹어 삼키며 전승미가 박지승에게 전화를 걸었다.

"몸은 좀 어떤가?"

박지승은 기다렸다는 듯 바로 전화를 받고는 그렇게 물었다.

"괜찮아요. 근데 누굴 만나러 가신 거예요?"

"류백주를 만나보려고."

"에덴선교회 마스터요?"

예상치 못한 대답에 전승미의 목소리가 커졌다. 박지승은 차분하고 담담하게 말했다.

"맞아. 에덴선교회가 노리는 게 무엇인지 파악하려면 그자를 직접 만나는 게 가장 좋을 것 같아서."

"하지만 너무 위험해요. 바로 경찰에 신고하는 게 낫지 않을까요?"

"명확한 증거가 없으면 경찰이 움직이지 않는다는 것쯤은 자네도 알잖나."

전승미도 박지승이 무슨 말을 하는지 알았다. 지금까지의 경험으로 미루어 봤을 때 심증만으로 경찰을 동원한다는 건 불가능에 가까웠다. 에덴선교회가 저지른 일을 쭉 나열해봤자 믿는 시늉도 안 할 터였다. 설령 경찰이 수사를 시작한다 해도 에덴선교회가 증거를 남겨뒀을 리 없었다.

"그럼 우리 쪽에 지원 요청이라도 하시죠."

전승미가 말하자 박지승이 바로 대꾸했다.

"그건 이미 했어. 며칠 안에 조사단을 꾸려서 올 거야. 다만 에덴선교회가 지금 이 시각에도 뭔가를 할 거라는 게 문제야. 한수 군에게 들어보면 자세한 내용을 알겠지만 놈들이 힐-마스터라는 앱으로 사람들을 조종하려는 것 같아. 그게 사실이라면 시간이 없어."

"그럼 저도 같이 가요. 그것들이 어떤 짓을……."

"자네는 일단 쉬어. 움직이기 힘들잖나."

전승미는 인정할 수밖에 없었다. 지금의 몸 상태로는 광신도들을 상대하기 어렵다는걸. 그래서 더 초조했다. 악마주의를 표방하는 사이비가 얼마나 위험해질 수 있는지 너무나도 잘 알기 때문이었다. 스스로를 악마라 칭하는 자들은 그 반대의 경우, 그러니까 신을 빙자하는 것들과는 비교할 수 없을 만큼 간교하고 사악했다. 그것들은 목적이 분명했다. 인류를 파멸로 이끄는 것. 목적을 이루기 위해서라면 무슨 짓이든 했다. 그게 설령 돌이킬 수 없는 끔찍한 결과를 불러

올지라도.

전승미는 이미 열한 살 때 그 사실을 깨달았다. 지옥 속에서.

"하지만 이대로 손 놓을 수만은 없어요."

"손 놓으라는 게 아니야. 한수 군을 도와줘."

"알겠어요. 그런데 류백주가 진짜 류백주라는 보장이 없잖아요. 정말로 환생했는지 가짜가 진짜인 척 행세를 하는 건지……."

"그러니 더욱더 직접 확인을 해봐야지."

박지승이 확신을 갖고 말했기에 전승미는 불현듯 떠오른 의문을 속으로 삼킬 수밖에 없었다. 대신 나직이 한마디를 덧붙였다.

"무슨 일 생기면 바로 연락 주세요."

"그러지."

그 말을 끝으로 박지승이 전화를 끊었다. 전승미의 머릿속에서는 꺼내지 못한 질문이 계속 맴돌았다.

류백주가 진짜 환생한 거라면 그땐 어쩌실 건가요?

밤하늘에 먹구름이 가득했다. 별은커녕 달빛 한 줌 보이지 않았다. 촘촘하게 짜인 어둠이 나안동 전체를 뒤덮은 것 같았다. 유다인은 상가 옥상에 서서 아래를 내려다봤다. 거기에서 자기 집이 어디쯤에 있는지를 가늠했다. 집에 안 들어간 지는 제법 되었다. 그 좁아터진 반지하 방보다 에덴선교회에서 생활하는 게 훨씬 더 좋았다. 집에는 곰팡이밖에 없지만 이곳에는 자기를 필요로 하는 사람들이 있었다. 물론 좁은 공간에 매트리스 몇 개 깔아놓고 여럿이 부대끼며 지내야 했지만 늘 외로웠던 유다인은 그마저도 즐거웠다. 무엇보다 마스터의 말씀을 매일 들을 수 있다는 게 기뻤다. 그분은 꼭 필요한 이야기를 꼭 필요한 순간에 들려주었다. 에덴선교회 사람들의 마음을 훤히 들여다보는 것 같았다. 유다인은 그런 마스터의 가르침을 모두 믿었고 그분의 지시라면 하나도 빠짐없이 다 따랐다. 지금까지는 그렇게 했다. 지금까지는…….

"시간 다 됐습니다."

유다인이 뒤를 돌았다. 그곳에 정미현이 웃으며 서 있었다. 유난히 하얀 얼굴은 어둠 속에서도 뚜렷이 보였다.

"네, 내려가겠습니다."

유다인도 마주 웃어 보였다. 억지로 웃느라 뺨에

작게 경련이 일었지만 정미현은 눈치채지 못한 것 같았다. 시간이 다 됐다는 건 마스터가 말한 그때가 왔다는 의미였다. 무저갱이 열리는 때. 마스터는 다르게 표현했다. 무저갱을 열 때라고. 그러고는 덧붙였다. 자신은 그걸 열 권능을 지녔다고.

유다인은 일부러 정미현에게서 한두 발짝 떨어져 천천히 걸었다. 나란히 걸었다가는 이 눈치 빠른 여자가 알아챌지도 모른다는 생각이 들었기 때문이었다. 자신이 믿음을 잃었다는 사실을.

"드디어 이 순간이 오네요."

정미현의 목소리는 상기돼 있었다. 그럴 것이다. 그의 기대는 누구보다 컸으니까. 유다인이 알기로 정미현은 몇 안 되는 에덴선교회의 초창기 멤버 중 한 명이었다. 그렇다는 건 마스터의 환생을 위해, 그리고 예언이 실현되는 날을 위해 그만큼 긴 시간을 희생하며 기다렸다는 뜻이었다.

"마스터는 어디 계십니까?"

유다인이 물었다. 가능하면 그와 마주치고 싶지 않았다. 그랬다가는 계획이 틀어질 수도 있었다.

"손님을 기다리고 계십니다. 오늘 밤 아주 중요한

손님이 오실 거라 말씀하셨습니다."

그렇다면 다행이었다. 적어도 손님을 맞을 동안에는 다른 일에 신경 쓰지 못할 테니. 유다인은 내심 안도했다. 마음 같아서는 이대로 곧장 건물을 빠져나가 안전한 곳에 숨고 싶었지만 그럴 수 없었다. 그건 곧 죽음을 의미했다. 뭔가를 해보기도 전에 죽을 순 없었다. 유다인은 자기가 죽기보다는 누군가를 죽이는 편이 더 낫다는 걸 이미 오래전에 깨달았다.

"잠시 화장실만 갔다가 바로 합류하겠습니다."

유다인이 정미현에게 말했다. 정미현은 알았다는 뜻으로 고개를 끄덕였다. 유다인은 바로 5층 화장실로 향했다. 5층에 있던 상점들은 텅 비어 있었다. 언젠가부터 하나둘 문을 닫더니 아무도 남지 않았다. 그렇게 비어버린 곳은 당연하다는 듯 에덴선교회의 차지가 됐다. 에덴선교회가 사실상 이 건물을 소유했다는 걸 유다인도 알았다. 처음에는 작은 공간에서 시작했지만 점차 세력을 키워 끝내 이곳을 장악한 것이다. 이렇게 나안동 전체로 세력을 뻗쳐 결국에는 이 땅의 모든 걸 집어삼킬 것 같았다. 마스터는 언젠가 재밌는 말을 했었다. 물론 그의 설교는 항상 재밌었지만.

"문을 열고 불쑥 들어가는 건 강도나 하는 짓입니다. 그러면 상대는 겁을 먹고 오히려 문을 닫지요. 우리는 어디까지나 스며들어야 합니다. 저 먼 사막에서 끝내 주인의 텐트를 차지한 한 마리 영리한 낙타처럼 한 번에 하나씩, 서서히, 조금씩 공간을 차지해나가야 하는 겁니다."

낙타 비유를 떠올리자 유다인은 피식 웃음이 새어 나왔다. 어릴 때 들은 이야기였다. 그땐 주인이 착하고 낙타가 못됐다고만 생각했는데……. 누구나 이해하기 쉽게 설교하는 것이 마스터의 진정한 능력이었다. 그의 말에는 힘이 있었다. 들으면 저절로 고개가 끄덕여지는 힘. 그랬기에 유다인 역시 의심하지 않고 그를 따를 수 있었다. 하지만 이제는 상황이 변했다.

유다인은 화장실에 아무도 없는 것을 확인하고 맨 마지막 칸으로 갔다. 뭔가를 숨기는 법은 교도소에서 배웠다. 보통 몸에 지니는 게 가장 안전하다고 생각하는데 아니었다. 예상치 못한 장소에 두는 것이 가장 확실했다. 유다인은 문을 걸어 잠근 뒤 변기 수조의 뚜껑을 열고 방수포로 감싸서 넣어둔 휴대폰을 꺼냈다. 에덴선교회의 각종 비리와 추악한 민낯이 가득 담긴 휴대폰이었다. 유다인이 그걸 주머니에 넣고 막 뚜껑을 덮었을 때였다. 화장실 불이 꺼지며 어둠이 엄습했다.

"사람 있어요!"

잠시 굳었던 유다인은 긴장한 채로 천천히 칸을 빠져나왔다. 화장실은 칠흑같이 캄캄했다. 아무것도 보이지 않았다. 조심스레 벽을 더듬어 스위치를 눌렀다. 불은 들어오지 않았다. 동시에 인기척이 들렸다. 유다인은 고개를 홱 돌렸다. 첫 번째 칸의 문이 닫혀 있는 모습이 희미하게 보였다. 화장실에 들어올 때까지만 해도 분명 열려 있었는데…….

이유를 확인하고 싶은 마음과 빨리 이곳을 벗어나고 싶은 마음이 치열하게 다퉜다. 결국 이긴 건 전자였다. 공포심은 호기심에 상대가 되지 않았다. 가만히 문을 밀어보았다. 열리지 않았다. 유다인은 다른 휴대폰, 그러니까 진짜 자기 휴대폰을 꺼내 플래시를 켰다. 그런 뒤 화장실 바닥에 거의 붙다시피 해서 문 아래를 비췄다. 빛에 의해 드러난 것은 변기 밑부분이었다. 발은 보이지 않았다. 그 순간이었다.

끼익 소리와 함께 굳게 닫혔던 문이 천천히 열렸다. 유다인은 상체를 들고 첫 번째 칸 내부를 바라봤다. 변기 위에 하얗고 동그스름한 무언가가 놓여 있었다. 염소의 잘린 머리였다. 새까만 털과 하얀 뿔, 번들거리는 눈알이 똑똑히 보였다. 게다가 이마에는 에덴선교회의 상징이 새겨져 있었다.

유다인은 용케 비명을 지르지 않았다. 정신을 잃지도 않았다. 그저 너무 놀라 그저 얼어붙을 수밖에 없었다. 입을 벌린 채 눈앞의 광경을 쳐다보는 게 다였다. 일어나야 한다. 일어나서 도망쳐야 한다. 뭘 해야 하는지 알면서도 유다인은 염소에게서 눈을 뗄 수 없었다. 잘린 머리는 생명력을 내뿜었다. 마치 당장이라도 눈알을 뒤룩뒤룩 굴릴 것만 같았다. 유다인은 온 힘을 쥐어짜 몸을 일으켰다.

메에.

갑자기 염소가 울었다.

유다인은 곧장 화장실 밖으로 도망쳐 계단을 타고 1층으로 향했다. 들켰다. 들키고 말았다. 마스터는 알았던 것이다. 자신이 배도하리라는 사실을, 마스터를 팔아넘기리라는 사실을…….

전승미는 이한수가 컴퓨터와 씨름하는 걸 지켜봤다. 모텔에 있는 컴퓨터 모니터에 집에서 들고 온 본체를 연결한 이한수는 전승미로서는 해독할 수 없는 기호와 숫자를 입력하고 삭제하기를 반복했다. 그러다 이내 한숨을 푹 쉬었다.

"잘 안 되니?"

이한수가 고개를 끄덕이며 푸념했다.

"이상해요. 무슨 방법을 써도 그 목소리가 지워지지 않아요."

힐-마스터 앱의 메인 서버 역할을 하는 게 이한수가 챙긴 컴퓨터의 본체였다. 그걸 통해 앱을 수정한다면, 즉 에덴선교회 쪽에서 제공한 모든 자료를 제거하고 업데이트한다면 힐-마스터의 저주도 무력해질 거라는 게 이한수의 설명이었다. 전승미는 그의 말 중 절반 정도밖에 알아듣지 못했지만 어쨌든 해결책이 있다는 데 안도했다. 그랬던 이한수가 현재 벽에 부딪친 듯했다.

"내 표현이 맞는지 모르겠지만 마스터라는 자의 목소리가 앱에 깔린 게 아니라 새겨진 거라고 이해하면 되니?"

전승미는 단어를 골라가며 신중하게 물었다.

"음…… 비슷해요. 그리고 그 새겨진 곳이 한두 군데가 아니에요. 음성 소스 하나만 없애면 될 줄 알았는데 그걸 삭제해도 어딘가에서 또 마스터의 목소리가 튀어나와요. 이건 기술적으로는 불가능한 일이에요."

이한수의 얼굴에 두려움이 역력했다. 전승미는 모니터에 뜬 어지러운 화면과 이한수를 번갈아 봤다. 소년은 몰랐다. 이 세상에서는 불가능한 것처럼 보이는 일도 수시로 일어난다는 것을.

"그러니까 지금 당장은 어떻게 못 한다는 거지?"

전승미가 다시 물었다.

"네. 이 사람들은 앱의 몸체를 만들어줄 저의 기술만 필요했던 것 같아요. 어차피 다른 건 자기들이 할 수 있으니까요."

이한수의 말대로라면 마스터의 목소리를 새겨 넣은 일은 기술의 영역이 아니었다. 전승미는 그런 뉘앙스를 제법 잘 알아차렸다. 그것은 인간의 상식 바깥에서 작용하는 힘이 있다는 뜻이었고, 그쪽이라면 전승미도 전문가였다.

"그 앱, 힐-마스터라는 거 내가 한번 들어봐도 될

까?"

"네? 안 돼요. 위, 위험해요!"

이한수가 안 그래도 큰 눈을 더 크게 뜨며 만류했다.

"괜찮을 거야. 잠시 확인만 해볼게. 마스터의 목소리를 조금만 들어보면 돼."

"그래도……."

"그럼 이렇게 하자. 타이밍을 보고 네가 앱을 끄는 걸로. 그러면 되지 않을까?"

한참 고민하던 이한수가 마지못해 대답했다.

"알겠어요. 그런데 뭘 확인하려는 거예요?"

"일단은 들어보고 말해줄게."

전승미의 말에 이한수가 자리를 비켜줬다. 전승미는 가볍게 심호흡한 뒤 의자에 앉아 본체에 연결된 헤드셋을 썼다. 잠시 후 음악이 들려왔다. 눈을 감고 집중했다. 단조로운 리듬의 음악 속에 규칙적인 소리가 섞여 있었다. 맑은 금속음이었다. 크지도 않고 작지도 않은 그 소리에 귀를 기울이자 곤두서 있던 신경이 누그러졌다. 일정하고 반복적인 소리를 통해 의식의 빗장을 여는 건 모든 종교가 공통적으로 채택하는 수양법이었다. 특징적이진 않았다. 중요한 건 그다음이었다. 활짝 열린 의식의 창으로 어떤 메시지를 흘려보내는가에 따라 이야기가 달라지니까. 어느 순간 음악과 소리가 동시에 멈추고 고막을 자극하는 고주파가 나오기 시작했다. 전승미가 미간을 찌푸린 찰나 낮고 굵은 목소리가 천천히 밀려왔다. 뭍을 조금씩 잠식해나가는 밀물처럼.

"인생에서 가장 힘들었던 순간을 떠올려보십시오."

그 목소리를 듣는 순간 팔뚝의 털이 곤두섰다. 등허리를 타고 찬 기운이 올라왔다. 머릿속에 경고등이 켜졌다. 위험하다! 전승미는 본능적으로 알 수 있었다. 마스터의 목소리는 고막을 통해 전해지는 것이 아니었다. 그 과정을 건너뛰고 곧바로 뇌를 자극했다. 밀물인 줄 알았던 게 실은 해일이었다.

"그리고 그 순간 당신이 참았던 분노의 감정을 떠올려보십시오."

전승미는 주먹을 꽉 쥐고 의식이 멀어지는 걸 붙들고자 안간힘을 썼다. 헬륨이 가득 든 풍선처럼 뇌가 두둥실 떠오르는 것 같았다. 수십 가지 장면이 눈앞을 스쳐 지나갔다.

수많은 사람이 엎드려 절을 한다. 기적의 아이라

부르며 능력을 보여달라 외친다. 웃고, 울고, 춤추고, 노래 부르고, 자기들 몸을 찔러 피를 낸다. 뭔가를 태운다. 뭔가를 먹는다. 뭔가를 마신다. 그러다가 결국에는…….

"누나!"

헤드셋을 뚫고 날아든 목소리에 전승미가 번쩍 눈을 떴다. 떠돌던 이미지들이 일순간에 사라졌다. 마스터의 속삭임도 자취를 감췄다. 전승미는 숨을 몰아쉬며 헤드셋을 벗었다. 그제야 정신이 들었다.

"괘, 괜찮으세요?"

이한수가 물었다.

"응."

전승미는 힘이 없었다. 손끝이 저릿저릿했다. 아무래도 온몸에 너무 힘을 준 모양이었다.

"그런데…… 저, 저거…… 갑자기 혼자 저렇게 됐어요. 그래서 놀라서……."

이한수는 책상 위에 놓인, 한때 생수병이었던 무언가를 가리켰다. 플라스틱 생수병은 완전히 구겨지는 바람에 거의 공처럼 둥글려져 있었다. 전승미는 아차 싶었다.

"미안해. 놀라게 할 생각은 없었는데."

"그럼 누, 누나가 저렇게 한 거예요? 손도 안 대고?"

"설명하자면 복잡한데 나한테는 능력이 있어. 보통 염력이라고 하는 그거. 그리고…… 마스터도 나와 비슷한 사람인 게 확실해."

"네? 누나도, 마스터도 초능력이 있다는 거예요?"

전승미는 고개를 끄덕인 후 입을 열었다.

"믿기 어렵다는 거 알아. 하지만 마스터가 이 앱에 심어놓은 건 분명 사념이고, 그 방법은 염사가 틀림없어."

이한수가 못 알아듣는 표정을 짓자 전승미가 설명을 이어갔다.

"사념이라는 건 쉽게 말해 나쁜 생각이야. 악의를 품은 생각. 염사는 염력의 일종인데 마음속 이미지를 사진이나 영상으로 찍어내는 걸 말해. 그러니까 마스터가 자기의 나쁜 생각을 염사를 통해 앱에 새긴 거지. 그래서 그냥은 지워지지 않는 거야."

"그러면 어떡해요?"

"생각 좀 해볼게. 그 전에 교수님께 먼저 알려야 해. 마스터가 진짜 초능력자라는걸."

그걸 알고 만나는 것과 모르고 만나는 것은 천지 차이였다. 초능력자라는 걸 모르고 만났다가는 자기도 모르는 새 현혹될 수 있었다. 이 정도의 염사가 가능하다는 건 어쨌든 마스터의 능력이 대단하다는 뜻이었다. 자신이 염사를 할 수 있다고 주장하는 초능력자들도 기껏해야 이미지를 찍어내는 정도가 다였다. 그자들과 마스터 사이에는 넘을 수 없는 능력 차가 존재했다.

전승미는 박지승에게 서둘러 전화했다. 상대는 받지 않았다. 메시지를 남겨도 답이 없었다. 안 좋은 예감이 엄습했다. 당장이라도 박지승을 따라 에덴선교회로 달려가고 싶었지만 전승미에게는 당장 해결해야 하는 더 중요한 일이 있었다. 힐-마스터 앱을 무력화하는 것. 그게 우선이었다.

박지승은 넓고 조용한 방에서 마스터가 나타나기를 기다렸다. 에덴선교회 사람들은 마치 박지승이 올 것을 짐작했다는 듯 묻지도 않고 안쪽으로 안내한 후 조용히 사라졌다. 제법 시간이 지났다. 박지승의 초조함이 짙어져갈 때쯤 문이 열리며 마스터가 등장했다.

그를 본 순간 박지승은 오싹함을 느꼈다. 방 안의 온도가 순식간에 몇 도는 떨어진 것 같았다. 마스터는 얼굴 전체에 붕대를 감고 있었다. 걸친 가운 사이로 몸에 감긴 붕대가 보였다. 겉모습만 보면 움직이는 게 용할 정도의 중환자였다. 그럼에도 마스터는 형형한 기운을 내뿜었다. 붕대 틈으로 보이는 벌겋게 충혈된 두 눈은 부담스러울 정도로 번들거렸다.

"사소한 문제가 생겨서 늦었습니다. 죄송합니다."

마스터는 그렇게 말하며 손을 내밀었다.

"박지승이라고 합니다."

그 손을 맞잡으며 박지승이 말했다. 얼음장처럼 차가운 손이었다. 차디찬 감촉이 박지승의 손바닥을 타고 온몸으로 퍼져 나갔다.

"바쁘신 분께서 이렇게 찾아와주시니 기쁩니다."

마스터는 소파에 앉았고 박지승도 그를 마주 보는 위치에 자리를 잡았다. 잠시 침묵이 흘렀다. 박지승은 지금껏 만나온 수많은 사이비 교주를 떠올렸다. 그들 중에는 매력적인 사기꾼도 있었고 카리스마 넘치는 선동가도 있었다. 망상에 사로잡힌 미치광이도, 잔혹한 사이코패스나 소시오패스도 있었다. 마스터는 어느 쪽일지 궁금했다. 먼저 입을 연 사람은 박지승이었다.

"당신이 류백주입니까?"

마스터는 어깨를 한 번 으쓱하더니 망설이지 않고 즉답했다.

"맞습니다. 제가 류백주입니다."

"계명성회의 교주였던 류백주 씨가 분명합니까?"

박지승은 한 번 더 물었다.

"이미 알고 오시지 않았습니까? 유해종교와해단 소속 박지승 교수님."

예상은 했지만 마스터, 아니 류백주 역시 많은 걸 파악한 듯했다. 그렇다면 오히려 이야기가 더 쉽게 진행되겠다고 박지승은 생각했다. 탐색전 같은 것 없이 바로 본론으로 들어가면 됐다.

"에덴선교회의 목적이 무엇입니까? 다시 묻겠습니다. 앞으로 무슨 짓을 벌이려는 겁니까?"

"정말로 그게 궁금합니까, 박지승 교수님?"

류백주가 웃으며 되물었다. 생기라고는 느껴지지 않는 부르튼 입술이 벌어지자 검디검은 입안이 드러나 보였다. 그 안에서 피를 잔뜩 마신 거머리처럼 두툼한 혀가 꿈틀거렸다. 박지승은 입에서 시선을 거둬 류백주의 눈을 주시하며 말했다.

"무슨 말인지 모르겠군요."

"당신 역시 부활의 소문을 듣고 찾아온 것 아닙니까? 그렇다면 맞습니다. 나는 죽음을 이겼습니다."

붕대를 감은 몰골은 말이 아니었지만 류백주의 목소리에서는 힘이 넘쳤다. 마치 바로 귀에다 대고 속삭이는 듯 음성이 무척 생생했다.

"그런 허황된 말은 제게 통하지 않습니다. 이 세상에 죽음을 이길 수 있는 존재는 없습니다. 제가 여기 온 이유는 당신들을 막기 위해서입니다. 어떤 짓을 꾸몄건 지금 당장 중단하지 않으면……."

"저를 그저 그런 사이비 교주라고 생각하는군요."

"아니요. 아주 위험한 사이비 교주라고 생각합니다."

류백주는 다시 히죽 웃었다. 박지승은 그런 류백주에게서 눈을 떼지 않으려 애썼지만 쉬운 일이 아니었다. 그의 눈빛은 찌르는 듯 날카로웠다. 거기에 더해 말로는 설명할 수 없는 꺼림칙함을 품고 있었다. 뭔가가 분명 이상한데 그게 무엇인지 콕 집어내기는 어려웠다.

"위험하다고 생각하는 건 내가 가진 힘을 인정해

서가 아닙니까?"

박지승은 류백주의 유도신문에 고개를 저었다.

"그쪽이 말하는 힘이 사람들을 미혹하고 선동하는 힘이라면 인정합니다. 계명성회에서 에덴선교회까지 이어지며 오랜 시간 동안 교주의 자리를 지킬 수 있었던 건 그 힘 덕분이겠죠. 하지만 그것이 초자연적인 힘을 뜻한다면, 그건 믿지 않습니다."

"초자연적인 힘이라……. 예를 들면 이런 거 말입니까?"

류백주가 천천히 손을 들어 올렸다. 다음 순간 멀쩡하던 형광등이 점멸했다. 그러더니 일몰이 찾아오듯 방 안이 조금씩 컴컴해졌다. 이윽고 불빛은 한 줌 밖에 남지 않게 되었다. 바로 맞은편의 류백주만 간신히 보일 정도였다. 박지승은 어둠 속에 앉아 있는 교주를 쏘아봤다. 이 정도 속임수에 당황하면 안 된다는 걸 알면서도 잘되지 않았다. 류백주가 다시 입을 열었다.

"아직도 속으로 이렇게 생각하고 계십니까? 눈앞의 일이 조잡한 술수이자 눈속임이라고. 그렇다면 이건 어떨까요? 당신 부인은 정확히 이틀 후에 사망하게 됩니다. 끝까지 당신을 원망하며 고통에 찬 비명을 지르다가……."

"뭐?"

박지승이 벌떡 일어났다. 순간 피가 온몸을 태우듯 뜨겁게 휘감았다. 그의 말이 얕은수이고 저열한 도발이라는 걸 알면서도 참을 수 없었다.

"이걸 아셔야 합니다. 내 말은 당신을 화나게 만들려는 것이 아니라 단지 예언이라는 것을. 나는 모든 걸 꿰뚫어 볼 수 있습니다."

"헛소리 집어치워!"

"예언이 중요한 이유는 다가올 불행을 막을 기회가 되어주기 때문이죠."

"뭐라고?"

"부인의 죽음을 막을 수 있다면 어떻게 하시겠습니까?"

"그런 건…… 불가능해."

불쑥 속마음이 튀어나왔다. 박지승은 주먹을 꽉 쥐었다. 분노가 끓어올랐다. 그것이 류백주를 향한 분노인지, 자신을 향한 분노인지, 아니면 아내를 향한 분노인지 가늠할 수 없었다. 다만 몸과 마음을 뜨겁게 달구며 번져 나가는 분노의 존재만은 진짜였다. 박지승은 더 이상 참지 못하고 악을 썼다.

"불가능하다고!"

"아니요. 당신은 내게 그럴 힘이 있다는 걸 알지 않습니까?"

류백주의 목소리는 더없이 차분하고 부드러웠다. 심지어 달콤하기까지 했다. 그것이 사악한 자의 간교한 술법이라는 걸 알면서도 박지승은 저항하기 어려웠다. 악마의 속삭임은 영혼의 진통제였다. 박지승은 무너지지 않으려 사력을 다했다. 정신만 흐릿해지는 게 아니었다. 몸에서도 힘이 조금씩 빠져나갔다. 등줄기를 타고 서늘한 기운이 흐르는 것과 동시에 겨드랑이에서는 땀이 배어 나왔다.

"힘들면 앉으셔도 됩니다. 더 긴 이야기가 남았으니까요."

그 말이 끝나자마자 박지승은 무릎이 꺾였고 제 의사와 상관없이 주저앉고 말았다. 류백주가 말하는 대로 몸이 반응한다는 건 안 좋은 신호였다. 이미 낚였다는 뜻이었으니까. 한 가지 다행인 점은 박지승이 그 사실을 인식한다는 데 있었다. 그러니 버틸 수 있었다. 아직까지는…….

"나는 길게 이야기할 생각 없소. 경고하러 온 거니까. 유해종교와해단이 지켜보는 한 당신의 계획대로 되는 일은 없을 거요."

박지승은 최대한 천천히 또박또박 말했다. 이성을 놓는 순간 놈에게 바로 굴복당한다는 걸 잘 알았다. 이건 보이지 않는 밧줄을 쥐고 펼치는 심판 없는 줄다리기였다. 류백주는 지금껏 만나본 자 중 가장 뛰어난 선수였다.

"내 이야기가 궁금하지 않습니까? 어떻게 치유와 부활의 힘을 가지게 되었는지."

류백주가 물었다. 여전히 은근한 목소리였다.

"궁금하지 않아. 어떻게 시작됐고 어떤 힘을 가졌건 사이비의 끝은 어차피 똑같으니까."

"혹시 파국과 파멸을 말하는 겁니까?"

"그렇지."

존스타운 대학살이나 옴진리교, 오대양 사건 같은 굵직한 사례를 거론하지 않더라도 사이비 종교의 말로는 대부분 처참하고 비극적이었다. 그럴 수밖에 없었다. 탁자 끝에 놓인 유리잔은 언젠가 떨어져 깨지기

마련이니까. 세상에는 두 종류의 사이비가 있다고, 박지승은 일찌감치 결론 내렸다.

성공한 사이비와 실패한 사이비.

점진적으로 교세를 확장해나가며 교리를 심화시키고, 자기들만의 경전을 가지며, 교주를 신격화하는 데까지 이른 곳들은 아직은 성공한 상태의 사이비라 할 수 있다. 이들은 일부 개인을 정신적, 경제적으로 착취할지언정 사회 전체에 해를 입히지는 않는다. 반대로 실패한 사이비는 강력한 속임수로 단기간에 많은 신도를 확보하지만 믿음을 유지시킬 체계와 체제가 빈약하다. 이 경우 그들이 택할 수 있는 선택지는 하나다. 신도들이 빠져나가지 않도록 끊임없이 자극을 제공하는 것. 그들이 걸핏하면 세상의 종말을 외쳐대는 이유다. 그럴수록 유리컵은 점점 더 탁자의 가장자리로 밀려나고 결국에는 바닥으로 떨어져 산산조각 나고 만다.

박지승은 에덴선교회야말로 실패한 사이비의 전형이라 확신했다. 치유까지는 어떻게 설명할 수 있어도 부활은 너무 나간 주장이었다. 거기에 악마주의까지 표방하니 돌아올 수 없는 강을 건넌 거나 마찬가지였다. 다만 박지승이 걱정하는 건 하나였다. 유리잔이 깨지면서 그 파편이 불특정 다수에게 튀는 것, 그것만은 막아야 했다.

"파국과 파멸이라…… 그런 예가 많으니 그렇게 여길 수도 있겠군요. 반대로 해방과 행복을 가져다줄 수도 있다는 생각은 안 해봤습니까?"

"뭐가 해방과 행복이지? 900명이 넘는 희생자를 남긴 존스타운 대학살은 집단 자살 사건으로 알려져 있지만 피해자들이 강제로 독약을 마신 흔적이 발견됐지. 며칠 전까지 구원 운운하며 함께 동고동락하던 사람들을 살해하는 게 해방과 행복을 가져다주는 건가? 오대양 사건에서는 32명이 죽었어. 그중 다수가 저항할 수 없는 상태에서 목이 졸려 죽었지. 옴진리교의 아사하라 쇼코는 어떻게 했지? 수사망이 좁혀지자 시선을 돌리기 위해 사린 가스 테러를 일으켰어. 그런 사건들의 어디에 해방과 행복이 있다는 건가, 응?"

박지승은 조금씩 힘을 되찾았다. 반격할 의지도 샘솟았다. 그는 류백주를 다시금 똑바로 쳐다봤다. 바로 그 순간 류백주가 특히나 꺼림칙했던 이유를 깨달았다. 류백주는 지금껏 단 한 번도 눈을 깜박이지 않았다. 마치 눈꺼풀 없는 뱀처럼.

"그들이 죽음을 택한 후 어떤 상태에 이르렀는지는 아무도 모르는 거 아닙니까? 잘난 교수님께서는 사후 세계까지 다 꿰고 계시는 건가요?"

"나는 무신론자예요. 신을 믿지 않으니 사후 세계 같은 것도 믿지 않지요. 그러니 철저히 현세적으로 생각할 수 있습니다. 누군가의 강요로 독을 마시거나 타인에게 목 졸려 죽는 건 아무리 좋게 봐도 해방이나 행복과는 거리가 멀죠."

"그렇다면 이건 어떤가요? 사후 세계라는 것이 천국과 지옥으로 나뉘는 게 아니라면? 모든 이가 죽는 순간 소위 말하는 천국에 가게 되는 거라면?"

"그게 무슨 말이오?"

"다들 그걸 걱정하는 것 아닙니까? 죽음 이후에 아무것도 없는 상태에 이르거나 지옥에 가는 것. 그래서 죽음을 비참하고 두려운 것으로 인식하죠. 하지만 저는 진실을 압니다. 죽음이야말로 구원이자 해방이고 축복입니다. 왜인지 아십니까?"

박지승은 류백주의 궤변을 듣는 일이 괴로웠다.

그럼에도 궁금하기는 했다. 이자가 어떤 생각을 가진 건지, 어떤 교리 안에서 움직이는 건지. 박지승은 솔직히 대답했다.

"모르겠소."

"그건 현세가 지옥이기 때문입니다."

류백주는 명쾌하다는 듯이 말했다.

"그런 비유는……."

"아니. 비유가 아닙니다. 말 그대로 지금 우리의 삶이 지옥입니다. 그렇게 나누어놓았습니다. 현세를 지옥으로, 내세를 천국으로."

"누가? 누가 나눴다는 거지?"

류백주는 대답 대신 손가락으로 하늘을 가리켰다. 신이라는 의미이리라. 박지승은 다시 물었다.

"그 주장대로라면 신이라는 자는 모든 인간을 애초에 지옥에 집어넣고 그저 지켜만 본다는 거군."

"그렇지요. 그것이 바로 신의 위선이고, 그렇기에 우리는 이 지옥 속에서 굳이 선하게 살기 위해 아등바등할 필요가 없는 것입니다. 천국에 가겠다고 갖은 애를 쓸 필요도 없는 것이고요. 그저 즐기면 됩니다. 이 지옥 속에서 그에 걸맞는 즐거움을 찾으면 되는 거죠."

"그런 신이라면 애초에 신이 없다고 생각하는 내 의견과 다를 바가 없지 않은가?"

박지승은 류백주의 대답이 궁금했다. 그는 신과 지옥을 운운하며 자신이 마치 그로부터 초월한 존재인 양 굴고 있었다.

"아닙니다. 신은 분명히 있습니다."

"근거는?"

류백주가 이번에 가리킨 것은 바로 자기였다.

"내가 존재한다는 게 그 근거입니다."

"당신이 뭐길래?"

"나는 태초의 인간에게 선과 악을 분별할 지혜를 준 자, 에덴동산 밖으로 나가 생육하고 번성할 기회를 제공한 자, 찬란히 빛나는 새벽별이라 불리는 자, 지옥을 다스릴 왕이라 여겨지는 자입니다. 나는……."

류백주의 목소리가 변했다. 그냥 낮고 굵은 목소리가 아닌 공기를 타고 방 안 전체를 울리는 목소리가 되었다. 그뿐만이 아니었다. 류백주는 그 짧은 순간에 몸이 불어나 있었다. 조금 전까지만 해도 붕대에 감긴 비쩍 마른 남자였는데 지금은 덩치가 사천왕만큼 컸다. 그 크기가 뿜어내는 위압감은 상당했다. 애써 되찾았다고 생각한 주도권이 너무나도 싱겁게 류백주 쪽으로 넘어간 듯했다. 박지승은 간신히 입을 열어 되물었다.

"새벽…… 별이라고?"

그 순간 류백주의 목소리가 쩌렁쩌렁하게 울려 퍼졌다.

"루시퍼다!"

빗방울이 한 점 두 점 창문을 때렸다. 순경 하수영은 지구대 창문으로 밤하늘을 살폈다. 먹구름이 움직이는 기세로 봤을 때 머지않아 본격적으로 비가 쏟아질 듯했다. 이런 날씨에 내근이어서 다행이었다. 하수영은 밤이건 낮이건 습한 날씨를 싫어했다. 차라리 쨍하게 더운 날이 나았다. 햇빛은 피할 수 있어도 습기는 그럴 수 없었다. 습기는 틈만 있으면 비집고 들어와 온몸에 달라붙어 떨어지지 않았다. 그럴 때면 안 그래도 곱슬인 머리카락은 말을 더 안 들었고 기분도 착 가라앉았다. 올여름은 유달리 길고 비도 자주 왔다. 갓 순경이 되어 적응하기도 바쁜데 날씨까지 도와주질 않아 하수영은 울적한 나날을 보냈다. 파트너이자 사수인 현동식 경사가 좋은 사람이라는 것으로 겨우 위안을 삼았다.

하수영은 나안지구대 앞으로 검은 비옷을 입은 사람 여럿이 바쁘게 걸어가는 모습을 봤다. 에덴선교회 사람들이었다. 그들은 매일 밤 아무도 부탁한 적 없는 방범 활동을 나서서 했는데 오늘따라 유독 그 수가 많았다. 하수영은 그들에게 악감정은 없었지만 사이비 같다는 인상은 갖고 있었다. 반대로 지구대장은 에덴선교회가 종교 단체가 아님에도 자발적으로 봉사를 한다는 점에서 오히려 고마워해야 한다는 입장이었다. 젊으면서도 깐깐하기 이를 데 없는 꼰대 상사가 에덴선교회 일에는 이상하리만큼 너그러웠다. 아무렴 자신이 신경 쓸 일은 아니라고 하수영은 생각했다. 사이비든 아니든 나안동에 보탬이 되는 일을 하는 건 사실이었으니까. 오늘만 해도 소외 계층의 정신적 안정을 위해 개발한 무료 명상 앱을 소개하겠다며 김선생이라는 사람이 지구대를 찾아왔다. 그게 불과 한 시간 전 일이었다. 지구대장의 명령에 자리에 있던 경찰들도 그 앱을 다운로드받았다.

"하 순경, 나 화장실 다녀올게."

서류 작업 중이던 현동식이 기지개를 켜며 일어났다.

"네. 다녀오십시오."

하수영은 딴생각에서 벗어나 고개를 끄덕이며 대답했다.

"왜 이렇게 두통이 심하지? 오늘 받은 힐-마스터인가 뭔가 하는 거 들으면 좀 나아지려나?"

현동식은 휴대폰을 챙겨 들며 말했다.

"그거 명상 앱이라잖아요. 들으면서 잠깐 쉬다 오세요."

하수영의 말에 현동식이 피식 웃었다.

"쉬기는 뭘. 좀 있으면 순찰조 복귀할 텐데. 금방 온다."

지금 지구대에는 하수영과 현동식 둘밖에 없었다. 지구대장은 퇴근했고 나머지 세 팀은 순찰 중이었다. 이럴 때 다른 사수들은 대놓고 딴짓을 하거나 요령껏 쉬기도 했지만 현동식은 그러지 않았다. 그가 입버릇처럼 하는 말이 공무원이 세금을 축낼 수는 없다는 거였다.

화장실로 향하는 현동식을 보며 하수영은 아껴뒀

던 에너지 드링크를 서랍에서 꺼냈다. 지금쯤 한 캔을 마셔야 남은 서너 시간을 버틸 수 있었다. 지구대로 전화가 걸려 온 것은 하수영이 음료 한 모금을 막 넘겼을 때였다.

"네, 나안지구대 하수영 순경입니다."

하수영의 응대에도 상대방은 말이 없었다.

"말씀하세요."

어떤 상황인지 모르니 최대한 인내심을 갖고 대해야 했다.

"거기는 안전해요?"

전화를 걸어 온 이는 대뜸 그렇게 물었다. 목소리와 말투로 봐서 20대 후반에서 30대 초반의 남성 같았다.

"무슨 말씀이신지 잘…… 여기는 당연히 안전한 곳입니다."

일단은 상대방이 원하는 대답을 해줬다. 일단 대화를 이어나가는 게 중요했다.

"지, 지구대장은 없죠?"

예상외의 질문에 순간 말문이 막혔다. 이 남자가 뭘 필요로 하는 건지 알 수 없었다. 지구대장을 바꿔

달라는 건지, 아니면 그저 없기를 바라는 건지, 그게 왜 중요한지…….

"지금은 안 계십니다만 무슨 일이시죠? 어떤 도움이 필요하십니까?"

"저 쫓기고 있어요! 잡히면 죽을 거야. 그, 그래서 지구대로 가려는데 그 전에 확인하는 겁니다. 놈들이 거기 있는지 없는지."

남자의 목소리가 떨렸다. 다급한 상황에 처한 건 분명해 보였다. 다만 무슨 상황인지 제대로 파악이 안 됐다. 하수영이 조심스레 물었다.

"누구한테 쫓기는 중입니까? 누가 해치려 한다는 거죠?"

남자는 잠시 망설이는 듯하다가 대답했.

"에덴…… 에덴선교회."

"네?"

"설명하자면 복잡한데 제가 가진 중요한 정보를 놈들이 뺏으려고 하거든요. 가서 이야기할게요. 5분 후면 도착……."

전화가 갑자기 끊어졌다.

"여보세요? 여보세요?"

하수영이 몇 번이나 불렀지만 되돌아오는 건 무뚝뚝한 기계음뿐이었다. 하수영은 고개를 갸우뚱하면서 수화기를 내려놓았다. 그때 뒤에서 인기척이 들렸다. 현동식이 돌아온 모양이었다.

"경사님, 방금 이상한 전화가 왔는데요……."

그렇게 말하며 뒤를 돌아본 하수영은 눈앞의 낯선 장면에 다소 당황했다. 현동식이 아무 말도 없이 우뚝 서 있었다. 기괴해 보일 정도로 환한 웃음을 지은 채.

"왜 그러세요? 화장실에서 무슨 좋은 일이라도 있으셨어요?"

현동식은 대답하는 대신 하수영 쪽으로 한 발짝 다가왔다. 얼굴에 걸린 미소는 그대로였다. 이상함을 느낀 하수영이 의자에서 슬그머니 일어났다. 이제는 낯선 걸 넘어 섬뜩하고 찜찜했다. 그가 아는 한, 현동식은 저렇게 실없는 미소를 짓는 사람이 아니었다.

"무, 무슨 일 있으세요?"

하수영이 현동식을 훑어보며 물었다. 동시에 현동식의 오른손에 들린 진압봉이 눈에 들어왔다. 매끈한 검은색 방망이는 마음먹고 휘두르면 뼈도 부술 수 있었다. 그리고…… 현동식은 기꺼이 그럴 마음인 것 같았다. 위로 싸악 올라간 입술 사이로 누런 치아가 보였다.

"경사님······."

하수영이 책상 위에 놓인 테이저 건을 향해 잽싸게 손을 뻗었다. 현동식이 달려들었다. 하수영이 몸을 돌린 것과 현동식이 진압봉을 휘두른 건 거의 동시였다. 진압봉이 하수영의 어깨를 아슬아슬하게 스치고 지나갔다.

하수영은 맞는 건 간신히 피했지만 발이 뒤엉키며 균형을 잃었다. 넘어지려는 찰나에 의자 등받이를 잡았다. 그때였다. 진압봉이 하수영의 손을 내리쳤다.

"악!"

끔찍한 고통에 비명이 터져 나왔다. 하수영은 부서진 게 틀림없는 오른손을 왼손으로 부여잡고 빈 공간으로 몸을 굴렸다. 피하지 않으면 죽을 거라는 예감만은 머릿속이 하얗게 된 상황에서도 뚜렷했다. 모로 쓰러진 채로 바닥을 기는 하수영의 귀로 현동식의 괴상한 웃음소리가 날아들었다.

케케케케케.

하수영이 고개를 돌려 소리가 난 쪽을 바라봤다.

현동식이 성큼성큼 다가왔다. 보이지 않는 손이 억지로 입꼬리를 끌어올리기라도 하는 듯 뻣뻣하게 웃으며. 케케케케케, 그 소리를 토해낼 때마다 현동식의 어깨도 함께 들썩였다.

"저리 가!"

하수영은 힘껏 소리 지르며 필사적으로 움직였다. 하지만 현동식을 완벽히 따돌릴 수는 없었다. 현동식은 한 마리 거대한 새처럼 고개를 주억거리며 가까이 다가왔다. 그 와중에 진압봉을 고쳐 쥐는 것도 잊지 않았다. 이대로라면 곧 잡힐 게 뻔했다. 순찰조는 조금 더 있어야 복귀할 터였다. 도와달라고 외쳐봐야 들을 사람도 없었다. 하수영은 허리에 찬 무전기를 빼 현동식을 향해 던졌다. 그건 공격이 아니었다. 무전기는 현동식의 정강이를 툭 때리고 바닥에 나동그라졌다. 현동식은 우뚝 멈춰 서서 자기 앞에 떨어진 무전기를 내려다봤다. 하수영이 노린 것은 그 찰나의 틈이었다.

"아악!"

비명과 신음이 뒤섞인 소리를 토해내며 하수영이 간신히 몸을 일으켰다. 그제야 현동식이 고개를 들어 하수영을 노려봤다. 눈이 섬뜩할 정도로 번들거렸다. 해괴한 미소는 여전했다. 얼굴 가죽이 붕 떠 보였다. 피부를 받쳐야 할 무언가가 사라지고 그곳이 알 수 없는 무언가로 채워진 것만 같았다.

"도, 도대체 왜……."

하수영은 거기까지만 말하고 입을 다물었다. 저런 상태의 사람에게 이유를 묻는 건 우스운 일이었다. 현동식은 정상이 아니었고, 그런 이의 입에서 제대로 된 설명이 나올 것 같지도 않았다. 무엇보다 이유를 안다고 해봐야 달라질 게 없었다.

현동식이 움직였다. 하수영은 눈앞의 포식자에게서 시선을 떼지 않은 채 책상을 크게 돌아 민원 창구 쪽으로 피신했다. 현동식이 무전기를 지르밟고 다가왔다. 그 순간 하수영의 눈에 가위가 들어왔다. 현동식은 여전히 예의 그 웃음과 함께 걸어왔다. 진압봉을 한껏 치켜들고서.

케케케케케.

하수영은 상체를 홱 숙였다. 진압봉이 허공을 가르고 민원대를 내리쳤다. 하수영이 가위로 반격한 것은 바로 그때였다. 목적한 부위가 있는 건 아니었다.

그저 있는 힘껏 왼팔을 뻗었다. 푸욱. 뾰족한 가위 끝이 살을 뚫는 감각이 손바닥을 타고 그대로 전해졌다. 고개를 들자 제일 먼저 보인 건 현동식의 목에 박힌 가위였다. 가위는 마치 거기가 제자리였다는 듯 아주 자연스럽게 꽂혀 있었다. 잠시 후 꽉 맞물린 가위와 피부의 틈으로 피가 흘렀다. 현동식은 그 상황에서도 웃음을 잃지 않았다.

신음을 토하며 물러선 쪽은 하수영이었다. 그는 빠르게 돌아서서 달리기 시작했다. 문을 향해서. 우선은 지구대를 벗어나야 했다. 하수영이 거의 몸을 날리다시피 해서 밖으로 나간 순간 경찰차 한 대가 주차장으로 들어왔다. 한눈에 봐도 맹렬한 속도였다.

"……아!"

경찰차는 하수영이 미처 상황을 파악하기도 전에 그대로 지구대를 향해 돌진했다.

보육원에서의 별명은 '귀신 붙은 아이'였다. 원생들은 물론이고 선생님들까지 어린 전승미를 꺼리고 멀리했다. 전승미와 한 공간에 있으면 기이한 일이 생기니 당연했다. 전등이 저절로 꺼졌다 켜진다거나 물건이 혼자서 움직이는 모습을 본 이가 한둘이 아니었다.

전승미가 자신의 능력을 인정받은 것은 아이러니하게도 구 목사에게 입양된 후였다. 구 목사는 명칭만 목사였지 실은 사이비 종교의 교주였는데 어린 전승미가 초능력을 가졌다는 걸 알고는 그를 '기적의 아이'로 포장해 신도를 모으는 데 이용했다. 기꺼이 속아줄 준비가 되어 있던 어린 양들은 간단한 염력을 보이는 전승미 앞에 엎드려 절을 하고 눈물을 흘리며 숭배했다. 덕분에 구 목사를 따르는 이는 점점 늘어났다. 그가 얼치기 종말론을 설파하며 폭주하기 시작한 것도 그쯤부터였다. 그리고 끝내 그 폭주는 피의 축제로 막을 내렸다. 마지막 순간까지 구 목사를 따랐던 골수 신도들이 집단 자살을 하면서였다. 그들은 독을 머금는 마지막 순간까지 한 치의 의심도 하지 않았다. 자신들이 부활하여 기적의 아이와 같은 능력을 얻으리라는 사실을.

그 속에서 홀로 살아남은 기적의 아이, 전승미를 거둔 사람은 유해종교와해단의 최에스더 수녀였다. 전승미는 그렇게 한 사이비 종교의 아이콘에서 유해종교와해단의 보호를 받는 아동 학대 피해자로 정체성이 완전히 뒤바뀐 삶을 살게 되었다. 자기가 초능력자라는 사실은 철저히 숨겼다. 그건 최에스더 수녀의 당부이기도 했다.

"그 힘은 꼭 필요한 순간에만 드러내야 한다."

지금이 바로 그 순간이라고, 전승미는 생각했다. 온 신경을 컴퓨터에 집중했다. 류백주가 염사에 성공했다면 자신도 할 수 있을 터였다. 전승미의 계획은 단순했다. 류백주의 사념을 다른 메시지로 덮는다. 그 다음 이한수의 계획대로 앱을 업데이트한다. 성공만 하면 나중에 앱을 이용하는 사람들은 사념의 영향을 받지 않는다. 문제는 시간이 얼마 없다는 거였다. 에덴선교회는 지금 이 순간에도 앱을 퍼뜨리고 있을 터였다.

전승미는 눈을 감고 류백주의 사념을 더듬어나갔다. 불빛 한 점 없는 어두운 바다에 둥둥 떠 있는 느낌이었다. 어디가 앞이고 어디가 뒤인지 가늠할 수 없었다. 끈적끈적한 심연이 전승미의 의식을 자꾸만 끌어당겼다. 그 속에서 허우적거리던 전승미는 마침내 신호 하나를 찾아냈고 그 신호가 이끄는 곳으로 들어갔다. 오직 한 번의 호흡만으로 깊이 잠수하는 프리다이버처럼 전승미는 숨을 참은 채 깊이깊이 내려갔다. 얼마나 갔을까. 신호는 더욱 분명해졌고 그것이 어떤 메시지를 전하려 한다는 사실까지 알아냈다. 전승미는 그 메시지가 무엇일지 더듬더듬 짚어나갔다. 그리고 그 다음 순간 소스라치게 놀라 눈을 떴다.

너를 찾고 있었다.

류백주가 심어놓은 사념의 깊은 곳에 있던 메시지였다.

"함정이야."

전승미는 자기도 모르게 중얼거렸다.

"네? 그게 무슨 말이에요?"

내내 불안한 표정으로 전승미를 지켜보던 이한수가 물었다.

"여기서 나가야 해."

당혹과 불안을 느낀 전승미가 벌떡 일어났을 때였다. 방문이 열리며 검은 비옷 차림의 사람들이 들이닥쳤다. 혼자 상대하기에는 너무 많은 수였다. 전승미는 이한수를 등 뒤에 숨긴 뒤 그들에게 호소했다.

"조용히 따라갈 테니 아이는 놔줘."

그들이 고개를 끄덕였다. 그러고는 곧장 전승미를 향해 다가왔다. 그 순간이었다. 그들 중 한 명이 품에서 칼을 빼 들었다.

"안 돼!"

전승미가 손을 뻗었지만 묵직한 무언가가 머리를 강타한 뒤였다. 의식을 잃으며 쓰러지기 직전 전승미가 마지막으로 본 것은 칼에 찔리는 이한수의 모습이었다.

유다인은 지구대가 난장판이 되는 광경을 보고는 재빨리 돌아섰다. 등 뒤로 폭발이 일었다. 그것으로 끝이 아니었다. 밤거리로 사람들이 쏟아져 나왔다. 손에 흉기를 든 사람들이 서로를 무차별적으로 공격했다. 무작정 차도로 뛰어드는 사람도 있었다. 급히 멈춰 선 자동차를 뒤에서 달려오던 버스가 들이받고 함께 나뒹굴었다. 비명과 고함이 난무했다. 말 그대로 아비규환이었다. 유다인이 어둠 속에 몸을 숨긴 채 혼잣말했다.

"무저갱이 열렸어."

마스터의 말이 맞았다. 이제 나안동은 지옥 그 자

체가 될 것이었다. 마스터는 이렇게도 말했었다. 나안동에 무저갱이 열림과 동시에 모든 것이 리셋될 거라고. 유다인의 불만은 바로 그것이었다. 유다인은 기껏 지옥문을 열어놓고 왜 사라져야 하는지 받아들일 수 없었다. 다른 이들은 마스터의 뜻이니 무조건 수긍해야 한다고 했지만 유다인은 달랐다. 그는 자신에게 능력이 있다는 걸 알았다. 사람들을 이끄는 능력. 마스터도 종종 그 사실을 언급하지 않았던가. 한번은 유다인만 따로 불러 속 깊은 얘기를 한 적도 있었다.

"저는 지금으로부터 15년 전, 그분을 영접하기 전까지는 그저 사기꾼에 지나지 않았습니다. 거짓으로 치유의 힘 운운하며 아픈 사람들을 고치는 행세를 했죠. 그러던 어느 날 한 부모가 알 수 없는 이유로 발작을 일으키는 아이를 치료해달라며 거액을 제안했습니다. 마다할 이유가 없었죠. 나는 대충 치료한 척만 하고 돈만 들고 자취를 감출 생각이었습니다. 그런 마음을 품고 아프다는 그 아이를 찾아갔는데, 척 보기에도 심상치 않았습니다. 그때는 몰랐죠. 소녀 안에 그분이 있다는 것을."

마스터는 이어서 말했다. 그날 루시퍼를 만났다

고. 소녀 안에 깃든 루시퍼가 자기에게 속삭였다고. 몸을 빌려주면 아주 큰 힘을 주겠노라고.

그때 루시퍼의 제안을 받아들여 마스터는 지금의 존재가 됐다. 죽음을 이긴 존재. 그러나 부활한 몸은 완전하지 않았다. 마스터는 그 사실을 언제나 아쉬워했다. 그랬기에 모든 걸 리셋하려 했다.

어느날 마스터가 유다인의 어깨를 두드리며 이렇게 당부했다.

"주어진 사명을 꼭 완수하세요."

처음에는 주어진 사명이란 게 무엇을 뜻하는지 몰랐다. 어렴풋하게나마 깨달은 건 시간이 흐른 뒤였다. 가까이에서 지켜본바, 마스터는 루시퍼의 그릇이 되기에는 몸이 너무 약했다. 썩어 문드러진 피부를 감추기 위해 허구한 날 붕대를 감고 다니는 자가 에덴선교회를 제대로 이끌 수는 없었다. 리셋은 자기 육체의 나약함을 알기에 내린 결정이었다. 그렇다면 결론은 하나였다. 루시퍼를 더 튼튼한 그릇으로 옮기는 것. 그게 바로 마스터가 말한 사명일 거라고 유다인은 짐작했다. 그리고 그 그릇이 자신일 거라고 믿어 의심치 않았다.

유다인은 속으로 외쳤다. 자기는 에덴선교회를 위해 누구보다 많은 피를 묻혔다고, 누구보다 충실하고 신실했으며, 누구보다 악행에 진심이었다고.

그러나 마스터는 마지막 순간에 유다인을 배제했다. 유다인은 마스터가 판단력을 잃었다고밖에 생각할 수 없었다. 배도하기로 결심한 이유는 바로 그 때문이었다. 아니다. 애초에 배도가 아니었다. 자신의 행위는 에덴선교회를 바로잡기 위해, 루시퍼를 제대로 섬기기 위해 내린 옳은 결정이었다.

"살려주시오!"

골목에서 웬 할아버지가 불쑥 튀어나왔다. 뭔가로 얻어맞은 듯 얼굴이 피범벅이었다. 유다인은 그를 무시하고 가던 길을 재촉하려 했다. 서둘러 나안동을 뜨는 게 가장 중요했으니까. 게다가 그는 자신이 돕더라도 다시 금세 고꾸라질 것처럼 보였다. 그런데 이상한 일이 일어났다. 유다인이 비틀거리는 그를 피해 몇 발자국 옮긴 그때 뒤에서 익숙하면서도 섬뜩한 소리가 들려왔다.

메에.

유다인은 자신을 붙잡는 듯한 그 소리에 뒤를 돌

아봤다. 조금 전까지만 해도 비틀댔던 할아버지가 꼿꼿이 서 있었다. 러닝셔츠와 반바지 아래로 드러난 앙상한 팔다리는 그대로였지만 머리 부근이 달랐다. 피 흘리던 머리 대신 염소 대가리가 달려 있었다. 그게 5층 화장실에서 봤던 바로 그것이라는 걸 유다인은 대번에 알아차렸다. 염소가 천천히 다가왔다. 유다인은 홀린 듯 가만히 있었다. 인간도 아니고 짐승도 아닌 그것이 바투 서서 귓가에 무어라고 속삭이는 순간까지.

이윽고 그것이 말을 마쳤을 때 유다인은 자기가 무엇을 해야 하는지 명확히 알 수 있었다.

전승미는 참을 수 없는 두통과 함께 깨어났다. 바늘 하나 찔러 넣을 틈 없이 촘촘한 어둠이 사방을 뒤덮고 있었다. 자신이 눈을 떴는지조차 확신할 수 없을 정도로 아무것도 보이지 않았다. 그나마 맥박이 뛸 때마다 덩달아 날뛰는 통증 덕분에 살아 있음을 실감할 뿐이었다. 고통을 무릅쓰고 숨을 깊게 들이쉬었다. 옆구리 통증과 두통이 서로 경쟁이라도 하듯 온몸을 지져댔다. 자연스레 으으, 하고 신음이 터져 나왔다.

"정신이 들었나?"

어딘가에서 박지승의 목소리가 들려왔다.

"교수님?"

"그래, 나야. 좀 괜찮나?"

"머리가 너무 아파요. 게다가 묶여 있어서 뭘 어쩌지를 못하겠어요. 교수님은요?"

"나도 마찬가지야. 지하로 끌려와서 그대로 묶였어."

"아……."

전승미는 그제야 자신이 어디에 있는지 알 것 같았다. 에덴선교회가 의식 때 찾는 바로 그 지하 공간이었다. 그리고 자신은…… 등에서 느껴지는 한기로 추측건대 제단 위에 눕혀진 게 틀림없었다.

"류백주가 뭘 하려는지 알아냈어."

박지승이 말했다. 다행히 그는 크게 다친 곳은 없는 듯 비교적 안정적인 목소리였다. 전승미는 그것만으로 안도했다. 아직 반격의 여지는 있었다. 묶인 것만 어떻게 푼다면 탈출이 불가능한 것만은 아닐 터였다.

"그게 뭐죠?"

전승미는 진심으로 궁금했다. 악마주의의 실현을

위해 나안동을 혼란에 빠뜨리고 사람들이 서로를 죽게 만드는 게 그의 목표가 아닐까. 처음에는 그렇게 생각했다. 하지만 앱에서 '너를 찾고 있었다'는 메시지를 읽어낸 후 의문이 더 깊어졌다. 또 다른 꿍꿍이가 있는 듯했다.

"류백주는 혼란을 틈타 자취를 감출 생각이네. 계명성회 때 그랬던 것처럼 에덴선교회 역시 없애고 다른 곳에서 또 새로 시작하려는 거지."

"왜요? 도대체 무슨 이유로……."

"지금의 류백주는 온전하지 않아서야."

"온전하지 않다는 게 무슨 뜻이죠?"

"이제 알게 될 거야."

"알게 된다니 왜 지금 말해주시지 않는 거예요?"

전승미가 물었을 때였다. 어둠 속에서 불씨 하나가 조용히 피어올랐다. 양초 심지에 붙은 불이었다. 촛불은 하나둘 늘기 시작하더니 곧 수십 개가 빛을 발했다. 그 빛을 뚫고 검은 비옷을 입은 사람들이 모습을 드러냈다. 전승미는 그들 모두가 제단 주위에 둘러서서 여태 숨죽이고 있었다는 걸 그때 깨달았다. 그들은 같은 소리로 외쳤다.

"에덴."

다음 순간 뜨끈한 액체가 전승미의 이마에 떨어졌다. 비릿한 냄새가 풍겼다. 전승미는 그것이 피라는 걸 알 수 있었다.

"하지 마! 꺼져!"

힘껏 소리 지르며 발버둥 쳤지만 움직일 수 없었다. 염력으로 촛불을 모조리 끈 뒤 줄을 끊어버리겠다고 생각했지만 왜인지 힘이 발휘되지 않았다. 보이지 않는 거대한 힘이 모든 걸 무력화하는 것 같았다. 그때 누군가의 손가락이 이마에 닿았다. 손가락 끝이 전승미의 이마에 무언가를 그려 넣기 시작했다.

"안 돼! 교수님!"

박지승은 대답이 없었다. 대신에 화재경보기가 울렸다. 그 요란한 소리에도 에덴선교회 사람들은 동요하지 않았다. 어른거리는 촛불 사이로 모자를 뒤집어쓴 그들의 얼굴이 얼핏 보였다. 다들 무표정했다. 그들 가운데에서 유독 눈에 띄는 사람이 있었다. 그자는 전신에 붕대를 감고 있었다. 전승미는 미라 같은 그 인간이 류백주라는 걸 직감했다.

경보기 소리는 커져만 갔다. 전승미는 미칠 것 같

왔다. 그사이 류백주가 제단 위로 올라왔다. 그는 한 마리 뱀처럼 꿈틀꿈틀 움직이며 전승미의 다리에서부터 얼굴로 천천히 다가왔다.

"싫어! 저리 가!"

전승미가 소리쳤지만 소용없었다. 눈앞까지 당도한 류백주가 천천히 붕대를 풀었다.

그 순간 전승미의 귓가에 익숙한 목소리가 들려왔다.

"모든 건 이미 예언된 일이었네."

박지승이었다.

텔레비전 화면 속의 기자가 잿더미가 된 건물을 배경으로 열심히 설명을 이어나갔다.

"이곳 나안동의 소요 사태는 진정 국면에 접어들었습니다. 하지만 주동자와 범행 목적은 여전히 밝혀지지 않은 가운데, 뒤에 보이는 이 건물에 불을 질러 수십 명의 사상자를 낸 용의자 유 모 씨가 방금 체포됐습니다. 경찰에 따르면 유 모 씨는 악마의 지시로 불을 질렀다고 주장했습니다. 이에 경찰은 유 모 씨가 약물에 취해 범행을 저질렀을 가능성을 제기하며……."

하수영은 텔레비전에서 시선을 돌리며 생각에 잠겼다. 6인 병실을 채운 이들은 자기를 포함해 모두 이번 나안동 사태로 직간접적인 피해를 입은 사람들이었다. 비극적인 사건이 벌어지고 벌써 이틀이 지났다. 하수영은 그동안 방송 뉴스며 온라인 기사며 올라오는 대로 다 챙겨 봤지만 그 어디에서도 에덴선교회 이야기를 찾을 수 없었다. 그 점이 도무지 이해되지 않았다. 마치 처음부터 그런 자들은 존재하지 않았다는 듯 그 누구도 언급하지 않았다. 더욱 이상한 것은 힐-마스터도 앱 마켓에서 어느새 사라졌다는 사실이었다.

분명히 뭔가가 있어.

하수영은 눈을 감으며 생각했다. 몸만 회복되면 자신이 직접 사건을 파헤쳐볼 작정이었다.

얼마 뒤 바로 옆 침대에서 신음이 들려왔다. 하수영은 커튼을 젖혔다. 그 자리는 중환자실에서 막 이곳으로 옮겨온 여자의 자리였다. 여자는 조금 전까지만 해도 잠에 취한 듯 조용했는데 지금은 끙끙거리며 뒤척이고 있었다.

놀란 하수영이 간호사 호출 버튼을 눌렀다. 여자가 하수영 쪽으로 고개를 돌린 것은 그 순간이었다. 하수영은 여자가 눈을 몇 번 끔벅거리더니 씨익 웃는 모습에서 눈을 뗄 수 없었다.

"전승미 씨, 괜찮으세요?"

간호사가 들어와 곧장 여자에게로 다가갔다. 여자는 괜찮다는 듯 고개를 끄덕였다. 그 태도가 묘하게 좀 전과 다르다고 생각하며 하수영은 여자를 등지고 돌아누웠다. 텔레비전에서 또 다른 소식이 흘러나왔다.

"다음 소식입니다. 죽음을 앞둔 암 환자가 극적으로 회복해 놀라움을 주고 있습니다. 이 여성은······."

하수영은 나안동 사건과 관련 없는 뉴스는 흘려들었다. 너무 피곤했다. 한숨 푹 자고 일어나면 기운도 나고 기분도 한결 나아질 것 같았다. 눈을 막 감으려는데 휴대폰이 진동했다. 지구대장에게서 온 전화였다. 하수영은 잠시 망설이다 통화 버튼을 눌렀다.

"대장님!"

"하 순경, 몸은 좀 괜찮나?"

지구대장이 물었다. 그는 이번 사태에서 상처 입지 않은 몇 안 되는 사람이었다. 그의 주도하에 나안동 상황은 빠르게 정리되어갔다.

"많이 회복했습니다. 최대한 빨리 합류하겠습니다."

하수영이 말했다.

"급할 것 없어. 제대로 회복하는 게 우선이야. 알겠나?"

"네. 아, 대장님. 제가 곰곰이 생각을 해봤는데요. 이번 사태, 아무래도 에덴선교회와 관련이 있어 보입니다. 거기서 나눠준 앱이 아무래도……."

"그건 잊어."

"네? 그게 무슨 말씀입니까?"

뜻밖의 반응에 하수영이 놀라 되물었다.

"에덴선교회 말이야. 잊는 게 좋아. 내 말 명심해."

지구대장의 목소리는 부드러웠지만 내용은 단호했다. 하수영은 침대에서 몸을 일으켜 앉았다. 이상했다. 너무 이상하고 찜찜한 말이었다.

"대장님. 자세히 말씀해주십시오. 에덴선교회를 왜 잊어야 한다는 건지 납득할 수 없습니다. 혹시 제가 모르는 이유라도……."

하수영의 말이 끝나기도 전에 전화가 먼저 끊겼다.

"여보세요? 대장님?"

통신 신호는 멀쩡했다. 그렇다는 건 지구대장 쪽에서 일부러 끊었다는 뜻이었다. 하수영은 그 영문을 알 수 없었다. 지구대장은 무슨 의미로 그런 말을 한 걸까? 그럴수록 에덴선교회를 향한 의심이 짙어졌다.

한참을 고심하던 하수영이 텔레비전 화면에 다시금 시선을 던졌다. 뉴스 화면 하단에 제보 메일 주소가 떠 있었다. 하수영은 그 주소를 휴대폰 메모장에 입력했다.

키패드로 알파벳을 누르는 하수영에게 알 수 없는 압박감이 닥쳐왔다. 보이지 않는 거대한 손이 입과 코를 틀어막은 듯 갑자기 숨이 쉬어지지 않았다. 벗어나려고 버둥대기는커녕 소리조차 낼 수 없었다. 하수영은 뻣뻣하게 굳은 채로 침대 위에 쓰러졌다. 심장이 맹렬하게 뛰었다. 도저히 떼어낼 수 없는 힘이었다. 하수영은 남은 힘을 쥐어짜 고개를 돌렸다. 사악하고 강렬한 힘이 바로 옆 침대로부터 뻗어 나오는 것 같았다. 그 사실을 깨달음과 동시에 하수영의 체내에서 산소가 모조리 빠져나갔다. 의식이 꺼지기 직전, 하수영은 환청처럼 어떤 소리를 들었다. 그건 일종의 울림이었다. 수십 명의 사람이 똑같은 음정으로 쏟아내는 거대한 울림.

에덴.

## 작가의 말

작가의 말

아주 어렸을 때의 일입니다. 학교를 마치고 집에 돌아와 혼자 텔레비전을 보고 있었어요. 부모님은 모두 일터에 나가신 때였고요. 오후에 하는 로봇 애니메이션을 기다리는데 갑자기 뉴스 속보라며 생경한 장면이 송출됐습니다. 수많은 사람이 하얀 천으로 덮인 채 한 건물에서 실려 나왔죠. 그 밑에 '오대양 집단 자살극'이라는 자막이 큼지막하게 떴습니다. 저는 당시 초등학교 저학년이어서 모든 상황을 속속들이 이해하진 못했지만 속보를 보는 내내 오싹했던 것만은 시간이 훌쩍 지난 지금까지도 생생합니다. 나이가 든 후에야 그 사건이 사이비 종교인 오대양에서 벌어진 참극이었음을 알게 됐죠. 아마 그때부터였던 것 같습니다. 사이비 종교에 관심을 갖게 된 건.

또 하나 잊지 못할 사건은 1992년의 휴거 소동이었습니다. 나라 전체가 떠들썩했죠. 다미선교회가 휴거일이라고 공표한 1992년 10월 28일에는 방송사들이 종일 상황을 중계할 정도였습니다. 드디어 휴거가 실행된다는 자정이 되었지만 결국 아무 일도 일어나지 않았고 그때 좌절감에 울부짖던 사람들의 모습 역시 제게 큰 충격으로 남아 있습니다.

제가 사이비에 관해 품은 가장 큰 궁금증은 이것이었습니다.
사이비는 어떤 방식으로 그릇된 믿음을 퍼뜨리는가?
공부를 잘했다는 사람도, 돈이 많다는 사람도, 사회적 지위가 높다는 사람도 사이비 종교에 빠진다는 걸 우리는 익히 압니다. 맹신, 아니 광신의 늪에 도사리는 건 파멸뿐인데도 그들은 기꺼이 그곳으로 걸어 들어가죠. 사이비 종교의 어떤 면이 사람들의 눈을 흐리고 판단력을 마비시킬까요?
《더 컬트》는 바로 이런 의문에서 시작됐습니다. 저는 전 세계의 사이비 종교를 취재하면서 그야말로 경악할 만한 사건이 많다는 걸 알게 됐습니다. 소설로 녹여낸 건 그중에서도 극히 일부에 지나지 않는다고 말

작가의 말

쏨드리고 싶네요. 사이비는 우리의 곁에서 우리의 정신을 통제하고 지배할 기회를 호시탐탐 노립니다. 마치 늪지대에 숨은 악어처럼 말이죠. 자칫 방심했다가는 악어에게 목을 물려 늪으로 끌려가게 될 것입니다.

《더 컬트》에는 종교, 특히 기독교에 관심이 있는 독자라면 금방 알아챌 수 있는 은유나 상징이 들어가 있습니다. 대표적으로 작품의 배경이 되는 나안동은 성경의 가나안에서 따왔죠. 그 밖의 더 많은 비유는 읽으시면서 직접 찾아가도 재밌을 것 같습니다.

사이비에 대해 꽤 진지하게 얘기했지만 이 작품은 기본적으로 오컬트소설입니다. 재밌게 읽어주셨으면 좋겠습니다. 언제나 그랬듯 저는 무척 즐겁게 썼고, 그 즐거움이 독자 여러분께 그대로 전달되기를 바랍니다.

# 더 컬트

ⓒ 전건우 2025

**초판 1쇄 인쇄** 2025년 9월 1일
**초판 1쇄 발행** 2025년 9월 5일

**지은이** 전건우
**펴낸이** 유강문
**문학팀** 박지호 최해경 박선우
**마케팅** 김한성 조재성 박신영 김애린 오민정

**펴낸곳** (주)한겨레엔 www.hanibook.co.kr
**등록** 2006년 1월 4일 제313-2006-00003호
**주소** 서울시 마포구 창전로 70 (신수동) 화수목빌딩 5층
**전화** 02-6383-1602~3 **팩스** 02-6383-1610
**대표메일** munhak@hanien.co.kr

ISBN 979-11-7213-315-3 (04810)
ISBN 979-11-7213-062-6 (세트)

- 값은 뒤표지에 있습니다.
- 파본은 구입하신 서점에서 바꾸어 드립니다.
- 이 책은 (주)한겨레엔과 리디(주)가 공동 기획한 것으로 내용 일부 또는 전부를 재사용하려면 반드시 저작권자, (주)한겨레엔, 리디(주)의 동의를 얻어야 합니다.